盛唐幻夜

缪娟 著

北京联合出版公司
Beijing United Publishing Co.,Ltd.

图书在版编目（CIP）数据

盛唐幻夜 / 缪娟著. — 北京：北京联合出版公司，
2018.11

ISBN 978-7-5502-9502-5

Ⅰ. ①盛… Ⅱ. ①缪… Ⅲ. ①长篇小说－中国－当代
Ⅳ. ①I247.5

中国版本图书馆CIP数据核字（2018）第254293号

盛唐幻夜

作　　者：缪　娟
选题策划：北京磨铁图书有限公司
责任编辑：龚　将　夏应鹏
封面题字：仓　鼠
封面绘画：朴　缜
封面设计：46设计

北京联合出版公司出版
（北京市西城区德外大街83号楼9层　100088）
三河市冀华印务有限公司印刷　新华书店经销
字数308千字　700毫米×980毫米　1/16　印张19.5
2018年11月第1版　2018年11月第1次印刷

ISBN 978-7-5502-9502-5
定价：45.00元

这是一个男孩爱上了他的女主人，

被爱情驱遣不惜为奴为忠犬的故事。

盛唐幻夜

目录

盛唐幻夜

一

洛阳鬼市

那是盛唐年间，高宗与武后二圣治下，洛阳城西三十里。

月上云端的光景，风波不起，飞鸟不走。运河泛着蓝影银光，在某一个关节走上岔路，流进大地裂开的缝隙里，水流被大大小小的岩石激荡，打了无数个漩涡，渐渐在黑色的砂石上搁浅。河道旁，峭壁上，山体不知被谁凿了无数个大小不一的洞室，白日里原本被木板封上，像一个个废弃的墓穴，可到了这个时辰，那些木板被卸掉了，红色的灯光一重重地亮了起来，每一处灯光下都有个精彩的买卖，老板或是个神通广大的走私犯，或是个投机倒把的机灵鬼，或是个挖坟盗墓的缺德兽，兜售着好些个洛阳城里、日头底下看都看不见的好玩意儿：晶光闪耀的地府珠宝呀，奇香扑鼻的海外仙草呀，听说念了咒就能召唤恶灵听你差遣的法器呀，还有人弄来过脖子好高的鹿和鼻子老长、个头好大的猪等活物，刁钻古怪，不一而足。

时辰到了，店铺打开，客人们渐多，以至于摩肩接踵，街面上有蒙面的美女反弹琵琶在唱歌儿卖艺，还有贩子现场宰杀了牛羊用柳木炙熟了吃，有人踩到了水果皮脚下发滑倒在地上，手里的酒坛子碎了，满街都是又香又冲的味道，他叫骂起来，还有人笑话他……

人声渐响，越来越吵，越来越热闹……

这里是洛阳城外的鬼市。

他们的故事开始的地方。

这时候的他没有名字，也没有什么样子，被关在一个还没有两尺高的铁笼子里。笼子原本装了几只狗，驯服的狗会看家护院，在上一个市镇被贩子卖掉了，唯独就把他剩下了，而此时他也看不出来什么人模样：瘦骨嶙峋，浑身漆黑，双目紧闭，缩着肩膀团着腿，蜷缩成一小团，静静地窝在笼子的角落里，像一块刚刚出土的黑炭，跟所有人和所有的热闹无关。

男孩此时的主人是那个从南边回来的人贩子。

常来鬼市转悠的人们都认得这个家伙，他说自己绿色的络腮胡子是用传说中麒麟的血染成的。他曾在爪哇岛布下天罗地网，守了十天十夜，熬到眼睛冒血的时候，终于捕到了长着翅膀的鸟人，把它献给了天竺的皇帝当作宠物，赚到了好几桶黄金。他也曾在漩涡丛生的大洋里掷下带着毒汁的鱼枪，冒死搏斗终于拽起来人身鱼尾的鲛人，把它献给了大唐的巨富当作奴隶。离开水的鲛人不久之后就干死了，但是他赚的钱却实实在在地落在口袋里，继而在赌桌上被他肆意挥霍。

人贩子今天弄到的货色是三个肤色棕黑的女奴，他吆喝着把三个女奴拽到三尺方圆的石墩上，一个个地薅起她们的头发来让下面围着的主顾们看，又扒开女奴的嘴巴，展示她们的牙齿，人贩子吆喝着，声音响亮："头发是血，牙齿是骨头，你们见过这么厚实的头发、这么整齐白亮的牙齿吗？这是体格最好的奴隶！筋骨结实，不会生病，农田上面的，家院里面的，什么活计都能干！买回去吧！绝不后悔！"

一个女奴低下头去，人贩子蹿过去，薅着头发，捏着下巴，转着她的脑袋让每一个位置上的主顾们都看见："别看皮肤黑，可您瞧她这模样，大眼睛翘鼻子的也不错吧？怪俊俏的是不是？买回去让她生个娃娃吧！"

有人在下面起哄："被你这一路带过来，肚子里面只怕已经有了你的娃娃了吧？！"

人贩子闻言不恼，反而大笑，忽的一下就把女奴的袍子掀开，露出了肚皮，大片刀立着刀刃贴在女奴的肚子上："切开让各位看看？"

看热闹的那人还不嫌事儿大，在下面喊："哎哟，你还真敢？！好不容易倒弄来的货，你还真敢下手把她肚子开了？"

绿胡子的人贩子阴阴一笑："你这厮不用激我，咱们二人打个赌，我这就把这女人破了膛，若是里面没有娃娃，你付我双倍的钱，若是里面有娃娃，就当我今晚上给鬼市添个热闹！鬼市鬼市，反正也是无法无天！”

围观的众人“哄”的一声，语言不通的女奴仿佛预感到了自己命如草芥，就要被凶残的人贩子当众开膛破肚，一大滴眼泪落了下来，人贩子反而被助了兴，当即就要按下大刀，直切入女奴的皮肉！

围观的人有胆子大的瞪圆了眼睛看，有胆子小的蒙上了眼睛，以为就要听到女奴的惨叫，谁知却是那绿胡子的人贩子“啊”的一声，同时大刀落在地上，一屁股坐下——他不知被谁用暗器打穿了手背，留了个血洞在上面，鲜血直流！

“谁？！谁暗算你爷爷我？！”

没人应声。

“明人不做暗事，谁用暗器伤我？有种上来，咱们比试比试，明着来，爷爷我不怕你！”

还是没人应声。

人贩子气得哇哇乱叫，围观的众人却开心了，议论纷纷：“瞧这大绿胡子嚣张的样子，早该被人收拾……”

“对呀，刚才不是说要给鬼市添个热闹吗？这回他自己添上了吧……”

“哎，我说，大胡子，别逞威风了，这回被人在手上凿了个洞，小心等会儿被人在头上打个洞。”

“哈哈哈哈！”

大胡子的怪叫声、众人的嬉笑声让鬼市的这个角落瞬间极为鼓噪，笼子里的男孩原本蜷身昏睡着，此时被吵醒了，慢慢睁开眼睛，抱在胸前的双手略略伸展，向外看看，忽然就被吓了一跳：笼子外面竟有张脸，圆圆睁着双好眼正看着自己。

跟自己那一脸一身黑乎乎的样子不同，夜光里也看得出来这人长得有多好。他皮肤粉白，双颊酡红，眉毛鬓角黑翠翠的，扎着个少年人用的金色小幞头，闪得他眼睛直酸。这人鼻子直溜溜，嘴巴厚嘟嘟，像着急忙慌地刚吃了一碗热汤面把自己嘴巴烫着了一样，嘴唇红得要命。他身上穿件浅黄色的小袍子，更衬得脖子手背那些露出来的皮肉粉白粉白。

男孩听人贩子卖人的时候说过些七七八八的话，凡是颜色好的人，一定是吃得好，身体壮，男孩想这个看着他的家伙一定是吃得好，否则哪能长得出这么新鲜分明的色儿？

笼子里的男孩就这么看着笼子外面的少年人，对方也就这么把他看了个仔细，忽然就咯地一乐，跟身边的人说：“哎呀，原来是个人！真是个人！我当是个扣着的乌龟呢！”

他同伴个子好高，男孩仰头也看不见他的脸，只见那脚上的一双白底靴。鬼市本来就是石子水路，人人脚下都沾泥带水，可不知道这位从哪里来，抄了什么近道儿，那靴子的白底竟一点儿泥渍水痕都没有。他没回答那个意兴勃勃的少年人，只是低声地说：“走吧。还想再惹什么热闹？”

少年人略不甘心，要起身离开，笼子里面的男孩忽然伸手拽住了他的手，竟是不肯让他走的样子。少年人颇为讶异，便将那只手臂伸进笼子里来任凭他抓住，想看他究竟要怎样。笼子里的男孩的手沿着他手臂向上而去，在他肩膀上轻轻地捉住了一只不知何时落上去的蓝色的蝴蝶，手掌再伸开，蝴蝶飞走了。

少年人笑起来：“哟，这小孩有点意思。既是装在笼子里的，也是要卖的吧？不如我就把他买回家去。”

他同伴是不想让他自在的，抢白道：“正事儿不干了？我带你来可是真的来这里逛街的？”

少年人道你说的可也是，拍拍手便起身走了，只是走了几步，仍不忘回头看看那笼子里的男孩。

二
笼中男孩

他们还没走几步，男孩忽然发觉天旋地转。

原来整个人连同那笼子被人贩子抄起来扔在石墩子上，随即人贩子叫卖起来："这个谁要？！"

有人立即问："这是个什么玩意儿？"

"人啊！"人贩子用破布烂衫包扎了手上的伤，还不忘继续兜售活物，"买回去当家奴，砍柴喂马全都行，这个便宜，四十钱您就拿走！"

"四十钱？！买个孩子？还这么瘦？！你还说便宜？！四十钱能买头好驴子了！"

"可别小瞧他，这孩子力气大得很，可比一头驴子厉害，我带着他过沙漠的时候，一匹马带着包袱都陷进流沙里面去了，是被他拉上来的。一只手！"

"以后你别当人贩子了！你说书去吧！忽悠得还真像那么回事呢！"众人又笑话他。

人贩子这一回可是真急眼了，跳起脚来："这回不让你们见点真格的，你爷爷我以后也不来这鬼市了！"

说着话，就拿起一根三指粗的铁棍敲在铁笼子上，火星四射，那本来准备离开的少年人与他的同伴看到这一幕也折返回来。

男孩本来就刚刚睡醒，适才在少年人的肩膀上捉蝴蝶的时候还迷糊着，忽然被扔到这石墩子上弄精神了，再加上一直在这低矮的笼子里面团着，身体受了委屈，被那铁棍和火星一刺激，霎时气血上涌，癫狂起来，他喉咙里发出低吼，咬牙切齿，精瘦的双手抓着铁栏杆用力摇晃，那笼子发出吱吱嘎嘎的声音，眼看就要散架了的样子，买家们见这热闹都有些兴奋了。

人贩子撇着嘴笑："还没完呢。"说罢便挥起那铁棍子照着男孩的手指头抽下去，谁都想这一下子男孩的手指头恐怕就得粉碎了吧，谁知那夹着风拍下来的铁棍子竟被男孩伸出来的手一把抓住，他再一用力，铁棍子的一头儿竟像是面做的一样被他给掰弯了。

众人叫起好来，也有人问："这是个野东西吧，拿回去怎么驯服？哎哎哎，瞧他那样，你现在都制服不了他！"

人贩子哼了一声："我制服不了他？我制服不了他可怎么把他带到这里来了？喏，有心买的都看好了，这家奴啊，跟畜生一样，这么就收拾了……"

他说着从旁边的火堆里夹了块烧红的炭，这就要烫在男孩的手上——忽然一个人飞身上来，一脚踢在他心窝上，人贩子眼睛一花，就坐地上了，刚要发作，觉得自己似乎没事，起来就吐了一口血。显然今天不是他的好日子，摸了一下嘴巴，他正对上眼前那位头上包着金色幞巾的少年公子。

"干什么你？！"

"这小孩我买了，你若坏了他的皮肉，可就算我的了。钱你接着，把笼子打开，把人给我放出来！"

少年公子扔了钱过来，人贩子接住，心里仍有不甘，高声喝道："这人你买了，你踢我心窝，伤我吐血怎么算？"

"讹诈我呀？"少年人面带微笑，"我有钱赔，只是你不配！"

人贩子大怒，抽了刀便向少年人砍下去，可是对方身形灵动，左躲右闪，毫发未伤，还有空说笑："哟，就这点能耐也敢来见世面？我踢你心窝都是轻的，刚才就该把你手废了！"

人贩子："果然是你用暗器伤我！哪里来的贼厮鸟，我要你命！"

人贩子大刀横飞，少年人跳来跳去地躲闪着，甚是灵活，看热闹的众人还有人为他叫好，少年人原本不动真格的，就这样被鼓动了，有心要显摆能耐，忽然将袍子上束的带子抽了下来，右手上一抖，柔韧的腰带竟成了一把寒光凛凛的宝剑。人贩子恨得眼睛血红，这就要扑上来，少年人的耐性就此也到了头儿，再不想躲开戏弄了，直顺了剑尖儿，直向那人贩子刺了过去！人贩子横刀去挡，可那本来十分坚硬的硬铁大刀碰上少年的剑却似成了纸，成了干草，“啪”的一下断成几截，眨眼工夫，少年人的剑尖儿直奔自己眉心来了，人贩子连求饶的时间都没了，只得闭上眼睛认命了。

这时，少年人的同伴说话了，声音冷冷却是在替人求情：“一个做买卖的，你当真要他性命？”

那劝告是轻描淡写的，可是剑停住了，人贩子早已经吓得目瞪口呆，浑身湿透，坐在地上起不来了。少年人收了剑锋，仍是笑嘻嘻的：“你呀，我饶了你，让你小子见见厉害，管你胡子什么颜色的，可别再不把人当人了。”

“遵命，遵命……”

“喏，钱我付了，笼子里那孩子我能带走吗？”

“我给您把笼子打开……”人贩子这就要起身，却发现自己腿软脚软根本就起不来了。

少年人哈哈大笑：“瞧你那副尿样，费什么劲？！”回身挥起那软剑，人贩子大叫：“可别！”

来不及了，那锋利无比的软剑劈下来，只一下，铁笼子栏杆碎了六七道，里面的黑男孩仿佛等了很久，瞬间猱身而出，脱了那铁笼。他伸展开身体，像一只肌肉虬结、精力充沛的小鹰，下一刻就已经腾身而起，攀着凸起的山石，向上直直地蹿了数丈。

少年人吓了一跳，说话都结巴了，回头看看一直坐着没起来的人贩子：“哎呀，这到底是个什么玩意儿呀？怎么会飞呀？”

人贩子才委屈呢：“不会飞，会跳，跳得可高了，我让你别……别放他出来，你不听我的呀！这下好了，你可逮不着他了……我告诉你，他是在你手里跑了的，我可不退钱……”

攀在岩石上的小黑孩回头看了看少年人，像是要谢谢他搭救，又居高临下地像是嘲笑他的无知大意。冷冷的夜风吹过鬼市的悬崖峭壁，吹过每个人的身旁，随后那小黑孩仿佛借着风力而起，越跳越高，几下子便在众人的视野里消失了。

眼睁睁看着那笼子里的小黑孩走了，自己不仅收不了他当家奴，连个谢字也没得到，少年人颇为遗憾，将软剑收回腰间，低头叹了一口气。

他同伴上前几步道："再不办正经事儿，这天就要亮了……"

少年人立即点点头，那一点点小遗憾转眼间就消失不见："走！"

人青春年少可不就是有这点好处，总惦记着有更好看、更好玩的东西在后面等着你，错过了什么也都不甚可惜。

三

捕头赵澜之

少年人与同伴两人离开那被搅和得乱成一团的人贩摊子，沿着鬼市弯弯曲曲的街道又行了数步远，抬头看见一个小店铺，黑帘子遮着门面，帘子上用血色红线绣了条小蛇。两人停住了脚步。少年人的同伴从怀中拿出一个暗黑色金属蛇形小摆件，形状跟那条绣着的小蛇竟是一模一样。

他笑笑："差不多就是这里了。"

少年人扭头看看他的脸，心想：皮笑肉不笑说的就是这样吧。只是别人皮笑肉不笑就不好看，这个人皮笑肉不笑就……就有点好看，因为他眉目很长，又白又瘦，紧紧的嘴角像是工笔画出来的一样。

这个人眼睛还研究着手里的蛇形小摆件，却道："叶远安，你看什么呀？"

远安道："赵澜之，咱俩可算是搭档不？"

他嗤笑一声，眼睛仍不在那叶远安身上，但这一回却是真的笑了："我说……你做梦呢吧？"

时间退回到两日前的深夜，洛阳县衙的牢房里面。

捕头赵澜之正在审问刚逮来的盐贩子。

赵澜之二十多岁年纪，原本在塞外军中服役，调职到洛阳县衙门不到一年的时间。这人长相格外年轻面嫩，那张脸上没有一点儿衙门里人的老练凶悍，若不仔细留意那常年习武而锻造出来的好肩胛和手按弯刀时绷得紧紧的虎口，分明就是个俊秀的文官模样。

盐贩子就没瞧得起这人，很嚣张地哈哈大笑：“既是让你逮了现行，也没什么好说的，对呀！就是贩盐了，怎么着？就是赚了钱了，怎么着？爷爷我一天花的比你一年的饷银还多！谁是上线？不能说呀，说了怕把你吓死喽！哈哈哈哈！”

属下孝虎道：“大人，上刑吧？”

赵澜之一边给火炉里加炭，一边慢条斯理地说：“敢买卖私盐，这人就是不怕掉脑袋的，瞧他身上那些疤，之前也是没少遭罪，见过世面呀，不作奸犯科的话，也算是条汉子。皮肉上的刑罚怕也是奈何他不得。孝虎，你瞧这牢里越来越热，我们不亏待犯人，更何况他还没有定罪，就给他喝点水吧。”

孝虎不解捕头的用意，拿了水来，就要给那盐贩子，却被赵澜之拦住，他从旁边抓了两大把当作证物的盐巴放进那水里，随即捏着盐贩子的嘴巴强灌进他嘴里，仍是不紧不慢地说道：“尝尝你自己倒卖的好东西，多少人吃不上，你却靠这个挣钱！来吧，好好享用。”

盐贩子摇头挣扎，却哪里拗得过，原本牢房里就被火炭盆烧得干热，他又被灌了好几大口盐水，霎时燥渴难耐，难以忍受，整个人从里到外都像要被烧死了一样。看着捕快们在大口喝水，盐贩子实在受不住了：“我……给口水吧……”

赵澜之把一大杯水就放在他嘴巴前面：“说吧，你那一船的私盐，从哪儿来的，运到哪儿去，说了就给你水喝。”

赵澜之整治盐贩子的这一幕就这么被叶远安看在眼里。

他眼下在哪儿呀？

就在那牢房的横梁上，火光照不到的地方，穿着夜行衣，隐在黑暗里。

还真有手段。远安摇摇头，心里想。真要遇上什么事儿可别落在这人手里，宁可死了，也别受这个折磨，遭罪呀。他接着掉转了头，轻手轻脚地沿着横梁爬到另一间牢房上面。那是死牢，里面关着两个即将掉脑袋的女犯。

一妇人与人通奸，杀了自己的丈夫，被逮住判了斩首，明日就要行刑了，妇人将自己上路的饭菜几口吞进肚子里，又看了看对面那另一份，舔舔嘴巴问道：“哎，这一份你吃不吃呀？”

另一个死囚是个十多岁的小姑娘，名唤小玉，哭喊得嗓音嘶哑：“我才不要吃这个！我没杀人！我没杀我主子！我不想死！”

妇人才不关心对面这个是不是有冤情呢，她只听见对方说“不要吃”，便抄起来扒进自己嘴巴里，吞下好一大口，噎住了，抬起头顺一顺，忽然就吓得魂飞魄散：只见黑暗里，一只银白色的骷髅手抓住了那小姑娘的肩膀，正悄无声息地把她往上提起来。小玉仿佛也被吓呆了，屏气敛声，不敢作响。

妇人哭喊起来：“哎呀！闹鬼了！闹鬼了！”

眼看着那盐贩子就要招供的当口，死牢里面忽然出了这般动静，赵澜之等人当下奔过来，正看见那死囚小玉被银白色的骷髅手拽起来，离地已经有两丈高。孝虎大骇：“听人说死牢里面不干净，今日竟真见闹鬼了？！”

“胡说八道！”赵澜之低声喝道。说罢，他开了牢门，借着墙壁飞身而上，却眼见着那骷髅手“嗖”的一下往上收得更快，眨个眼的工夫，人犯小玉已经被梁上的一个黑影牢牢地提着后襟抓在手里——那银白色的骷髅手其实是条机关精致的弹簧绳索！

赵澜之喝道：“什么人？！胆敢劫狱？！”

劫狱的正是远安，人已经到了手，心里得意，谁还废话？牢房梁上有个通气的小窗，远安正是从那里进来的，当下抓着小玉施展轻功，跳了出去。赵澜之紧随其后。

月光之下，夜色之中，远安抓着小玉在前，从一道房梁跳向另一道房梁，赵澜之脚下生风，眼见没几下，之前的距离就要被他赶上了。远安跳得呼哧带喘，喉咙里面发腥，心想衙门里的这老小子还真是有些功夫，我若不是手上抓着个人，哪能让你赶上？余光里看见他已经拔刀劈过来了，远安汗毛都竖起来了，一脚从房上跌落，又打了个滚儿站起来，手里仍提着小玉，面对面地朝着那捕头站好。

赵澜之也停住了脚，收住刀锋：“好大胆子，敢在我这里劫狱？！什么人？把面罩拿下来说话！”

远安没说话，只是点点头表示服软表示服从，一只手提着小玉，另一只手作势要摘掉面罩，忽然展开衣袖，只一下，就在赵澜之眼前消失不见了！

赵澜之大骇，明晃晃见着的两个人，跳得像蚱蜢一样，怎么就这么消失了？莫不是真的闹鬼？可是鬼是没有重量的，刚刚那人还把房顶的瓦片踩得哗哗响，三脚猫的轻功，算个半拉高手，可怎么就忽然没了？赵澜之低着头在原地转了好几圈，也琢磨不出来个所以然，手握弯刀当风挥动几下，啥也没碰着。

若是一直如此躲藏，远安可能就此就躲开赵澜之了。

他那夜行衣本来就是高人所造，腋下展开是个两人大小的斗篷，外面有个特殊涂层，能将光线反射出去，白日里不顶事儿，可是夜里展开使用，其实是件隐身衣。远安用这隐身衣包裹住自己和小玉，实则就在赵澜之身边，屏气敛声，跟着他挪动，藏得好好的。

只是远安此人，先天性格有缺陷，最爱看人笑话。他躲在隐身衣里，见那捕头皱眉纳罕，已经觉得好玩。再见他对着空气挥刀砍来砍去，就更是忍俊不禁。赵澜之收刀站在那里，刮着下巴琢磨，愤愤然说了一句：“邪门。”远安终于忍不住了，到底“嘿嘿”两声笑出声来。

四

劫狱死囚

话说那隐身衣遮得住光，盖得住人，却挡不住声音，远安这两声“嘿嘿”还没落地，赵澜之已然听见，猛然回头就砍，小玉惊呼一声，赵澜之迟疑之际，远安丢了斗篷，又带着小玉飞身而去。

赵澜之拾起远安丢下的斗篷：“居然还会用障眼法！”既是如此，他更不肯放，继续穷追不舍，远安不得脱身，累得要命，忽然眼见着前面一片水塘，被大丛的芦苇掩着，他没的选择，带着小玉就跳入水中。两人沉在水浅之处，远安摩摩挲挲地在水下折了空心的芦苇秆，自己一个，小玉一个，靠这个喘气，从水下向上小心看着动静。

他那几口气还没喘匀净，捕头便赶到了，正在上面小心观察，远安恨得都要把嘴里咬着的芦苇秆嚼碎了：这人真个似猎狗一般难以甩掉呀！哼，可眼下你在明，我在暗，你这小子若是真的敢下水来捉我，那我就一刀捅过去，要你命！赵澜之没下水，却从怀里拿出两样东西来，远安隔着水，看见他嘴巴动，他说话的声音不大，可一字一句却清清楚楚地落进耳朵里：“劫狱的人你听好了，你以为躲在水下面，我就逮不着你了？你当我怕你暗算就不敢下去找你？喏，我手里这是硝石和火油，我数三个数，你不出来，我就把这片芦苇塘点着了！把你和那死囚煮死在里面！我也省事儿了！”

远安听见了，身旁的小玉也听见了，着急害怕，就要爬上去，被远安紧紧地抓住腕子。

赵澜之开始数数了：“一……二……”一边说一边将手里的火油罐子打开

来就要浇在水面上。

他数到三。

远安仍然没动，浑身紧张地缩成一个小球，就等着他点火了。

可赵澜之却将手里的硝石装进怀里，转身走了。

良久，再没动静，远安确定那人是离开了，终于从水底钻出来，憋得够呛，摘了头发面罩，大口喘气。

一旁的小玉死里逃生，惊魂未定，看见远安那一把又长又厚的头发，那张酡红色的苹果脸便更惊讶了，指着她说："你……你竟是个女人！"

"我是你恩人！"叶远安道。

户部侍郎叶大人的女儿叶远安今年已经十七岁了。

叶大人原配夫人生了远安就去世了，叶大人忙于政务，后娘也奈何大小姐不得，远安越长大越顽劣异常。她不爱女红，喜弄刀枪，不愿在闺中读书作画，就好四处闲逛，交了好些个乱七八糟、来历不明的朋友，本来应该是个最好看可爱的女孩儿，却一直以男装示人，以江湖人士自居，走到哪里都像个精力旺盛的小蚱蜢。

远安此番冒险劫狱，从大牢中救出死囚小玉便带回了自己家中，穿过几层庭院，及至马厩旁边的柴房，远安的马奴石头等在那里，正是他求远安出手搭救了小玉。小玉一见石头，"哇"的一下大哭起来："还以为从此见不到你了！"石头也哭："若不是我家小主人仗义，咱们可不真的就见不到了！"两个小孩原本是同乡相好，抱头痛哭好一阵，双双给远安下跪，谢她救命之恩。

远安做了好事，自己心里也痛快，摆摆手又扶二人起来："洛阳县衙的人刚才追得我们好紧，不过到底是被我甩掉了。甩掉了也就没事了，打死他们也找不到这里来，先在这里住着，等过两天风声过了，我送你们二人走！"

远安回了房，天色都发青了，她倒头窝进被子里，翻了个身就睁不开眼睛了，想起来刚刚自己甩掉了那洛阳县衙的捕头还蛮得意，甜滋滋笑嘻嘻地自言自语道："还想逮到我？累死你！"

话说远安那场好梦还没开个头儿，就被咣咣咣的敲门声惊醒了。

家人夏叔在外面道："小主子，小主子快起来，洛阳县衙，来了两个捕头，来找人问话！"

远安腾的一下从床上竖起来，还当自己是发梦，咬了咬舌头尖，生疼的，还不相信自己的耳朵，心虚地问："夏叔你说谁呀？谁找来了……干什么？"

"回小主子，是洛阳县衙的捕快……拿着官文来找人问话来了！"

远安心里好恨，也没的办法，起身把乱蓬蓬的头发拧起来："夏叔，你先奉茶，说我这就到了……"

远安收拾齐整了，来到前厅待客，她没想到，眼睛一睁一闭的工夫，这么快就又见到那人了。

之前夜里一个跑一个追，打得不可开交，也没留意他究竟长什么样子，如今一看身量好高，肩胛挺实，背朝着她，微微歪着头，负手看着墙上悬挂的一幅画。

远安进来，他属下看见了，他转过身，对正了远安的眼睛，远安霎时就发了一身小汗，心虚地侧了侧头，指着墙上的那幅画："怎么着？没见过吧？这画儿是从塞外带回来的，你看这上面细细密密的纹路，这可不是画的，这是葫芦里的瓤，一丝丝地贴出来的，比黄金都金贵呢。"

捕头倒是恭敬的："哦……还真是没见过。"

远安看他反应，心想眼前这个捕快该是认不出来自己的，一定是自己装扮得好，当下便稍稍地放了点儿心，做出公子哥儿的气势，大剌剌地要吓唬此人："我爹原在塞外当官，天后赏识，将他调入洛阳户部，他可是侍郎。侍郎知道吗？尚书老大，我爹老二。对了，我是他大儿子叶远安。你，你们是谁呀？"

"下官是洛阳县衙捕头赵澜之，这是我的属下孝虎。"

"哎……你们是谁、叫什么我不感兴趣。"远安摆摆手，"我就问一件事，怎么你们洛阳县衙的敢来我们府里找人问话呀？你看我像坏人吗？"

赵澜之仍是恭敬客气的："叶公子说笑了，叶公子哪里像是坏人。您听我慢慢地把事情说仔细了。"

赵澜之说的话，在远安心里早就是石头说的那个版本了。

话说运河上有艘五层的大花船，名叫“千端阁”，乃是眼下神都洛阳城最受欢迎的欢场销金窟。千端阁每天夜里从洛阳城满载了寻欢作乐的客人，顺流缓缓而下三十里，客人们饮美酒吃美食，还有美人相伴享受河上月色，听说皇帝陛下也趁天后没看住的时候来千端阁玩乐过。

千端阁无数的美娇娘里最有名的是一个叫作如月的舞姬。如月姑娘艳冠群芳，舞姿绝伦，多少王孙公子多情客人拜倒在她脚下，献上礼物无数只为了一亲芳泽，而如月却卖艺不卖身，从没沾染过半点风流官司。可是美人就是美人，想要洁身自好，谁却愿意给你安宁？

半月前一个月黑风高的晚上，千端阁的襄理孙妈妈叫门不开，好不容易打开了如月的房门，却见她已经死在房里了！

五

如月之死

摇钱树折了，孙妈妈大哭发誓要为女儿报仇，她很快就发现一直伺候如月的丫鬟小玉私藏了大笔的金银首饰，又有下人说之前听见小玉与她主人争吵。孙妈妈愤而将小玉扭送至洛阳县衙，人证物证俱全——小玉被判了斩立决！

“就是这个死囚犯小玉，昨夜从洛阳县衙的大牢里被人给劫走了。”赵澜之说完饮了一口茶。

远安听完转转眼珠，转过身去，把个后背给了那赵澜之，瓮声瓮气的：“死囚犯被劫走了，是你们当差当得不好，来我侍郎府干什么？我可是什么都没做。我什么都不知道。”

“公子您当然什么都不知道。我是要找府上一个下人，名唤石头的。”赵澜之说。

远安手里拿的茶碗差点儿没掉下来，竖着耳朵小心翼翼地问：“找石头，找石头干什么呀？”

“那死囚小玉本来就是外乡人来洛阳做事，社会关系单纯，能舍命把她救走的，跑不了熟悉的人。我等查了一查，就一定要来府上找那小玉的同乡石头问问话了。”

赵澜之说完，远安恼恨地闭上了眼睛，心里想：叶远安啊叶远安，你还当这么容易就能把这捕快给甩了？唉……此人也真是狡猾，难怪他之前夜里不放火烧我，原来早就知道怎么查了。

远安还在懊悔不已，挤眉弄眼，赵澜之已从一旁上来：“叶公子？叶公子这是怎么了？”

远安道：“牙疼。”

赵澜之暗笑：“牙疼你捂着肚子干什么呀？”

远安：“你没牙疼过吗？有时候疼得厉害了，会带得全身疼，我这不就带到肚子上了？”

赵澜之摇头无奈：“叶公子，咱们都忙，让石头出来答话吧！”

远安知道这大白天怎么也混不过去的，便吩咐下人叫石头上来，打算见机行事。

不一时，石头抱着一筐干草就上来了，他本来就是个喂马的孩子，没见过什么世面，又拜托远安劫狱，一见穿着官袍子官靴的赵澜之，霎时心就虚了，跪在地上哆哆嗦嗦的：“小主子，您要见我？”

远安上前几步，扶他肩膀，暗中使眼色：“石头呀，这两位是县衙捕头，怀疑你昨晚上劫狱，还私藏人犯。有没有这回事？你从实说来！要是敢撒谎，我就扒了你的皮！”

石头倒是知道配合，看看远安，看看赵澜之，哼地傻笑：“大人，主子，我得是有多大的胆子敢做这种勾当？没有，没有！小人不敢！”

赵澜之上来，倒是和气的：“小兄弟，没撒谎吧？”

“小人长多少个脑袋敢骗您呀！”

远安就势一把把石头推开：“赵大人，这我跟您打个包票，这孩子老实着呢，劫狱那么大的事儿，他怎么敢？您若是不信，也行，要不然您就在我这院子里面搜一搜，看看能不能找到那杀人的段小玉？”

赵澜之闻此言忽然回头，目光如炬，紧紧盯着远安：“我几时跟叶公子说过，那人犯姓段呀？”

远安转转眼睛：“石头的事儿我都知道，前两天说有个同乡段小玉犯了人命官司。”

赵澜之居高临下，与远安相面了好久，颔首而笑：“主仆关系真好。”

远安讷讷：“是呀是呀。”转身擦擦额上的汗：怪我这张破嘴！

赵澜之却不再纠缠了，抱拳道：“公子，我也没有长那么多的脑袋敢搜查叶府。话问明白，公务也就办完了。叨扰叶公子了。”

远安心下一松，赵澜之却继续说道：“不过在下还是要提醒几句。劫死囚不是小事，如果谁以为自己手段高超或者有什么高官背景，能够浑水摸鱼，侥幸逃脱，那就错了。官府会发通缉令，悬赏捉拿此人。换句话说，一个死囚跑了，绝不是我们两个捕头在追踪她，她会被无数只眼睛跟踪，举报！插翅难飞！最终只有归案服刑一条路！而斗胆劫狱者，也绝对难逃法办！”

赵澜之这几句话掷地有声，远安听完更为心虚，眼珠子都不知道往哪个方向看，而石头闻言几颗大汗珠子已经从头上滚了下来，浑身筛糠一般发抖。

赵澜之看着他笑了，正是他最擅长的皮笑肉不笑。

远安见石头这是要穿帮，当下急了，上去飞起一脚，厉声地数落他：“早上就说发烧了，到现在还不吃药！抖什么抖？！捕头大人还得以为你主人我刻薄你！病都不给你治！”

赵澜之拱拱手：“叶公子，在下告辞。”

远安赶紧说道：“夏叔送客。”

赵澜之与他属下孝虎就这么走了，石头与远安相互看看，主仆二人各自惊魂未定。石头带着哭腔：“小主子，这……这怎么搞的，怎么洛阳县衙的人追到这里来了……”

“别，别，别害怕，”远安抓起一把干草给石头擦了擦汗，“今晚上，今晚上我就把你跟小玉送走喽……”

圆月高悬，更鼓阵阵，整个洛阳城都差不多睡着的时候，三人两骑从叶大人府后门出来，在夜色下飞奔前行。及至密林深处，大运河边，几棵被雷劈坏的大树纵向倒在礁石上，成了一个天然的栈桥，三人下了马，正是远安、石头和小玉。

远安看看月亮：“时辰差不多了，咱们先在这里等会儿。有私船路过，给他们些船费川资就能带你们走。哎，今天运气好，这就来了，来了艘船。起来，别挡着我。”远安用手里的硝石打了个火，那艘船靠在了岸边。

两个艄公穿戴着斗笠蓑衣立在船头。

远安朗声与他们说话：“去哪里的？”

“定阳城。”

“顺路帮我捎两个人走吧，就在定阳下船。”远安道。

“行呀！二两银子一个。两个人就是四两。”

远安翻翻白眼：“还真会做生意呢！——喏，我给你六两。你把船撑得快点。茶饭伺候勤快些！”

艄公很痛快：“行啊！爷请上来吧。”

六

水上缠斗

远安扔了银子给艄公，转身又往石头手里塞钱："还有这些银子，石头给你，千万别回家乡，这几年都不能回去。找个没人认识你俩的地方，买块地种。记得了？"

"记得了，小主子。"

"你妈妈那里你别担心，我让夏叔给她寄钱回去。"

石头含泪："小主子，你待我真好。"

远安拍拍石头肩膀："你的马喂得好！说实话，我心里也舍不得，再找个好马奴也不容易啦。不过，这是好事儿！你中意这个姑娘，信得过她纯真善良，这是你们两个的福气！可要珍惜！"

小玉和石头当即给远安跪下磕头："小主子的话，我们到死都不忘！"

艄公着急了，在船上催促着："我说你们走不走呀？！"

远安赶快扶起小玉和石头："走吧，走吧，别耽误时间了。"

石头与小玉上了船，他俩在船舷上给远安下跪道谢。

远安挥手告别，心里面有些依依不舍，也有些大功告成的轻松，转个身就要上马回家睡大觉去了，忽然觉得哪里不太对劲，这风不太对劲，水也不对劲，月色不对劲，那艘船，那两个艄公就更不对劲了——他们撑船的手艺可是不太熟练呀……

远安猛一定神，赫然看见一身蓑衣的船家脚下的靴子，正是双厚实白底干干净净的官靴！远安心里咯噔一下，随即大喊："石头！小玉！快回来！"

水声激荡，船上的石头与小玉看见远安比比画画。

小玉纳罕："小主子在说什么呀？"

石头搔搔头发："好像是……她让咱们千万别回去。"

小玉道："好像不是呢……"

身后的艄公说话了："当然不是，他是让你们快回去！"

小玉与石头大骇，回过头来，那两个艄公摘了帽子，显出本样，正是洛阳县衙的捕头赵澜之和孝虎！

赵澜之冷冷道："真是得来全不费工夫。孝虎，把他们两个绑了！咱们再去逮他们家的小主子！看看王法怎么治这个胆敢劫狱的公子哥儿！"

孝虎二话不说立时擒住石头与小玉二人。

岸上的远安看到了这一幕，急得跳脚，咬牙从怀中掏出银白色的骷髅手，一下子掷到船舷上，那骷髅手最是精致好用，抓住船舷，远安扣动机关，收起绳索，飞身而上，眨个眼，人就到了船上了。

赵澜之上下打量远安："劫狱的果然是你。你那骷髅绳索我认得，谁给你做的呀？"

"废什么话，小玉是我救出来的！你早就知道了吧？！"

赵澜之拧了拧袖子口，饶有兴味地看着远安："盯了你一整天，果然晚上跑出来了！小贼呀，你还不够稳当，你看，你们侍郎府我不能搜，可你自己却出来了，你呀，江湖经验还不够。"

远安闻言大怒，抽出腰带，握在手里一抖变成一把软剑："那你看我剑法够不够！"说罢便冲上去，与那赵澜之杀作一团。

远安与赵澜之拆了二十几招便已经分出高下，她蹦蹦跳跳都是些花架子，哪里是那职业捕头赵澜之的对手，几次都被他的刀锋扫到眉毛，赵澜之有心手下留情，远安暗中还得意自己功夫又有精进呢。

不知何时，风浪骤起，小船摇晃着被推到江心。

赵澜之不想再战，翻手腕，横了刀刃直推过去，远安挥剑来挡却来不及了，眼睁睁看着那刀刃就贴着自己脖子了，不敢再跳，一动都不敢再动，老老实实地立住。

赵澜之看着她那张脸，他是颇为无奈的："你怎么这么难缠呀？昨天今天跟我打的这两场，我真能杀你七回了。"

远安撇嘴："别吹牛了，昨晚上不还是被我耍得够呛！"

赵澜之笑道："这倒是，你那些暗器玩意儿算是好用。行了，到此为止吧，束手就擒，跟我回衙门去。你看……我都烦你了……"

远安大怒："我哪里烦人了？！我比你烦我更烦你！"

"你胆敢劫狱，罪无可赦！"

"是你们不分青红皂白，胡乱断案，冤枉好人！"

两人又打了起来。远安虽然穿着男装，但到底是个姑娘，脸皮是薄的，被赵澜之说"烦人"已经气得七窍生烟，如今每一剑刺出去都是要赵澜之的命一般，赵澜之想抓活的，船上空间又小，到底是不得施展。

孝虎想要上来帮忙，远安抽了空当飞出铁骷髅手，扣动机关将他捆住，骷髅手抓紧了孝虎的哽嗓咽喉，孝虎大叫，赵澜之上前营救，船身忽然剧烈晃动，远安的剑封在他咽喉处，这一番是赵澜之定住不动了。

片刻，赵澜之冷静下来，贴着剑尖儿回头问远安："你想干什么？"

"放石头和小玉走！"

"我要是不呢？"

远安笑笑："你要是不，我就先抹了你的脖子，再给你的那个帮手放血。然后再放他们两个走！差不了什么，一回事！"

赵澜之仔细看着远安，特别不理解："你爹在朝廷上做官，你知不知道你在做什么？你知不知道你要是杀了官差，你们会怎么样？！"

"我这人就是可着性子办事，有什么结果，到时候再说。"

赵澜之忽然笑了："还真有点脾气。"

远安执剑逼近，紧张地威胁着："你不信呀？你以为我跟你开玩笑呢？"

赵澜之一动不动，毫不相让，他冷冷地看着远安，已然在回答她——就算是杀了他，也别想走。

远安真的要刺死他了，一滴汗从头发里渗出，流进眼睛里……

被缚住的小玉忽然大喝一声："你们都住手！"

众人看向她，小玉咬紧牙关，坚决的、绝望的："官差大人要的，无非是捉我回到牢里去，砍头行刑，又何必让小主子为难？我绝不能连累别人！小玉这条命不值钱，可也不想蒙冤而死！我这就投江，了结自己，我要干干净净地走！”

小玉说完，趔趄着转身就投进了江里。

船上的所有人皆是大骇，远安手里的剑掉在地上。

石头大哭：“小玉！你等着，我也去！”

远安下意识地抓住石头，可小玉却一头沉入了黑魆魆的运河里，一瞬间就没了顶。

远安不熟水性，此时再想施法相救，已不可能。她一筹莫展的时候，身旁的赵澜之纵身入水，在翻滚的波浪里找到了已经呛水昏迷正在下沉的小玉，将她从水中拉出，救回船上。小玉不省人事，赵澜之按压她的腹部，小玉呕出几大口水，哭着醒过来。石头上前将她牢牢抱住，两个人抬头看着这个一直找自己索命的捕头，又惊又惧又不解，他不是来杀他们的吗？怎么又把她救了？

风浪打来，五个人在飘摇的小船上半晌不语。

赵澜之看看小玉。他奉命捕人，可是这案子不是他办理的。有一日经过死牢的时候，被这个小姑娘隔着栏杆抓住了脚，小玉哭得眼睛血红，声音凄厉：“你们冤枉好人！胡乱断案！我若死了就化成厉鬼冤魂，我不会放过你们的！”他是捕头，见多识广，心肠冷硬，喊冤叫屈的人犯多了去了，可是能顽抗到这一刻的，这么死硬到底的，却真没有多少。

赵澜之转头看坐在船上喘粗气的远安，让他更不解的是这个小孩，一个世家公子，为了自己的马奴和一个杀人嫌犯，怎么能铤而走险到这个地步？

难道千端阁舞姬如月被杀的案件确实另有隐情？

远安看出了赵澜之的犹豫，猛地扑上去，抓住小玉的肩膀，大声问她：“小玉，告诉这个捕头，他们为什么说你图财害命？他们捉住你拿了什么赃物？”

小玉抹泪：“他们说我拿了如月姑娘的镯子。可是那珊瑚镯子确是姑娘送给我的呀！她不知有多少精致宝贝都比那个值钱，若镯子真是我偷的，为什么我不偷些更值钱的首饰？为什么我会留在千端阁，等着你们来捉我？”

远安恼恨咬牙，忽然又笑了，转头看着赵澜之，恶狠狠的：“给这个人判斩立决之前，要这条命之前，你们可有人听听她的话？！”

赵澜之仍是声音冷冷：“官差各有分工，这案子不归我管。”

远安道："你只管捉人对不对？把一条清白的命送到屠刀底下？"

风浪之中，赵澜之刚才不顾自身安危救起小玉已经让远安觉得意外，眼下他的迟疑让远安发现了一点点的可能性，她转过身来争取他，迫切地、真诚地："大人，赵大人是吧？大人，我求你听我一句话。你给我一点儿时间，给他们一点儿时间，我一定能把这事情查清楚。小玉是冤枉的。我能证明她的清白。你给我一点儿时间。我保证，要是不行，我这条命也寄存在你这儿。你划算的，对不对？"

赵澜之仔仔细细地看着远安，真的糊涂了："我没弄错吧？足下不是叶大人的公子吗？这人不是你的马奴吗？你跟他们什么交情？"

远安理所应当的："别说石头是我的马奴，小玉是他心爱的姑娘，就算是个陌生人，听到莫名蒙冤，我也不能不管。这跟我是谁的公子又有什么关系？"

她是如此坦坦荡荡，振振有词，真把个赵澜之给说动了。

他沉吟道："罢，我就给你三天时间。三天之后，如果不能证明她的清白，找到真凶……"

远安："那你把我们三条命一起拿去！"

石头与小玉大叫："小主子！"

赵澜之终于点头了："叶公子，说定了！"

石头和小玉把远安拽到别处，急得要命，低声道："小主子，三天时间，您能……能查明白什么呀？"

远安奸笑："笨蛋，小点声，今天这架势看来是逃不了了，争取三天是三天。今天把他糊弄过去，我改天再送你们走……"

另一边孝虎也着急："大人，就这么放他们走？"

赵澜之冷笑："这人确实诡计多端。不过他家在那里呢，跑得了和尚跑不了庙，把他们给我看严实了！"

孝虎眼睛一亮："是！"

叶远安与赵澜之各怀心思，回头再看看对方，竟是颇为和谐地打了个哈哈，一直以来的针锋相对，瞬间变得异常和气。

远安："那什么，赵大人呀，要查明案件，你还得带着我去干一件事情！"

七

深夜探尸

四更天了，东方的天空发白，洛阳城街道寂静，只有给大户人家送菜洒水的牛车经过，木轮子压过石头路，发出吱吱咯咯的声音。

远安跟赵澜之在半明半暗的光景里策马穿过城市，来到了洛阳县衙，赵澜之在前面引路，远安跟随，两人来到了庭院的西角，一处黑门外。赵澜之正要开门进去，犹豫了一下，回头问远安：“你身上有铜板吗？”

远安怔了一下，从怀里拿出个小银角子：“只有这个，干什么？”赵澜之接过来，把那小银角子放在门口。远安霎时就明白了他的用意，心想这捕头看上去技高胆大，其实也是小心翼翼，那银角子是用来打点过路鬼神的。而这里，是殓房。

推门进去，果然阴气森森。

青石板墙面，三排十二具尸首直挺挺硬邦邦地蒙着白布躺在窗下。远安咬了半天牙，明知道不应该可实在还是又一次没控制住自己，到底趁着赵澜之没注意，掀起一张白布看了看，但见那尸首是青紫色的，肿胀膨大，一个头仿佛有两个大，两只眼睛紧闭着，各自成了半个球形，嘴唇也如同吹了气一样膨胀着，一条巨大的创口从头顶经鼻梁子一直切到下巴，血液被擦干了，但见里面的鼻骨和皱巴巴的牙膛，这人死得真是难看，把个远安看得龇牙咧嘴。赵澜之冷冷一笑：“哼，早告诉你别来，怎么样，怕了吧？”

远安道：“家里厨子有一次给下人们做猪头肉，煮好了之后酱成了红色，然后横刀竖刀也切成这般，我实在好奇，就尝了一口，味道还行。鼻子那里肉是弹的，骨头是脆的，味道真的还行。”

赵澜之闻言扭过头去，半晌竟是没有应声——跟前这么个人让他实在是无语。

远安就这样看着呈现巨人观的尸体合计着吃过的猪头肉的时候，一个人无声无息飘飘忽忽地就停在了她的身后。远安猛回头，但见一个长胡子的老家伙，活人倒是把远安吓得一个激灵：“你谁呀？！”

老头子才不稀罕跟她说话，看着赵澜之，声音嘶哑：“赵大人，是要看哪条咸鱼啊？”

远安回头看看赵澜之：“什么叫咸鱼？”

赵澜之道：“咸鱼就是尸首。这是老杨，这里的仵作，这是他们的行话。老杨，给我看千端阁的舞姬如月。”

仵作道：“赵大人，那案子审结了，按规矩，咸鱼埋了。”

远安着急：“埋哪里了？我去挖出来！”

仵作老杨面无表情地看着远安半晌，又问赵澜之：“这小孩谁呀？肝火太旺，吃些羊草结调理调理吧。”

远安不解：“羊草结是什么？”

“就是羊粪蛋。”

远安大怒，上来揪住那老杨领口：“你敢再说一遍！”

老杨用一根指头指着远安，慢悠悠地说道：“我给你说三遍。羊草结。羊粪蛋。羊屉屉。”

远安咬牙切齿挥拳就要动粗。

赵澜之把住远安：“哎，你还想不想办正事了？！老杨，那你是不是还留了验尸的笔记，拿来我看。有没有什么蹊跷的地方？”

仵作静默半晌：“蹊跷？！就没见过这么蹊跷的咸鱼了。蹊跷得老爷下了命令，我都没舍得埋。二位跟我来吧。”

仵作说完，就转身向前飘走，赵澜之与远安跟在后面，在殓房里又进了一层，下了几个台阶进了暗室，里面立着好多巨大的冰块，冰块正中有一个巨大的箱子，老杨打开箱子盖，掀开一层白布，远安与赵澜之终于看到了那如月姑娘赤裸的尸首。

那是一具保存完好的尸体，身材匀称修长，侧着一半脸也可见女子生前美好的眉眼轮廓，只是她蜷缩着，手臂与双腿都佝偻在胸前，毛发卷曲——这是明显的遭遇高温时的身体状态。女子浑身的皮肤呈现暗蓝色，皮肤上有着大大小小的水泡痕迹——而这是血脉倒流在表皮上裂开造成的。

远安道：“她这样子怎么看都像是……被烧死的呀……”

赵澜之道：“你倒是有些见识。可如果真是烧死的，她为什么皮肤完整，身上没有一处变黑，连一块烧灼伤都没有呢？”

仵作老杨道：“我检查了她的鼻腔，里面也没有灰烬。”

赵澜之道：“就是说，怎么看都是一具被烧死的尸体，却根本都没有碰到过火！真真是怪了！”

仵作笑笑：“赵大人也说怪了？我干这行三十年了，没见过这样的事情。跟县令老爷报告了，这就不是人能干出来的事儿！是鬼神！”

赵澜之：“他信了？”

“他信。可是他不能这么判啊！”

听说抓到了一个嫌疑人，老爷就给判到那个人的身上了。也是赶上吏部要考察县级官员的政绩，他不能耽搁呀。”

远安气愤：“果然是草菅人命！”

赵澜之看她：“你这样说也不能洗去段小玉的罪名。老杨，还有什么线索吗？”

仵作道：“线索也就是这些了，多出的也都是些更没法解释的东西，喏，我这上面有记录，案发现场，那房间里面是有水的！这女子本来是要沐浴，却被烧死了，她被人发现的时候，四周完好，那浴桶里面还满满的都是水呢。”

远安道：“这可真是奇了。”

远安与赵澜之从殓房里出来，各自都是心怀打算，默不作声，一直走到了庭院外面，赵澜之问远安：“怎么样，叶公子？非要来殓房，你满意了？”

远安抬头看他：“这话应该我问你。赵大人，一个人被烧死了，房间里面却完好如初，里面甚至还有一个浴桶装满了水，这案子这么多解释不清楚的地方却被匆忙判决了，我看你们县令大人就是为了考绩胡乱断案。我问你，你满意了吗？明知道小玉不是凶手，你还一定要把她给捉回去？”

四目相对，赵澜之略略沉吟，认真地看着远安：“案子已经被大人判了。如果不能查到真凶，那就不能翻案。段小玉就必须归案。”

远安思考片刻，沉声道：“我明白了。你刚才让我在那殓房门口留下个银角子我就明白了，你怕鬼神！你知道自己抓不到真凶！你跟你们县令老爷一样，就是拿小玉去充数！”

赵澜之又是皮笑肉不笑的脸，白牙齿亮晶晶的，像头好看的狼：“你别激我，这招儿没用。我想做的事儿，谁都拦不住；我不想做的，任你说到天边去！叶远安，别管我怕不怕鬼神，这案子若是有疑点，那我就查定了！咱们还是三天为期，三天之内，你也好，我也好，抓到真凶，段小玉我就留给你！”

“好！各忙各的，殊途同归！”远安转身就走了。

明明就是一只精力充沛的小老虎，赵澜之看着她的背影，垂眼一笑。

八

神秘地库

话说赵澜之送走了远安，天色已经大亮，他正要再去查看如月案的卷宗，没走几步却遇上了县令孙世海。这孙世海出仕之前也读了多年圣贤书，肚子里也有些学问道理，却是个最胆小谨慎的人，还长了对势利眼，见到赵澜之，一把抓住他的手腕子，一根手指点着他的鼻子："赵澜之！我问你，前天晚上，你明明在大牢里面审问盐贩子，怎么就没看住，让人劫了狱？这是你一宗罪！还有，听说你早就掌握了那死囚和劫狱犯的线索，你为何不将他们捉拿归案？！我看你就是要将他们私自放走！我要治你的罪！你听到没有？！你还想往哪里走？！"

赵澜之本来不耐烦，急于离开，被那孙世海在后面追得紧了，又想起如月案的不明不白，终于气愤不过，猛然回头，那矮小的县官几乎撞到他身上。赵澜之居高临下，捉住那孙大人指着自己的手腕子往回折："大人！人犯行踪已在我掌握之中，随时都可以把他们拿回来复命。可是舞姬如月被杀案情疑点重重，再过几天吏部就要下来评估官员政绩，大人也不希望到时候有人擂鼓鸣冤，往您的脸上抹黑吧？"

县官手上吃痛，又被个下属厉声教训："反了你了！你……你一个刚刚入职的捕头，就敢跟老爷我这么说话……哎呀呀，松手，你不怕我再让你回塞外……"

正在这时，有衙役领了一位公子进来，报告说："大人，捕头，这位裴公子求见捕头。"

赵澜之松开了孙世海的手腕子，县官老爷疼得差点儿没跌在地上。来访的那人是位翩翩佳公子，一袭白衣，摇轻扇，看着他们笑。赵澜之道：“得罪老爷了，我这里有旧友来访，先行告退！”赵澜之言毕便引着那人走了。

孙世海从地上起来，还不服气，在后面喊：“我告诉你！盐贩子的案子你还没有给我审出来呢！这个才是正事儿！你别被那舞女的案件耽搁了！”

声音被赵澜之和他那访客扔在后面，孙世海忽然觉得不对劲，问身旁的衙役：“你说……你说来找赵澜之的那个人是什么人？”

“回老爷，那位自称姓裴。”

“姓裴……姓裴……我怎么看着他觉得面熟呀……啊呀，不好，那不是尚书令裴大人家的三公子吗？！”

孙世海吓了一跳，一边下意识地整理帽子官服，一边低声嘀咕：“这个赵澜之到底是什么来头？一个小小的捕头，居然有……居然有尚书令家的公子来找他，还说是旧友……”

那位来找赵澜之的，正是当朝尚书令裴大人家的三公子闲雅。公子闲雅二十三岁年纪，自少年时代起，就因为相貌英俊、精于音律而在洛阳城颇有盛名。有会做生意的画师，偷偷地将他穿着白色裙袍在碧水潭边抚琴的情景画出来，卖给那些个怀春的小姐、丫头，挣了不少钱；市井里有人刻薄那些爱漂亮、爱打扮的男孩也用闲雅来说事儿，说你就是再打扮再爱美，能比得过那俊美的公子闲雅吗？

就是这样一位如同他名字一样闲适优雅的公子，几年前遇到了麻烦：天后下令，所有的官家子弟都要轮流去塞外军中效力一年，公子闲雅就被分配到了赵澜之麾下。从小十指不沾阳春水的人儿真的挥棒弄枪，没几日就累垮了身体生了一场大病，是赵澜之策马两天两宿将他送回洛阳城请太医医治，公子闲雅才捡了一条命回来。闲雅对赵澜之感恩戴德，从此与他以兄弟相称，闲雅年长三个月为兄，赵澜之为弟。

两人此时在街角茶室的雅座坐下，要了一壶好茶、两碟点心。闲雅上来便怪罪赵澜之：“你回来这么久了，居然不跟我联系？若不是我从旁人那里听到消息，说你在运河上截下了盐贩子，都不知道你回来了。”

赵澜之一愣："兄长的消息这么灵通？盐贩子的案子我还没得时间审出来，你就得到消息了。"

闲雅笑道："瞧瞧你呀，澜之，什么人都是你的犯人不成？咱们两个得空喝点茶就审到我头上来了？我家清客那么些人，这些消息还拿不到？我说你也太敏感了。难怪天后说你是只猎鹰。"

赵澜之略略抱歉："兄长莫怪我失礼。实在是最近公务繁忙，又被那县令老爷催得急，刚才你不都看到了嘛！"

闲雅亲手为赵澜之斟茶："比起在塞外戍边，是更清闲了，还是更辛苦了？"

赵澜之饮茶笑道："跟兄长说句实话，塞外的差事和生活远比洛阳城简单。"

"明白明白。"闲雅点头，"可是那里却比不了这洛阳城里的活泼热闹，你说是吗？要任何人选择，恐怕都愿意在这天子脚下享受浮生吧？"

赵澜之微微点头："没错。兄长你看上去气色很好，心情上佳，是不是有什么喜事呀？"

"有的。有喜事。"闲雅道，"我今日前来就是专门来跟贤弟报喜的。"

"哦？"

"我与靖王府的明慧郡主定亲了。"

赵澜之颇为惊讶，一杯茶端在手里定了一会儿，刹那间知道有些尴尬失态了，连忙放下茶杯："恭喜兄长！兄长风度翩翩，学富五车，才情高雅，听闻那明慧郡主又是皇室之中少有的才貌双全的女子，二位是天作之合，可喜可贺！"

闲雅仿佛早就料到赵澜之的反应，点头笑道："怎样，澜之？你也有些惊讶了？其实知道这消息的人都差不多的反应。没错，家父与靖王曾颇有嫌隙，别说缔结姻亲，两家就连日常的交往应酬都是能免则免。可是蒙那明慧郡主垂青，竟通过她兄长主动向我家提亲，两家化干戈为玉帛，也是一件好事。"

赵澜之起身行礼："当然是好事！我提前给兄长道喜了！"

闲雅扶住他："谁要你恭喜？我知道你不喜交际，就算咱们两个交情好，我要是差人把喜帖送来了，你也不见得就一定去，所以特意亲自来找你。行婚礼的时候，我不见着你可不行！"

赵澜之："兄长放心，我一定去！"

闲雅开怀道："你呢，澜之？可有心仪的姑娘了？"

“没有。”赵澜之回答，他饮干了杯中茶，起身与公子闲雅道别，“兄长，小弟还有公务在身，要回衙门里审问犯人，我们日后再聚。”

赵澜之说罢走了，公子闲雅却颇为不安，看着他的背影自言自语道：“唉……我还有些事情要问你呢……”

就在公子闲雅与赵澜之在茶馆里叙旧的时候，远安正在自己府里胡乱吞了早饭，越想越是焦急：舞姬如月死得蹊跷，就连经验丰富的老仵作也解释不出来个所以然，县官也是胡乱断案，草草抓了小玉当替罪羊，可是他们都查不出来的案情，她去哪里找到真凶呢？唉，说大话的时候是很过瘾的，英雄气概，豪气干云，可是从哪里开始查？查不出来真相，找不到真凶，那就没法让小玉脱罪；小玉脱不了罪，三天之后，不，两天半之后赵澜之就要来拿人！话说这洛阳县衙有个糊涂县官，却养了个勤快的捕头，追得还真是紧呢！远安又想起来赵澜之那副催命鬼的样子，更加烦躁起来，心想靠自己似乎实在是不太中用了，到底得去找藏在家中地库里的那个老家伙商量商量对策才是。

远安从后厨拿着些花雕酒、五香牛肉，穿过厅堂花园来到地库，远远看见弟弟远宁一手拿着菜刀，一手提着灯笼，在地库旁边转悠。远安心说不好，要上前拦住，可是晚了一步，远宁打开地库的门，一脚踩进去了。

这个远宁是叶府少爷，户部侍郎叶大人续弦夫人的独生子，远安的异母弟弟。他今年十五岁了，身上不胖，可是脸却长得白白胖胖，故而远安给他起了个小名叫作“包头”，意思是说，他的头像个包子。

正常别的大人家里的独生公子都应该是混账嚣张的，远宁一直想要混账嚣张就是做不到，因为他有一个更为混账嚣张的姐姐。叶大人忙于公事的时候，远安在家里说一不二，起外号得应承着，欺负他得受着，踹他一脚，还得说“姐姐武艺又有精进了”。远安说“后花园那个地库，你们都不许去”，远宁连看都不敢看那里一眼。当然他不看，不代表他就不惦记了。正相反，远安越是禁止所有人接近后花园的地库，远宁就越是好奇，把自己的小心肝儿都给好奇得痒痒了。终于这一连两宿都没在府里见到远安，远宁估计着姐姐这一回是又要去外地玩耍了，就终于抓住时机去那地库一探究竟。

话说远宁提着菜刀、灯笼打开地库的门，只觉得一股湿漉漉的阴风袭来，浑身就是一个冷战，眼前漆黑一片，灯笼的光火所及，只见一条长长的向下的楼梯，十分陡峭，又兼他头大如斗，圆如包子，不好掌握平衡，才迈出第一步，就觉得脚下打滑，一头栽倒，整个人滚下去了。也不知滚了多久，滚到哪里，远宁好不容易生生用手指抠住一级台阶，稍微稳定住，就感觉后脖子上有个毛茸茸的东西在爬动。他心说不好，一只手仍拽着灯笼，另一只手迅速地抓背一看，手里抓起来的竟是只巴掌大的蜘蛛，背上长着大眼睛，正死死瞪着他，足上的毛比鸡毛还粗长些。远宁吓得“嗷”的一声叫，甩开蜘蛛，一屁股坐在地上，就听无数“吱吱”声，数百只老鼠从他屁股底下一哄而散，像云彩被狂风吹散，却又迅速地聚集在一起。就在离远宁一丈远都不到的地方，无数只绿油油的小眼睛正凶狠地看着他，远宁只觉得浑身的毛孔都开了，趁老鼠们没有一起扑过来的瞬间，噌地跳起来就往楼梯上面跑。饶是跑得多快，都觉得脚后跟仿佛被老鼠的大牙咬到了似的，上气不接下气地蹿了好几大步。眼看就是地库的入口，大铁门的缝隙透着光，远宁脚下一拌，摔倒在地，手里一直死命拿着的灯笼扣到了袍子上。袍子被引燃，烧到了头发，远宁的头发落了火星，起了火苗，惨叫着从地库的大铁门里跳了出来。

远安正在外面，一见远宁进去没多久，再上来就头发起火冒烟，当下也是急得够呛，远安大叫：“这是怎么了呀？！”

“头上！头发……脸上着火了！”

远安上前，手不碰远宁，伸出一脚，一下子把远宁撂倒：“快躺倒，姐姐给你灭火！”

远宁没的选择，在地上打滚，远安上去就踩远宁那个大脑袋。

远宁头上火苗本来没有那么严重，可是他之前被蜘蛛、老鼠吓破了胆，以为自己快被烧死了，远安嘴上着急，心里好笑，一脚接一脚地往他头上、脸上踩，直到自己过了瘾方说道：“灭了，灭了，姐姐把火给你踩灭了！”

远宁立起来，头发焦煳，眉毛、睫毛、鼻毛都被烧没了，还鼻青脸肿，嘴唇流血。

远安扶着他的肩膀，强忍着笑：“弟弟呀弟弟，你看，果然塞翁失马，焉知非福。让姐姐踩一踩，你霎时更英俊了！”

远宁哭着摸自己的脸：“我不信！我要去找大夫！”

远宁哭着跑了，远安捂着嘴巴乐：“我看你还敢来！”

远安见远宁跑远了，四下再无人打扰，方开了大铁门，进了地库。她手里没有灯笼，却熟练地向下数了二十八级台阶之后，转身向左，打开一道木门，进了一个方圆五丈的圆形坑室。坑室里面灯火明亮，一侧的墙壁上满是瓶瓶罐罐，各种颜色的液体里泡发着大小不一的动物器官，鹿茸蝮蛇虎鸡鸡，蝾螈蝙蝠狗弟弟，另一侧是一幅巨大的占卜用的壁画，挨着几口箱子，再往里面，火上烧着一口大锅，锅里的药液沸腾着，发出咕嘟嘟的声音，一个高瘦的家伙披着黑色的袍子正站在那口大锅前等待着、观察着，火光从他身后透过来，他巨大的、黑色的影子笼罩在远安的身上——这是一个术士和他的房间。

黑衣人没有回头，却知道远安就在身后，他声音嘶哑低沉：“刚才是什么人下了地库？”

“我弟弟远宁。他没找到这里，摔到下面去，被你的蜘蛛和老鼠吓跑了，爬出去的时候还被自己的灯笼烧着了头发，让我一脚一脚地给踩灭了。”远安说起来还得意。

“嘘……”术士忽然示意她闭嘴。

远安明白了，立即噤声，她知道火候到了，这个人的药就快要好了。

果然，那咕嘟嘟的药液“刺”的一声从锅盖上的小孔冲出来，经过一道如同肠子一般细细弯曲的铜管，冷却凝固，最终从铜管的另一头出来一颗暗红色的丹药，被黑衣人用一个铜盘子接住。

黑衣人看上去对自己的工作成果颇为满意，晃着这枚丹药一步一步缓慢地走到远安的跟前。他的脸慢慢地显现，那竟是一张怪好看的脸：浓黑的眉毛，孩子气的眼睛清亮亮的，高高的鼻子，薄薄的嘴唇，鼻翼两侧、嘴巴旁边有两道浅浅的笑纹，因为有了这两道笑纹，这就成了一个怎么都不可能严肃起来的人。只是那张脸、那副神态，怎么看都是最多不过三十岁的年纪，他却白发如雪！

“小混蛋，”他是这样叫远安的，“来，我这丹药炼了七七四十九天了，来尝尝呀。”

“会怎样？”远安木着脸淡然地问。

“吃下去你肯定比现在好看。”黑衣人献媚道。

远安切地一笑：“我已经够漂亮了。既是这么好，你自己吃吧。”

黑衣人闻言把铜盘子当的一声扔在桌子上，把那枚刚刚出炉的、炼制了七七四十九天、特别有仪式感、刚刚还特别珍重的丸药一下扔到火堆里。

远安扁着嘴巴笑：“我就知道，上次你炼了八八六十四天的药丸子也这么就扔了。你说你辛苦不辛苦？早知如此，何必费这么大劲头炼丹药？”

黑衣人掀起袖子叉着腰指着远安道：“你知道我辛苦还不帮我试药！”

远安道：“你自己都不敢吃还让我吃？！”

黑衣人愤愤然：“哼，早知道就不该放你弟弟走，就该把他留下来给我试药！”

他话音没落，远安沉了脸，一步抄过来，锋利的匕首已经抵在了黑衣人的脖子上。黑衣人抬着脖子，垂眼看她，两人僵持住。

远安此时脸上一点儿笑容都没有：“我跟你说好了，你藏在这里，有我在，没人敢过来打搅。我弟弟是个笨蛋，此番被我吓唬，他也不敢来了，可要是万一再有下回，他不长眼睛再落你手里，还请你看我面子担待些。我的弟弟，我自己怎么玩都行，你敢拿他来试验你这些破丸子破酒，别怪我要你老命！听懂了没？”

黑衣人小心翼翼、老老实实地点头：“听懂了。说翻脸就翻脸的女大王。”他伸出一根手指轻轻地推开远安的刀刃，“这刀子是干什么用的？不是我给你的吧？”

“切肉用的。”

“给我带肉来了？”黑衣人眼睛放光。

“厨子做的五香牛肉，跟你上次说的一样，外面熟透，里面带血的，还有三两贡酒。喏，就在盒子里。”

“不早说，真是的。”黑衣人捧着远安带来的食盒席地而坐，拿了酒肉出来，也不用筷子餐具，立时大嚼大咬，吃到一半看看远安，“喏，我不欠你人情，之前给你做的隐身衣被你弄丢了，我又给你缝了一件，这次可千万记得别再弄丢了。”

“好的好的，谢了谢了。”远安蹲在他身旁，眯着眼睛讨好地笑，“您看这酒肉还行吗？还可口吗？”

“肉的火候不错。调味的话，甜口有点重，下次记得给我少放糖……”

“您放心。”远安殷勤地说。

黑衣人忽然觉得不安，抬眼看看远安：“小混蛋，你笑得这么苟且，这是又要作甚？又记挂着我什么宝贝？”

“瞧您说的。不过我确实有件事情想不明白，想要问先生您的。”远安闲闲一笑，见他差不多酒足饭饱了，这才凑过来把自己的来意说了个明白。

“就刚才，我弟那张脸被火轻轻燎了一下，眉毛睫毛就全没了。可那女尸全须全发，却都是卷起来的。手脚都勾着，血都冲到皮上来了，皮肤的颜色蓝瓦瓦的，仵作说，那形状跟被火烧死的一个样儿，只不过，就是没有碰到火！”

黑衣人舔了舔手上牛肉的汁血，似乎对这事端开始有了些兴趣。

远安就更来劲儿了：“而且她被杀死的现场，旁边还有水呢！就是怎么都解释不清楚，就像……这事儿就像鬼神干的一样！”

黑衣人哈哈笑起来：“你们这些笨蛋，自己见识少，查不明白事情，可不就是要推到鬼神身上去？你说什么，怎么看都像是烧死的，却没有碰到火，是吗？”

“对。”

黑衣人站起身，找了一块皮子擦手，从一旁的罐子里挖出些香喷喷的护手药膏一边抹在手背上，一边说话：“要想人死，两个办法。最常见的，也是最一般的方法就是从肉体上加害他。抹了脖子，切开肚子，淹死、烧死、勒死，都是些常规方式。”

远安：“除了这个，还有别的办法？”

黑衣人：“当然。从精神上杀死他，要他看见最可怕的东西，知道自己活不成了，要他以为自己死了。人的思想产生巨大的刺激，肉身难以适应，最终在自己的幻境中死去。而死尸所呈现出来的状态特征完全符合人在自己的幻象中所遭遇的情景！”

远安听得眼睛发直：“你说的可是真的？真有过这样的事例？”

黑衣人道：“多年以前，祁连山下有个铸剑的，好不容易造了一柄好剑，却没看住，剑不见了。这个铸剑师怀疑是自己的徒弟所为，便把那少年绑起来，割了他的脉，再蒙上眼睛，还在旁边放着个水桶，让少年听见滴滴答答的水声，以为是自己流血。结果没过多久，那少年死了，死状同失血而死一模一样。其实，他脉门上的伤口早就凝固了！”

远安起身，转悠了几步：“你说的倒是给了我几分启示。若真是如此，房间里的如月并非真的是被烧死的，而是被人制造了幻象，活活被吓死的！可这又是怎么做到的呢？啊，我想到了！”

黑衣人撇着嘴说：“这还用问我？你用膝盖想想也该知道，下药啊！不过你要想彻底弄明白状况，就要去她死的地方探一探！”

远安认真地点了点头：“你说得对，我得去那个千端阁探一探！”

与此同时，牢房里面奄奄一息的盐贩子终于熬不过赵澜之的审问了。两日来，他只被灌盐水，如今口唇干裂，胸中如被火烧，此刻筋疲力尽，只是不住地喃喃自语。

赵澜之的经验告诉他，差不多是时候了。

他把一碗清水放在盐贩子嘴巴跟前，和颜悦色地说：“所以啊，挣那么多钱有什么用，关键时候，连一口白水都喝不到。怎么样啊？说不说？你那私盐，是什么时候、什么地点、从什么人手里拿到的？”

盐贩子用尽全身的力气咬住了水碗的边缘，这一次赵澜之没有像逗狗一样地把水碗夺回来，反倒往前送了一下，让那人喝进去了。盐贩子咚咚两下，灌下清水，欲哭无泪，终于崩溃了：“我说，我说……跟我交易的人，我并不知道他的名字，看上去也就是中等身材，眉眼也没什么特别之处，扔到人堆里都找不出的那么一个家伙。可有一次，我们两个喝得高兴，划拳的时候，我见到他手腕子上有个老鹰的刺青……”

赵捕头笑了，仍有耐心地问：“再说明白一点儿，你们在哪里交易呀？”

“千端阁……”

千端阁？

又是千端阁！

赵澜之转过身，沉思片刻：最近发生的两起案件，舞女如月蹊跷之死，盐贩子的交易地点都在这个千端阁，二者之间会不会有什么微妙的联系呢？想要知道究竟，恐怕他得去探一探那个千端阁了。

九

一探千端阁

这原本是一个清朗平静的夜晚，微风习习，鸥鸟经过，在运河上夜钓的老翁刚刚抖开了鱼竿，钩子还没有落到水里，他那小舟便被水波推得摇摇晃晃，回头看去，五层高的千端阁大船平稳地推开波浪，缓缓而来。那上面载着洛阳城里所有热爱寻欢作乐的人们，酒香破开了薄薄的水汽，让老渔翁由衷地向往，他看着那富丽堂皇的大船，大船上的人也把他当成了风景，化着浓妆的公子哥儿们搂着艳丽的女孩，欣赏着运河上的夜色。

千端阁里却是另一番热闹景象，这里人声鼎沸，酒池肉林，天竺舞娘在跳舞，满室飞花。

便装打扮的赵澜之混在酒徒里，暗中观察着千端阁里的各色人等。

这繁华之下流淌着多少罪恶？眼前的这些人，他们谁是真的酒客，谁是暗中交易的商人，谁是懒散应酬的贵族，又有谁可能活不过天亮呢？

忽然他看见了那个自己怎么都摆弄不明白的叶公子，他身上一件怪漂亮的暗蓝色袍子，跟几个漂亮的舞姬亲昵了几下，转身便混到别处去了。

穿着男装的远安晃晃悠悠地混了一会儿，便偷偷摸摸地上了三层楼，在一扇门前停住，掀开帘子，门板上贴着洛阳县衙的封条——这正是如月被杀的房间。

一个小堂倌上来制止了她："哎，官人，这里面您不能进的。"

远安眯缝着眼睛，装作喝醉的样子："怎……怎……怎么不能进，我来找如月的，如月不是住在这里吗？"

堂倌道："如月姑娘啊……从前是住在这里的，可是最近回家探亲去了，您要找别的更漂亮的姑娘，我带您去。我们这里最近来了几个天竺美女，真是漂亮极了，您跟我来，跟我来……"

堂倌一边说话一边带着远安往别处走，走两步，一回头，远安不见了。与此同时，远安已经轻手轻脚地进了如月的房间。小堂倌丈二和尚摸不着头脑，想了一下就害怕了：哎呀，那如月姑娘死得不明白，不会有什么东西在这里作祟吧？

他赶快跑了。

黑暗的房间里，远安立在门旁向外看看，确定再没人过来了，方回过身，借着从窗子透进来的光，仔细地观察着这个房间：丈八方圆的外间，一扇明窗，没有损坏过的痕迹，窗下有好几盆花草，枝丫修剪得很好，可见主人的精心照顾，只是多日不浇水，眼下它们都干死了；另一面的墙上是幅美人图，远安一眼便看出来那是死去的如月姑娘。她生前不是有名的舞姬吗？可是图上的她却是在抚琴，画上没有落款，不知道是出自何人之手。

珠帘里面还有一个房间，一侧是如月姑娘的单人床铺，另一侧是沐浴的木桶，而标记尸体位置的图形还在地上。四周怎么看都没有什么可疑的、不合情理的地方。更何况命案发生之后，官府已经搜查了一遍，就算是有什么线索，怕是也早被破坏了。远安一筹莫展，不由得心急起来，双手合十，对着那图形拜了拜，小声地说："如月姑娘，你若有灵，就给我些提示，让我找到害死你的真凶，也免得那小玉蒙受不白之冤……"

门外忽然有动静，有人把灯笼探到窗前，朝里面看。远安连忙躲闪，碰到了一个立式大花盆，她想要伸手去拦住，已经来不及。那花盆晃动几下，眼看就要倒下来摔碎了——却被黑暗中的一只手扶住了，静悄悄地扶正了位置。远安定睛一看，颇为惊讶——竟是赵澜之。

外面的人还没走，仍打着灯笼往里看，赵澜之伸手一拉，两个人隐在暗处，压低了声音说话。

"你怎么也来了？"

"跟你一样，查案子。我说你好大胆子，这房间贴了洛阳县衙的封条你也敢进来？”

远安：“你自己呢……”

远安话音未落，却被赵澜之捂住了嘴巴，让她不能作声。

这动作本来在赵澜之一边再自然不过，可是一下子却把远安弄蒙了。

她虽是个天真胡闹的心性，从来不似别的闺阁小姐般恪守规矩，并且总是身着男装，总像男孩一般四处闯祸，可从来没跟年轻男子有过亲密的接触，此刻被赵澜之捂上了嘴巴，感受到他手掌那温热的气息贴在自己的唇上，抬抬头看见他那发亮的眼睛，远安霎时就像被雷电给劈了一样，浑身僵硬，不能动弹，乖乖受制于人。

门外的声音传来，正是千端阁的老鸨和堂倌。

老鸨：“你听见动静了？”

堂倌：“隐隐约约的，有脚步声，还有拉动抽屉的声音，拿着灯笼一晃，还能看见影子。就在刚才，我引了一个客人进来，一转身那个人就不见了，好生奇怪。不会是如月回来了吧？哎哟，妈妈干吗打我嘴巴？你手好重呀！”

老鸨厉声道：“我让你再瞎说！让客人听见闹鬼，生意就全没了！快，就在这儿把香点上，客人若问就说是驱赶蚊蝇。”

没一会儿，细细小小的香烟顺着门缝飘了进来。可是远安还是僵硬的，没防备就把那烟气吸进了嘴巴里，忍不住了要打喷嚏。赵澜之着急，狠狠地捂住了她的鼻子嘴巴，远安那一个喷嚏就打在了他手心里。外面的人什么都没听见，留下香火终于走了，里面的赵澜之松了一口气，松开手，看看远安，又看看自己的手心，在袍子上蹭了几下，眼神是颇为嫌弃的。

远安不满：“哼，我可没求你！”

她忽然灵机一动，受到提醒，直奔里面的浴室。

赵澜之急忙跟在后面。

如月沐浴用的木桶旁边，有一些摆设器皿，用来装肥皂、毛巾等物事，中间立着一条手掌长的银质小蛇。远安把它拿起来，让赵澜之看：“你看这个。”

“这是什么？”

远安道：“女人沐浴时喜欢点上香烛熏染，这应该是个烛台。”

赵澜之道："若是烛台，即使烧尽了，也应该剩下不成形状的蜡油。这个烧得干干净净的，是怎么回事？"

远安："也有可能，这就不是香烛，而是……是迷药！让如月死于幻象。"

赵澜之："你是说，如月被人投毒？"

远安："你先说，如月死的那天，这千端阁还出了别的事情吗？"

赵澜之："案发当日，整个千端阁除了如月并没有人生病。如果跟别人一同吃进去的食物、喝进去的水都没有问题，那么问题就一定出在……她吸进的气上！可见你说的也有些道理。这烛台造型别致，待我拿着去查一查。"

"哎，这是我的！"远安叫住赵澜之。可赵澜之早已把小蛇烛台收入怀中："你若有兴趣，明日此时，我将线索通报于你。此前你回家待着去，老老实实的，不要四处招摇惹事！"

赵澜之说罢就往外走，远安跟在后面道："你这人好不仗义！要不是我，你怎会找得到这个线索？"

"别跟我说仗义不仗义的。"赵澜之哑然失笑，"我不仗义的话，你早就进班房了。"

远安不能发作，气得暗自咬牙。

两人一前一后地从如月的房间里出来，远安回头将封条粘好，又对着香火拜了一拜，赵澜之看见了不禁暗暗一笑。两人混在客人中间下楼准备离开，一个穿着大红色袍子的醉酒男子正被几个舞女架着逆人流而上，忽然就抓住了远安的肩膀，涎着一张脸过来："哎呀呀，这个李妈妈还真是会做生意呢，千端阁什么时候添了小相公？瞧这孩子的脸比雪玉姑娘还娇艳啊！"

远安大怒，把那人推开，照着他就是一记窝心脚："滚蛋！你爷你爹才是相公呢！"

那醉汉倒地大怒，伸手上来就要拿远安。赵澜之哪能给他这个机会？忙把远安藏在身后，将那人推开。纠缠之中，那醉汉手腕子上的刺青露了出来，赵澜之定睛一看，竟然得来全不费工夫，正是盐贩子说起的飞鹰刺青！这人正是那盐贩子的上线！

那红袍子的醉汉被远安踢了一脚，又被赵澜之推搡，清醒不少，眼见着赵澜之过来要拿自己，刹那间预感到了面临的危险，他倒地大喊：“打人啦！有人打人啦！”

千端阁众多的客人和舞姬们受到了惊吓，有人摔倒，又压倒了别人，男人们叫骂，女人们哭喊，霎时乱作一团。红袍子的家伙趁乱要跑，赵澜之怎能让他逃脱？他踩了旁边的凳子，借势越过众人要捉他，已经抓住了他的肩膀，谁知那家伙却霍然转身，手里捧着石灰照着赵澜之一吹。赵澜之机警地躲开，石灰落在旁边的鱼缸里，立即咕咕冒泡。红袍子的家伙借机逃走。

赵澜之不肯放过那人，远安拨开众人与他一直追到船舷处，那人却早已跳入湍急的水流中，被一层黑雾掩住，再也不见踪影了。赵澜之恼恨。远安不解：“那人是谁呀？你推他一把也就得了，干什么还追着打？”

赵澜之不想向远安透露追踪盐贩子的公务，便应付道：“没事。谁让他骚扰你？！我顶看不上这样的人！”

他不肯以实情相告，于是整个过程落在远安眼睛里是这样的：酒徒对她无礼，这事儿她还没怎样，却把赵澜之激怒了，替她胖揍那厮。她怎知道赵澜之是碰巧遭遇了盐贩子供出来的上线，只把这好处都记在了他身上。刚刚被他抢了证物的那怀中怨气也就此消失不见了，之前被他穷追不舍的讨厌也少了些。他扭过头，忍不住暗自眯着眼笑。

话说那落水逃命的红袍汉子名唤李贵，正是狱中盐贩子供出来的走私盐的上线，他每日从大宗主手里拿到货，再分销转卖，借此赚了大钱，常来这千端阁中饮酒花钱或者与客户接头。谁想到这一番被人出卖，败露了踪迹，被赵澜之追得跳水逃命。

李贵大难不死，直到千端阁大船开走，方从江水中冒出头来，游动几下，远处一艘小船驶来，伸出船桨，把李贵拉上了船。

李贵边拧衣服边骂：“正喝逍遥酒呢，谁想碰到这么个人扫兴，还有点身手。我差点儿吃了亏。说来也奇怪，原本也没怎样，那人看到我手上的飞鹰忽然就来劲了。”

同伙阴阴一笑：“奇怪吗？也许这人就是来找你的。”

“找我？找我作甚？”

同伙道："还不知道呢吧？那个从你手里买盐的沈大已经把你供出来了。今天来找你的，可能就是官差！"

李贵大骇："说什么呢？！真的假的？"

同伙阴阴一笑："这事情假了有意义吗？别急，上面交代了两件事情，一个是说什么不能让官差逮到你。你看你一落水，我们不就来救你了吗？"

李贵道："那我谢谢哥们儿你了。那上面交代的另一件事情是什么？"

话音没落，同伙一剑刺入他胸口："第二件事情呀，就是不能留你这个活口！"

李贵胸口中剑，立时没了气，同伙把剑抽出，在他衣服里塞上了石头，几人合力把李贵推进了河里，就这样灭了他的口。

船很快就开走了。李贵的尸体不停地下沉。下沉当中，他的眼皮忽然动了动。

船上的远安与赵澜之两人带着从如月的房里找到的重要线索正要离开，被一个人挡住了去路，是个与赵澜之年龄相仿的二十多岁的男子，面庞端正，身量修颀，看着赵澜之便笑："赵澜之！我说你，还认得我吗？"

赵澜之一愣："是你？！姜忍！"

来人大笑，一把捉住赵澜之的胳膊："好久不见了，澜之！我离得老远就看着像你。来来来，去那边喝酒去！这位小兄弟也一起来！"

远安这人本来就好热闹，见这个名叫姜忍的人极为热情，赵澜之与他相见分外欣喜的样子，便没拒绝，随二人到酒桌上，一起饮了几杯。觥筹之间，知道了赵澜之曾与他一同在军中效力，不仅如此，赵澜之与姜忍还颇有些别的渊源。

"我与澜之同一年从军，新兵时一起训练。说起来澜之还曾救过我的性命。"

远安道："哦？有这事儿？"

赵澜之摆摆手："小事一桩，不提也罢。"

远安便更好奇了："哎，闲着也是闲着，说来听听。"

姜忍道："那一日我们上山拉练，两个人落了单，过一个石桥，石桥下面是个十来丈深的大沟，我脚下打滑，身子折了下去，澜之反应很快，回身一把把我拽住了。我当时啊，整个人都悬在空中，我身体还比他重些，被他一只手拽着悬在半空，眼看着他也要撑不住了，我跟他说：‘赵澜之，你给我松手，要不然咱们两个都得掉下去！’可他就是死死不肯，到底是硬撑着把我拽上来了——为了救我，他那胳膊差点儿没废掉！”

赵澜之闻言摇头笑笑，并不以为意：“换成是我，你不救吗？你要看着我掉下去？”

远安看看赵澜之，颇有些刮目相看，一口酒倒进嘴里，含糊地说：“看不出来啊，你还有个热心肠。”

赵澜之瞧她一眼，慢慢道：“那得看对谁。姜忍是我朋友、战友，我自当豁出性命救他，可若是个杀人犯、劫狱犯、胆大妄为的官家公子、惹是生非的熊孩子，我可不这样。”

远安听出来他话里有话，一口酒吞在嘴里，热辣辣地进了肚里，很是憋气。

“新兵训练结束之后，澜之去了塞外，我留在京城。当年两人一样的起点，后来的路却大不一样，如今我不如他，澜之都是捕头了，我还只是给富贵人家做个侍卫。”姜忍忆及这些年的经历，感慨道。

“金子总是藏在沙子里石头里，可终有一天会被发现。姜忍你不要泄气。”赵澜之也不知道如何安慰姜忍。姜忍却摆摆手：“我不泄气，有朋友、有好酒就是快活的日子。来！澜之，还有这位小兄弟，喝！”

三人举杯饮酒，远安暗自打量姜忍按在身边的一柄宽刀。与赵澜之那把朴素至极的钨钢刀不同，姜忍的那把甚是华丽，刀鞘与刀柄皆镶有金箔宝石。远安从小就喜欢兵器，认得这是好玩意儿，心里痒痒的，就想要伸手上去摸一摸。还没碰到，姜忍就把刀柄摁住了：“小兄弟，刀是杀人见血的东西，这你可好奇不得！”

远安道：“哼，当我没有好东西不成？不让看就算了。”

“来来来，喝酒喝酒！”

那姜忍之前已经喝了酒，跟赵澜之与远安没喝几杯就醉了，伏在桌上起不来了。天色发青，白日将至，千端阁大船也渐渐靠岸了，玩乐了一宿的客人们陆续散去。赵澜之送远安离开大船，及至码头跟前的车马处，赵澜之牵了一匹黑色的大马到远安跟前道：“你这酒没少喝，回去家里休息休息吧。”

远安道：“这点儿不算什么。哎……不对劲啊，我没骑马来啊，这不是我的马。”

赵澜之道：“这是我的马。这里离你们侍郎府可不近，你就骑着它回吧。”

“让给我了？谢谢谢谢。可见你这人还不算太赖，我的事儿，你没忘了吧？你去查那小蛇的下落，有消息了，可得通知我！”

“放心！”

“我告诉你，可别糊弄我……”远安一边说一边腾身上马，不注意竟一脚踩空，不是赵澜之拦着就差点儿摔在地上了。于是，就这么着滚进他怀里了，他不是喝了酒了吗，怎么闻上去却是一股杏仁的味道？远安霎时热血上涌，满脸通红。好在赵澜之却似丝毫没有注意的样子，只就势扬起手臂，把远安抬到了马上，轻拍马腿：“走吧！”他没看到远安已经变成了一个红胀胀的番茄头。

赵澜之送走了远安，还要再去照料喝得大醉的姜忍。回了千端阁，天彻底大亮了，客人们皆尽离开，那些看上去美艳绝伦、精力旺盛的姑娘也都各自休息就寝。杯盘狼藉、美酒饮尽、灯火熄灭，千端阁收起了夜里的绮丽繁华，只有若干穿着粗布衣服的堂倌在清洗打扫。姜忍还伏在桌子上昏睡不起，赵澜之将他扶着往外走，低声问：“姜忍，姜忍？你家住哪里，我送你回去呀！”

姜忍糊里糊涂的，并不答话。赵澜之正寻思着要把他怎么办的时候，一辆四匹马的华丽轿车停在了他跟前。赵澜之抬头看看，心想，是谁这么大的排场呀？轿车里面的人轻轻掀起来帘子，向外扫了一眼，那是个女子，雪白的脸，浅褐色的眼睛，看见了姜忍，也看见了架着他的赵澜之，匆匆一眼，便合上了帘子。她吩咐了一句，那车夫下来了，从赵澜之手里接过姜忍：“这位爷，姜忍就交给我吧。我们带他回府。”

赵澜之脱了手，让车夫把姜忍架走。

那车里的女子是谁呢？

十
离家闯荡

远安回府的时候，已是天色将亮的光景。她把赵澜之的马儿牵到马厩，松了鞍鞯辔头，足足地喂了几手好料，这才自己回房洗漱休息。眼睛一闭一睁，又是日上三竿的光景。这还是被吵醒的，嬷嬷端了脸盆进来，着急忙慌地在床边伺候着："还睡呢？老爷喊你过去呢！"

远安起身抻懒腰筋，弯腰洗脸，接了毛巾擦干水珠子，转转眼珠觉得不对劲："我跟爹爹早就达成共识了，平时不见面不说话的，以免互生闲气，他这大白天找我干什么呀？"

嬷嬷在后面手脚麻利地给远安梳头："老爷上朝回来脸色就不好，听说是被尚书令裴大人把折子给扔地下了……"

"哦！这可是大事儿！"远安闻言，眼睛和嘴巴都张圆了，"什么折子？"

"老爷和夫人说话，我在旁边听说：有人参了靖王府，说他们占地，老爷要把折子递到天后跟前的，结果被裴大人给扔了。老爷碰了一鼻子灰，回来还被夫人数落，说他糊涂，洛阳城里的人谁不知道，靖王府的明慧郡主就要与尚书令裴大人家的公子闲雅订婚了，两家从政敌变成了姻亲，老爷这不是自己找不痛快吗？！"

远安在铜镜子里看着嬷嬷说得眉飞色舞、有条有理，禁不住拍手大笑："要说咱们家这个老头子也就是书念得多，混朝廷不如我嬷嬷！不过他吃了瘪本来心情就不好，喊我去又作甚？"

"还能是谁在他面前说你坏话火上浇油？"

"后娘？"远安警惕道。

嬷嬷再不敢言，只把远安的头发小角扎好，利落地嵌上去两枚白色珠花，把她的肩膀转过来瞪大了眼睛嘱咐："老爷叫你叫得急，你快去回话吧。啊，他今天真是上了火，要拿你出气的！我说呀，你也别对着干，你头上那珠花是先夫人的，老爷要是收拾你，你就把这个给他看，记住了，装可怜！"

远安点点头，立着眉毛，咬着嘴巴，心下计议着。

叶夫人可逮到了个引子在老爷面前说远安的坏话："老爷呀，裴大人与靖王府，他们这是连了姻亲，结了党，相关相护，我要是那裴大人，我也扔您的折子呀。"

叶大人冤屈满腹："你说怎么办？这也是政治！可惜我一人在朝堂，不网络党羽，不缔结姻亲，孤掌难鸣啊！"

三十八九岁的叶夫人画着一双弯弯细细的眉毛，长着一双天生带笑的眼睛："老爷忘了？我们还有远安啊。明慧郡主让靖王与裴大人化干戈为玉帛，若是给远安寻得一个好婚事，不是也能够巩固大人在朝廷的地位吗？"

叶大人似乎被提醒了什么，略略沉吟，却还是按下了这个主意："远安还小，性子顽皮，让她留在家里，再快活几年吧。"

叶夫人见叶大人有心护着远安，颇有些气恼，索性一不说二不休："老爷是怪我这个后母不疼爱远安了？女儿她怎么样，有多淘气莽撞，您自己心里知道，趁着现在没做出什么祸事，还好找到人家。老爷可别以后后悔！"

叶大人惯知远安素来什么德行，听叶夫人这话，她这明明是又作了祸呀，立时悚然心惊，手里拿着茶杯发抖："你……你这是什么意思？远安……远安她又做了什么？！"

叶夫人吩咐丫鬟："让少爷过来！"

不一时，远宁进了来，但见他鼻青脸肿，眉睫全秃，当真是满脸都是好颜色，却无一块整皮肤。

"这是……这是怎么了？！"

远宁哇地哭了："是姐姐！姐姐她在地库里布下了机关，害我被老鼠啃，被蜘蛛咬，还被火烧，还……还……还一脚一脚地踩在我脸上！把我的英俊都踩没了！爹爹可要给我做主呀！”

叶大人气得浑身哆嗦，大声吼道：“不是让人去叫远安了吗？她怎么还没来？！”

远安此时已经一只脚进了门，眼见着叶大人发了这么大的火，当时就后悔过来，再想转身已经来不及。叶大人咬牙切齿：“你要去哪里？你回来，给我跪下！”

远安只好自认倒霉，无奈咬牙，转身蹭到叶大人跟前，双膝跪下。

叶大人：“知错吗？”

远安一扭头看着叶夫人和远宁站在一边，看着她下跪，两人很好受的样子。

远安也是怒火中烧，便跟她爹顶嘴：“不知！”

“你敢犟嘴？！”叶大人张开手就要打远安，远安猛地抬头，梗着脖子，瞪大眼睛看着她爹：“爹爹要干什么？爹爹要打我了？爹爹要因为远宁打我了？爹爹要打就打我吧，疼我是不怕的，我就是想我母亲。我亲娘。”话说她睁了眼睛就没见过自己亲娘，从小就野，活得快乐无比，哪里有什么悲苦想念？说这些话全是照嬷嬷所言，用来刺激叶大人，屡试不爽。

叶大人闻言，果然心生悲切，扬起的手又重重地落下来，坐在椅子上叹息，看着远安头上两枚小珠花，实为发妻遗物，当下更是气短情长。

良久，叶大人方才说道：“远安啊，爹爹何时曾舍得下手打你？可你如此顽劣，还愈演愈烈，以后可怎么办？远宁是谁？他是爹爹的亲骨肉，也是你的弟弟啊。你怎么能对他施以拳脚？他长得那么好看，以后要是念书念不出来，弄不好是要靠脸吃饭的呀。你再看看你，你可还有一点点姑娘的样子、姐姐的样子？你说得没错，你想你娘亲，我也是。她若是还在，该把你带得更好一些。说到底，怪我，怪我呀！”

叶大人是真悲切，颓然坐在椅子上摇头叹息。远安看看他，似乎有白头发从方帽的边缘露了出来，当下也有些意外：爹爹什么时候也有白头发了？她实在不忍见她爹如此，心里面也有些软化了，便用膝盖蹭到父亲身边，细声细气地说：“爹爹呀，我错了。我不会再那样对待弟弟了。”

叶大人见女儿一副乖巧可爱、诚心认错的样子，便原谅了她，手轻轻放在她肩上，长长地叹息一声。

一边厢叶夫人搂着远宁暗自咬牙，恨恨然看着远安，心里来气：又让她逃了一顿打！

是夜，远安想着白天的事情还有些后怕，饶是自己机灵，也架不住后娘阴险，爹爹又是一副老实好糊弄的样子，说到底，在这个家里，她连个说真心话的亲人都没有，她连点温暖都没有，那还不如出去耍。远安一边换上夜行的男装一边气哼哼地这样想，理所当然地把自己当成了受害者，全然忘了自己是怎么欺负远宁，又巧舌如簧地对付叶大人，又怎么把她后娘气得直翻白眼的了。月亮高升的光景，丫鬟替她熄灭了房里的灯，石头和小玉替她牵过了赵澜之的马，远安从小门离开了叶府，又混进了她光怪陆离的夜生活里。

城门之外，夜风凛凛，赵澜之正在一株老树下等她。远安骑着马远远看他，只见那人面色如水，身量修颀挺拔，当真是一副好模样。她最是个直肠直肚的心性，见了他，心里高兴，笑嘻嘻地从远处就招手，热乎乎地叫他名字："赵澜之！赵澜之！"

其实原本远安是个劫狱且藏了逃犯的人，赵澜之还准备拿着些官架子，见远安这么一副眉开眼笑亲热的样子，管是谁怕也端不住了，随即翻身下马，迎上前来，与她抱拳问候："你来了，叶公子。"

"我说，"远安道，"你怎样？查出什么没有？"

赵澜之从怀中拿出两人在死者如月的房间里找到的白银小蛇道："今天白天，我让手下查访了城里每一家银铺子，没有任何一个师傅做这样的工艺，该是外来的商队贩卖的东西。"

"那要去哪里找？"

赵澜之略略沉吟，看着远安亮晶晶的眼睛："有个地方，怕你不敢去呢。"

"哦？什么地方？你倒是说来听听。"

"洛阳鬼市，半夜集市，至晓而散，多异域奇物，要想查到这白银小蛇的踪迹和来历，恐怕我们就要去那里了！你敢吗？"

远安一听，霎时就来了劲头，跃跃欲试："还等什么，咱们走吧！"

两人策马疾行，涉水渡河，就这样来到了故事开篇的鬼市。

十一
抢夺账本

远安在人贩子的手里救下了浑身漆黑的男孩，很久之后，远安想起那一天的奇遇，不得不承认鬼市果然名不虚传，确实是一个有奇珍异宝的地方。只是，整个鬼市，乃至普天之下所有的珍宝全部相加，恐怕都比不过那个男孩。

不过这事情她当时可不知道。男孩从人贩子的笼子里跳脱出来，借着夜风在险峻的山崖上一纵一纵地逃走了，她只当是看了个热闹或者丢了些银两，转过头就跟着赵澜之继续在鬼市寻找那小蛇的踪迹去了。

两人在九转回肠般的鬼市仔细寻找，寻到了那间店铺，门帘上绣的图案竟然与那小蛇一模一样。远安与赵澜之掀开帘子进去，眼前的景象竟让他们悚然心惊：只见黑漆漆的洞室之内，放着几张横榻子，榻子上有人，都将身子靠了一边，一边的矮桌上有圆肚子的小灯炉，燃着豆大的火，火上有个小儿拳头大的罩子，一头接了管子，榻子上的人就近吸食着管子里逸出来的烟雾，那形式如同运河上的渔家老汉吸水烟解乏御寒，可远安发觉眼下这些人的表情或麻木不仁如同僵死，或自在逍遥仿佛做了春秋大梦，还有甚者脸上露出了诡异的笑容，手舞足蹈。

远安深觉诡异，不自觉向赵澜之身后退了一步，凑近他肩膀说："这是什么情况呀？"

赵澜之低声道："类似的事情我也曾见过。将士们打仗受伤，痛苦难忍，会含食有止痛作用的草药阿芙蓉。久而久之，有人长期依赖，不能自拔。看这些人的样子，那烟壶里的东西怕是比阿芙蓉还要厉害。"

一人从里面迎出，他身量不足四尺，短手短脚，硕大的头，乃是个侏儒，黑色的软帽挡住了他一半的脸，弯身向远安与赵澜之唱喏，招呼的话也挺有趣：“我要怎么帮助二位呢？”

赵澜之道：“你开了铺子做生意，我们当然是来买东西的了。”

侏儒笑笑：“在鬼市上开门的不一定都是卖货的。我这里您看明白了，来快活可以，可是饶是您有多少钱，我从不出货，对不住了，您肯定是进错门了，请回吧。”

赵澜之与远安相互看看，他把银色的小蛇拿出来让侏儒看看。侏儒一见那小蛇，脸上竟有轻微变色，便再不多言，只是伸手将二人往里带。他们穿过躺满了烟客的前厅，再往里走，进了一间三丈见方的内室。暗暗的烛光之中，远安看见两面的墙上是满满的大小抽屉，上面如同中药铺子一样写着各种名目，只不过中药铺子可没有这些玩意儿：白象血，老鹰爪，地妖胎，僵尸脑。侏儒沿着柜台后面的台阶一级一级地上去，站得比赵澜之都高了，他转身打开一个抽屉，从里面拿了几片白灰色质地，上面有细细纹路的干片，放到了自己跟前的天平上，天平的另一端，他玩弄似的放上去几个金叶子，灯光把他布满了胡须、皱纹的脸映得格外骇人。

“你们手里那东西，那小蛇形状的烛台，”侏儒说话慢吞吞的，“是从哪里来的呀？”

“朋友的。”远安说。

“朋友？”侏儒冷冷一笑，“谁？叫什么名字？”

赵澜之道：“还想请教你呢，这烛台你都卖给了谁？谁是你的主顾？”

侏儒哈哈大笑：“管他是谁，反正你们两个没这个福气！”

他说罢把手里那几枚干片伸到烛火里点燃了，烟气上升，远安只听见嘎嘎吧吧的声音，好似残木断裂，仔细看，竟是房间下面的地板断开，六个头缠着白色布条的人凭空冒出来，各自手里拿着长兵短刃，不发一言便袭向赵澜之与远安。

柜台后面的侏儒坐下来饮茶，哈哈笑着看这一出好戏。

可是他实在是小瞧了眼前这两人，赵澜之是个身手了得、经验丰富的干探，远安也是个只把危险当趣味的小愣子，当即各自抄了兵器与那些缠头怪人打斗起来。过了几招，远安与赵澜之就发现不太对劲，那些缠头之人动作虽然灵敏凶狠却并无章法，而且他们仿佛不知疲倦不觉痛苦，就算身上明明中剑，却仍然一意向前。远安的功夫，前几下最勇，一旦被人躲过，她自己就失去了耐性，变得烦躁起来。这一下她弹跳起来，看准了其中一人，剑风横卷着便袭了过去，那剑中了就是要他项上人头。谁知那人身子一弯，躲过了一半——远安的剑没削掉他整个头，只是削掉了他半个脑袋！那缠头的打手被远安削掉了半个头，果然倒在了地上。远安一看，那大脑的切面正如同侏儒手里拿的干片。她心想自己今晚上也算赚了，竟要了那条性命。

可那口气还没喘匀呢，只剩了半个脑袋的家伙竟扑棱棱地从地上爬了起来，双臂伸开，狠狠地掐住了远安的脖子。远安何曾见过这种诡异的场面，瞬间就麻爪了，伸着舌头喘不上气来，眼前全是蓝星星。说时迟那时快，一旁与其他缠头人打斗的赵澜之见远安不支，立时跳出圈外，手起刀落，斩断了掐着远安脖子的两只手。远安一口气回来，仍惊魂未定，说话成了大舌头："什么玩仍？介些都是什么玩仍？！"

赵澜之回头看看那几个缠头怪人，冷冷一笑："没见过吧？"

远安："没有。"

"我也没有。"赵澜之道。

侏儒大笑，只听赵澜之道："你若是害怕，就不用你出手了。"他晃晃脖子，筋肉发出咯咯响声，仿佛之前都是热身，这才打算较点真，"我今天没有打拳，正好拿他们练手。你做一件事情就行了。"

"我做什么？"

赵澜之道："这里有六个人，其实也就是五个半。你闭上眼睛，帮我数三十个数就行了。"

他说话有种不容置疑的让人放心的力量，远安便依言闭上眼睛数数："一，二，三……"耳边是兵器相击的声音、刀削皮肉的声音、拳头破风的声音，"二十八，二十九……"远安睁开眼睛，却见那六个缠头的打手各自被赵澜之的刀砍得断手断脚，破败不堪，却仍是挣扎上前，好不难缠。

"三十。"远安数了最后一个数。

赵澜之仿佛被催促了，忽然借势墙壁，腾身而起，跨过六个打手，直取账台后面的侏儒。

侏儒吓了一跳，再想躲开已然来不及，被赵澜之一脚踹在地上，横了刀刃去剁他的手。侏儒大叫，竟把嗓子喊成了又尖又细的女人声："不要！"

与此同时，一个缠头怪人刺向远安的尖刀忽然被抽走了力气——他们齐刷刷地倒下了。

远安跳过去，但见侏儒吓得浑身筛糠，袖子里面流出来的是十二条被砍断了的细线。

侏儒满脸是泪，痛哭流涕："两位好汉饶我性命，饶我性命！"

赵澜之一把把他抓起来，扔到账台上。

远安手里拿着侏儒袖子里的细线，扯动了一根，便见其中一个缠头打手动了动，霎时就明白了怎么回事："哟？你这功夫有点意思，牵线木偶呀？"

侏儒一脸奉承："小爷好眼力。"

远安道："那你给他们缠头，又弄那些脑子的干片儿是干什么？"

侏儒特别有耐心："行走江湖，兵不厌诈，我糊弄糊弄您二位玩，跟你们玩呢……嘻嘻，我跟你俩玩呢！"

赵澜之钢刀贴近他的脖子："少废话！谁跟你玩了！把东西拿出来吧！"

侏儒道："爷是说那个小蛇？没了，最后一支也卖出去了。您就是杀了我，我一时也是弄不来了！"

赵澜之道："那到底是什么玩意儿？"

侏儒嘿嘿一笑："其实是大食国来的药物，劲头比阿芙蓉做的药膏还要厉害数倍。泥状物，半透明，火烧没有残留，常被捏成蜡烛，你手上那条小蛇就是蜡烛芯子。人吸食之后，产生幻象，轻则快活癫狂，重则……重则受不了，就死了。"

赵澜之闻言，回头看看远安："真让你说中了！果然这就是害人致死的毒药！"又看那侏儒问道："你从哪儿弄来的？"

"外国商旅。"

"卖给了谁？"

"忘了。"

远安扑上来将那细线缠在侏儒脖子上："不老实！卖这种东西你怎么会不记账？把账本给我拿出来！要不然我就勒死你！"

"没……没有！"侏儒眼睛四顾，闪烁其词。

远安两手抓住侏儒的衣领，恶形恶状："我告诉你，这上面有条人命！你给我老实点！"

侏儒下意识地捂住胸口。赵澜之警觉，把他双手拉开，竟在里襟发现了一个蓝皮本子，打开翻阅，忽然眉头紧锁，面色阴晴不定，随即把账本狠狠合上，揣在自己怀里。

远安："拿到了？就是这个？"

"没错，就是这个。"赵澜之对侏儒皮笑肉不笑，随即拿过远安手里的细线把他捆成了一个粽子："谢你了！叶公子，我们走！"

远安随着赵澜之离开后，侏儒静静地在地上躺了片刻，等那装着各式草药的抽屉一转，竟是个暗门，一个人从里面走出来，上前给他松了绑。侏儒爬起来，一边松动着筋骨，一边邀功讨好："我呀，我可是照着您说的办了，瞧我这儿被他们给搅和的。"

那人笑道："有劳你了，做得不错。"

侏儒拱手："还仰仗您以后提携呢。"

两人呵呵一笑。

话说远安与赵澜之策马骑行，一直到了运河边上，搭上了鬼市散场前最后一班回洛阳城的摆渡。远安绑好了马儿，难掩兴奋，蹦蹦跳跳地去找赵澜之说话，但见波光之中，他眼色忽明忽暗，似有心事。

"我说，赵大人，咱们这趟可没白来，是不是？"远安笑嘻嘻地凑上去说话，"你那账本拿来我瞧瞧怎样？你看，我是这么想的，接下来你就照着上面的买家往下找，凡是购买了那小蛇烛台毒药的，跟死者如月有半点交集的，就弄到衙门里面审，什么酷刑都轮着上，凶手很快就会找到了！您看我说得对不对？快点快点，把那账本拿来我瞧瞧！"

赵澜之一时没有回答，认真地看了看远安，伸手从怀里把那蓝皮的账本拿了出来，递到了远安手里，却没松手——远安拿不过来。

"干什么？"远安皱着眉头看赵澜之。

"且慢。叶公子，我有个问题，昨天就想问你。"

“你请说呀。”

“如月是吸入了迷幻药物而死，这事情你怎么会想到？还是谁告诉你的？”

远安转转眼睛，想着这事情实乃自己家地库里藏的老家伙点化的，可她当然不能把这事儿告诉赵澜之，便笑笑回答：“我看书。书里什么都有。”

“哦？哪一本？”

远安不悦，松开手转到另一边，把一个后背给赵澜之，掩饰心虚：“你这是干吗？审讯犯人吗？我读过一本汉代的志怪小说，里面有篇，叫……叫什么来着？说的就是这个事情。有人用迷药下毒。我就是看了这个才想到的。”

“竟是这样。叶公子你运气真好，遇到难题，随便翻一个志怪故事，谜底就猜出来了。我真希望以后探案子的时候，也有你这等好运气。”

“哼哼，”远安冷冷一笑，“你拳脚不错，也该看些书。喏，快把账本拿来让我看！”话音刚落，湖面上忽然袭起了大风，风吹浪起，摆渡剧烈地摇晃，马匹躁动，焦躁不安，发出嘶吼。赵澜之去抓马的缰绳，远安脚下一滑，打了个滚，摔在地上。赵澜之扔了马去拉远安，此时摆渡忽然触礁，剧烈的晃动之后，木排全部散落，赵澜之、远安二人与船夫，两只马皆落入水中，各自挣扎。

远安不善水性，是个半拉旱鸭子，在池塘里刨弄两下还勉强不会沉下去，遇到这大河大浪可就完了。赵澜之一手抓住远安脖后的衣领，一手划水，好不容易把她提到岸上，又转头回去救船夫和马。

折腾了好一时，三人二马终于上了岸，犹自惊魂未定。

船夫是个老实巴交的汉子，欲哭无泪：“哎呀呀呀，这好好的，怎么摆渡的排子就散了呀？！”

远安挣扎着站起来，拾起漂到岸边的木排，但见上面还有捆绑的绳子没被水带走，切口整齐，当时就恨得咬牙切齿：“绳子是被砍断的，有人害我们！”

赵澜之拧了袍子上的水说：“幸好离岸边不远，你我还能活命。”

“哼！越是害我，越说明我要找到他了！账本呢？把账本拿出来。”

赵澜之摸了摸身上，大惊失色：“哟，没了！”

远安气得蹦起来，手指着赵澜之大叫：“什么？账本没了？你！你！你怎么没把自己给弄没了？！”

赵澜之：“许是刚才掉在河里了。我忙着救你，我又有什么办法！”

远安指着他："下去！现在跳下去给我找回来！……怎么？你不去？！好，我去！"

远安说罢就要跳到河里，被赵澜之从后面死死拽住："河水还在涨，你不要命了？！"

"你少管我！"

"想死也别死在我眼前！"

赵澜之气得要命，发起狠来，他提着远安的领子，一把把她甩到岸上。远安一个鲤鱼打挺，挣扎起来就还要往水里奔，被赵澜之拦住，两只手抓着她的耳朵，扣紧了那颗小脑袋。他咬牙切齿，狠狠地钳住她，像看着一个怪物一样："我说你有病吧？！你刚才差点儿淹死了，你自己不知道？你还想往水里跳？你这么拼命究竟要干什么？你干什么！"

远安抓着赵澜之的两只手，挣扎不开，只觉得气血上涌，眼珠子都要蹦出来了："赵澜之！你才有病呢！是你给我三天时间！我……我就剩一天了！我就剩一天了！"

"你没明白吗？这事儿后面有人！神通广大的家伙！这事儿你别管了！"赵澜之也吼。

远安尖叫起来："我不管了？你说得轻巧！那上面有小玉的一条命呢！跟你跟我一样的命！人命！人命！"

两人针锋相对，都把喉咙给喊破了，远安双目圆瞪，牛犊子一样，赵澜之看了她半晌，终于松了双手："走吧。别在这儿跟我闹腾了。水流湍急，那账本早就找不到了！你回家去吧！"

远安也是筋疲力竭，懊恼无比，摇摇晃晃地站起来，慢慢转身，转过身去就狠狠地擦了一把眼睛。

赵澜之知道她哭了，心里面不忍："我送你回去。"

远安脚步停住，背朝着赵澜之，他以为她要转过来了——她狠狠地朝边上吐了口口水，随即扯过一匹马，爬上去走了。

赵澜之目送她远去，从怀中摸出那被打得湿透的账本来，好不容易找到的证据还在，墨迹被水晕开了，也能看见上面的名字和数字，那里面有他一个故人的名字。

十二

遭遇埋伏

这个故人在黄昏时分醒过来。

“如月……给我拿水来……”

没人答应。

他转了个身，想了好久，终于想起来，那美丽的舞姬，与自己欢愉了许久的女子，已经死了。

他们是如何开始的呢？

他一直都是个高贵文雅的年轻人，被人敬仰称赞，可表亲里面年龄差不多大的男孩子却笑他没有见过世面，非要拉他去欢场快活，他便在那富丽堂皇的千端阁里见到了如月。那天她跳了一曲胡舞，最后高潮处不知旋转多少圈，直教人眼花缭乱，看客们大声叫好。她终于停下来，弯腰倒在地上，仰面朝上，眼角落泪，那么美，那么累。客人们都奇怪如月姑娘忽然哪里来的愁绪，他明白了，操琴一曲，听者动容。后来在甲板上，他将自己的袍子披在如月身上，轻轻地说，浮生若梦，谁不寂寞呢？

从来卖艺不卖身的如月姑娘那一晚把他留在了自己的房间里。

他在她美好的身体里温柔缱绻，也曾信誓旦旦：“如月，我要你，我会娶你……”

话没说完就被她轻轻掩住了唇，她摇摇头：“别，别说大话……我怕我信了呢。”

他着急了，握住她的手：“怎么是大话？我会娶你的，你相信我。”

如月笑一笑："尚书令家的三公子怎么会娶娼妓为妻？为妾？两个人相互陪伴在一起，不难过、不寂寞就好，我不贪图你的荣华富贵，我也不要别人知道……"

他们好了两年有余，相爱的时候没有别人知道，缠绵的时候也没有别人知道，终于有一天她走了，他们的事情也没有别人知道。

他翻了个身，想起如月是这般懂事，可是，他亲事已定，未婚妻是靖王府的明慧郡主，天桥国师的高徒，如果如月还在，一旦他们的关系暴露了，他得有多大的麻烦呀！

他想到这里，又为她落泪。

眼睛里面模糊了，忽然觉得有人从后面轻轻地碰了碰他的耳垂。

回过头来，竟是如月！只是那样子竟不同以往，卷曲的毛发，蓝瓦瓦的皮肉，轻轻地说："公子，公子，再抚琴一曲，我为您跳一支舞吧！"

他吓得汗毛直立，直缩到床角里面去："啊！啊……"

尚书令裴大人府中，仆人把赵澜之带入闲雅的房间，却见他是这般情景，仆人也尴尬起来。

"公子，公子，是不是又魇着了？您醒醒呀，这位赵大人，来看您了！"

闲雅喘了一口长气，回过神来，这才看明白，霎时又头疼欲裂，面色苍白。

赵澜之上前，关切地问："兄长仔细身体……你，还好吧？"

闲雅摆摆手："不打紧的，老毛病了。"

"是那时在军中负的伤还没好？"

"对呀，"闲雅道，"命被你救回来，可是箭毒进到骨头里了。好不了了。疼起来可真要命呀！"

仆人给赵澜之拿来椅子，就放公子闲雅床榻旁边："我记得当时随军的医生给你开了方子，其中有一味阿芙蓉，用来镇痛的。兄长直到现在仍服用吗？"

一提起阿芙蓉，闲雅立时戒备地看看赵澜之："用。不过除了阿芙蓉也用别的药。人在洛阳就是好，太医们的医术怎样都更高明些。对了，澜之，你的案子办得怎样了？"

仆人给闲雅端来煎好的草药，他接到手里。

赵澜之想了想，对于案件，他本不愿意多言，可今日不同，他抬头看着闲雅，缓缓说话，想从他的言语中、眉目上寻找些无意间流露的蛛丝马迹：“两件案子同时在查。走私私盐的案子，盐贩松了口。而另一个是千端阁的舞姬如月惨死案件，原来审定的凶手被劫狱了，我追查的过程中，又有了些新的线索。”

闲雅闻言手上一抖，药洒在了地上，立即掩饰狼狈：“来人！太烫了！”

仆人连忙收拾地上黑色的药液，闲雅用帕子擦汗，忽然外面来报：“公子，明慧郡主前来探望。”

为了回避明慧郡主，仆人带着赵澜之走了绕过池塘的檐廊，池塘里开满了荷花，他隔着那一池的碧绿粉红，看见郡主带着丫鬟和守卫数人从另一边经过。他看见郡主守卫为首那一人正是自己的好友姜忍，这才想起来之前在千端阁相见的时候，姜忍曾说自己在富贵人家做事，原来他说的就是靖王府，他服侍保护的就是这位明慧郡主。

仿佛察觉了自己被人观察一样，池塘对面的人转过头来，跟赵澜之遥遥相望，她肤白胜雪，年纪不大却神情倨傲，赵澜之发现，自己原来见过这位明慧郡主，就是那日清晨将大醉的姜忍带走的女子，他记得她浅色的眼睛。

赵澜之不敢再看，隔着池塘向郡主颔首行礼。

远安全身湿透，一身狼狈地回了家，许是着了凉，一直鼻子发堵，她越想之前发生的事情就越是来气，好不容易出生入死拿到了侏儒老板的账本，就快要知道毒药的出处了，这个倒霉催的赵澜之居然给弄到水里去了。唯一的线索又断了，早知道就不该跟这个人搭伙！远安气恼无比，把桌上的茶杯一下子扫在地上，摔了个稀碎。

石头与小玉敲敲门从外面进来，手里捧着一碗红薯汤。

远安没查明白案子，本来对这二人就有些歉意，心里有气也再不好发作，便拿来喝了一口。

她心里焦急无比又没有办法，站也不是，坐也不是，一个不小心，把自己娘留下的珠花给碰掉地上了。远安拾起来，像是被提醒了什么，抬头看看：

“小玉，你再帮我想想，你那如月姑娘生前交往了什么人，送过什么信物？还有没有可能在哪里留存了什么证据？”

小玉想了半天：“我们如月姑娘舞技超群，可她在千端阁卖艺不卖身，从没有过交往甚密的客人。可是……哎，我想起来了，就在她被害之前的几天，姑娘曾让我把一个盒子送到她相熟的首饰店去。”

“哦？”远安纳罕，“那是个什么东西？”

小玉仔细回忆着：“那是个玉石簪子，看不出来有什么不平常，可是姑娘好像是格外看重，满屋子也找不到一个合适的存放它的地方，就……就跟我说，让我送到玉匠那里去，让他参考这簪子的样式，再给搭配一副耳环。可是后来姑娘出了事，也没有人再去把她的簪子拿回来了。”

远安打听到那家店叫寒岫首饰店，打算去找找线索，可她知道这么去无凭无据的，人家怎么能把如月寄存的簪子给她呢?有了，幸好有他！

就在远安骑着小马在街上东张西望，寻找小玉说的那家寒岫首饰铺的时候，这个街面上，老大的一个煤堆旁，几个汉子过来搬煤。其中一人用铁锨铲煤，忽然碰到了个软乎东西，他不明就里，铁锨再往下戳，一个东西忽然跳了起来，竟是个浑身漆黑，一直趴在煤堆旁边的人！

汉子们起先还吓了一跳，马上就明白怎么回事了，一边吵吵一边围着那个人打：“哎呀！这怎么还有个大活人啊？是不是偷煤的？这还用问？这都不知道偷了多少了，看他身上都黑了……兄弟们揍他！揍他！给我揍！”

几个人拿着工具上来打那黑漆漆的东西，他只会跳跃躲闪，狼狈可怜，懵懵懂懂闯进了一家店铺，未几，又被好几个泼辣女人打了出来。

黑东西往死里逃，好不容易躲过了铲煤的汉子们和泼辣的婆娘们，缩手缩脚地躲到角落里，蹲在地上，犹自惊魂未定，回头看见一小童牵着大狗。小童又白又胖，头上戴着软帽，身上穿着个红色的绸子小袄，手里拿着白糯米红枣糕，看着那黑东西，兴趣盎然，他手里拽着的大狗却龇牙咧嘴。

“爹爹，娘，快来看啊！这儿有个猴！”小童喊罢松了手里的大狗，命令着：“老虎咬他！咬这猴！”

大狗领命，扑上去就咬，黑东西想要躲开已经来不及，只好交叉了两截手臂挡在脸前，生生抵挡——正在这时，远安从后面抓住了大狗的颈圈，摆弄着狗耳朵，大狗松了口。

远安摆出似六似八的手势，大狗居然温驯了。

小童傻傻地看着远安。

远安也直直地看着小童，向他伸出手来：“哎，把你的米糕给我。”

小童道：“这是我的，才不给你。”

远安又道：“把你的米糕给我！”

小童只想捍卫自己手里的吃食，他还不知道眼前的实际上是个混账，依旧回答说：“不！”

远安眯了眼睛，蹲下对大狗命令道：“上！”

大狗领了远安的命令，立时扑向自己的主人，小童大惊失色，哇呀呀哭着撒丫子就跑，扔了米糕，被远安笑嘻嘻地一把接住：“正好一口没碰。”

她眼见着那才比自己膝盖高一点儿的小童被大狗追着跑远了，很有成就感，感觉自己很强大。她转过身蹲下来，冲着那黑东西拍拍手，但见他好像是更黑了，身上满是泥巴土块儿，精瘦精瘦的，皮下面也没有什么肉，难怪那白胖的小童把他当成猴子——唉，这小黑孩被她从鬼市的人贩子手里救出来，可看上去混得还不如从前了。

远安道：“我说你认得我吗？”

小黑孩看着远安，思考着，戒备地，忽然想起了什么，指着她发出呜呜的声音。

远安笑笑：“对，没错，就是我，那天把你从人贩子手里买下来、救出来的人。你不是很能跑吗？怎么还是跑到这里来了？刚才一直被人追着打，是不是？我早就看见你了！”

小黑孩不声不响，黑白分明的眼睛却盯着远安手里的米糕，咽了咽唾沫。

远安道：“哦？想吃这个？这个好吃。给你。”

他立即接过来，大嚼大咬。远安看着就笑了：“好吃吗？”

小黑孩点头。

“爱吃吗？”

小黑孩又点头，眼睛看着远安，嘴上没停，仍在咬那米糕。

远安正中下怀，慢慢地劝诱着："爱吃我还能给你买，不过你得听我说句话。且不说那天是我从人贩子手里救你出来，就说今天，要不是我来，你弄不好还会被那条大狗咬死。要不是我来，你也没有这个米糕吃，对不对？是不是这个道理？"

小黑孩到底是停了口，似懂非懂地看着远安，那一双眼睛，清澈如水，没有半点杂质，仿佛要把人给看透了。

远安心想，这小孩子怎么这么看人呀？

她说得更和缓了："听懂了吗？以后，我是你的主人，你是我的奴才。"

小黑孩听到这句话，仿佛一下子被激怒了，忽然把嘴里的米糕吐了出来，几乎吐到远安身上。他随即又把手里的米糕扔了，狠狠地推了远安一把，把个远安推得跌坐在地上。远安"哎呀"一声，还没来得及反应，那小黑孩飞身越到墙头，蹿了两下又不见了。

远安起身，扑打身上的灰尘，一看手掌还蹭破了皮，气得够呛："哎呀，这个小东西！这么会跳！还真是收不住你了！等我忙完这一段儿，腾出手来，逮到你，剥你的皮，抽……"她忽然不想说得那么恶毒了，到此住了口，转头去办正事儿了。

可远安不知道，小黑孩这一番却没走多远，只趴在一个房顶上，躲在后面偷偷地看着她。

远安找到"寒岫首饰店"，掀帘子进去，做出一副大咧咧的样子："老板呢？叫老板出来。前些天，千端阁的如月是不是在你这儿存了些东西呀？拿出来给我。"

老板闻言一愣："如月姑娘？听说如月姑娘不是被害了吗？她怎么会有东西存在我这里？您一定是弄错了！"

远安冷冷一笑，心想早知道会这样，果然无商不奸，以为人死了就能匿下人家的东西？好在自己早有准备。远安便朝他招招手，老板凑近了，远安把出门前去地库找人伪造的腰牌拿出来让他看："认得吗？"

老板吓了一跳："原来是县衙的赵捕头……"

被远安恐吓了几番，老板不一时便拿了个匣子出来："您看，如月姑娘差遣丫鬟拿到我这儿来的，就是这个。”

远安从那寒岫首饰店里出来的时候，天已经入夜了。她把如月留下的东西装在自己随身带的小行囊里，人有些蒙，马走得慢，渐渐地，渐渐地，进了一个没人的小巷子，忽然发觉自己身后有两匹马，好像已经跟了她好久了。

远安回头看看，那是两个黑衣人，看不清脸，骑着高头大马，就在她身后两个马身长的地方，已经封住了她后退的路。远安心里暗恼自己迟钝，这个时候才发现危险，没有退路，只好一夹马腹，加快前行，可是后面的人也是越追越紧，那两个影子从后面笼罩上来，仿佛怎么都摆脱不掉。远安心里发虚，终于挥动马鞭，意欲飞奔，谁知马儿刚跃起来前蹄，却一下子向前折倒，她连人带马摔在地上。远安大惊：前面是两道绊马索！她被人埋伏了！

与此同时，刺客手持大刀，加速袭来，远安飞出骷髅手，抓住一旁的树枝，骷髅手绳索收缩，远安躲开了刺客一击，落在旁边地上，眼见着那大刀擦过地面，迸出火花。远安心里暗叫不好，这是高手，她再想要挣扎着站起来，却不听话地倒下去，脚踝剧痛：她刚才坠马时崴到脚了！远安疼痛钻心，装着证物的小包袱又恰恰掉在了地上，直到这时，远安仍有可能逃脱，可是她不能再丢失这好不容易找到的证物，便回身去拾那个包裹，刺客再次袭来，大刀寒光凛凛，直朝着她的正面过来。远安终于在这一刻绝望地闭上眼睛，心里道：“娘亲呀，远安这回着了道儿，我去找你了！”

半晌没事，睁开眼睛，一团黑影已经与那两个刺客打斗在一起。

远安定神，再仔细看看：哎呀，这不是那个小黑孩吗！

但见他也没什么技巧，可是力气大，而且灵巧无比，任两个刺客使出什么招数，也都能让他躲闪开，大刀光影，竟然也近身不得。一个刺客再不想与他纠缠，跳出圈外，想要夺取远安手里的证物，远安脚下受伤，手上却仍是灵活无比，而且打架斗殴，说到底，是讲究个气势，她此时知道自己有了小黑孩当帮手，并非孤身一人，气势也就上来了。刺客逼近，要取她包袱，远安从怀中嗖地拿出锋利的匕首，横扫两下，只听两声惨叫，那刺客被她活活削掉了两根手指！

刺客转身逃走，跳出圈外，在街道墙垛上疾行。

小黑孩回头看看远安，远安扶着树站起来："别让他们跑了！哎哎，你回来！带上我！"

小黑孩把她负在背上，腾身而上，在房梁上纵跃，极为轻盈，仿佛两个人加在一起都似没有重力一样，只这样蹦了几下，就逼近了前面的刺客。远安不由得惊讶，心想敢情那人贩子说得没错，这小黑孩果然不是凡人，他居然这么会跳！

眼看就要追上前面的两个刺客了，远安已经把那骷髅手准备好，抡圆了，心想我捉住这两人就逮回家去，往死里逼供，案子也就破了！她正想得美，忽然那两人从墙上翻身而下，进了前面的宅院，不见踪影了。

远安飞出去的骷髅手扑了空，砸掉了一块瓦片，下面的街道上恰巧一队官兵经过，抬头看见了远安与小黑孩。

官兵喝道："那是什么人？！"

远安与小黑孩连忙转到角落藏好，两人屏气敛声，直到官兵走了，远安才探身看了看，只见前面大门处悬着匾额：裴府。

远安吓了一跳："这不是尚书令裴大人的官邸吗！"

小黑孩仍是看着远安，她说的"尚书令裴大人"或者"杀死如月的凶手"之类的话，对他来说，根本没有她给的那块米糕，或者她两次救他的事情来得具体明白。他等着她再说些明了的话，就像刚才一样，"你回来"，"带上我"。

远安也看着小黑孩，她就是再混账莽撞，也不可能在这个夜里杀到当朝宰相的府里逮人了，好在从那首饰店里拿到的证物还在，证物在，就能逮到真凶！而自己刚才遇险，又被这个小孩给救了，她这个时候才想起来后怕，才觉得庆幸，那一刻她心里面对于小黑孩也有了亲近的心，当下笑嘻嘻地抓住他手腕子，也不顾及那上面的污泥土块："刚才可是亏了你，要不然我可真要去见我的娘了！走吧！跟我回我家里去！给你洗个澡，换身衣服，再给你弄一大堆好吃的！走吧！跟我回家去！"

小黑孩也在品咂着远安，他那单纯的心理也在比较这个人：他不是在鬼市的时候那么趾高气扬的了，他也不是刚才拿了一块米糕就要什么主子奴才的了，他笑起来可真是没心没肺、热情可爱，就好像真的是要把好东西给你，把全世界的好东西给你一样。

小黑孩不再犹豫了，认真地、重重地点头，随即团了身体，又把远安负在背上，任她指挥着，“回家去”。

他还不知道自己背着的是个女孩儿。

他还不知道她以后说什么，自己都会做什么了。

他们也都不知道，他们奇妙的缘分就此开始，与赵澜之及若干人等折腾了整个盛世大唐，差点儿没把自己给累死。

十三
当面对质

话说远安把那小黑孩领回家中，把夏叔、老嬷嬷、石头、小玉还有一众家奴都给唬了一跳：这是个什么玩意儿呀？小主子又把什么往家里弄呀？远安一边喝水一边解释不是猴，真不是猴，你们赶快烧水用肥皂把他洗干净了看呀！

家里好几个小断一起忙活，足足用了三大锅的水，才算把这孩子搓出来原型。待他扎好了头发，穿好了短袍子、小褂子被送到远安跟前，真个似换了一个人：但见他圆圆的脸庞，弯弯的眉毛，一双眼睛似寒星闪亮，睫毛卷卷活像小猫，鼻子尖往上翘，嘴唇儿厚嘟嘟的像衔着珠子。他自己被远安打量着的同时也打量着远安，想看又不太敢看，两只手摸摸自己前襟，又想碰一碰旁边的物件，就是一副心里没底的样子。

远安看了他的本样，嘴里面像吃了颗花生馅的汤圆一样，就觉得顺顺的、甜甜的：这孩子长得可真好看呀，五官里每一处都小小的、巧巧的，线条完美流畅，是宫里面画工笔的师傅最精心的杰作。洗干净了他也是黑，可是细皮嫩肉的，红彤彤的色儿从脸颊上透出来，那是血脉长得好。远安走过去，离近了比量一下，他伸直了身体，却比她还高了个脑袋尖儿，远安上手就掐了掐他的脸，小孩晚她一步捂住了脸，吃痛了看她，也不说话。

远安又好奇又高兴："叫什么？几岁了？从哪里来的？爹娘是谁呀？吃过什么，怎么长得这么好看呀？"

小孩没回答。

远安更乐了："不知道是不是？以上这些都不知道是不是？"接着拍手笑

道："那是最好了，知道了，我还得给你送回你爹娘身边去。不知道，你就留我这儿了！"

小孩还是没回答，蹙着眉头看远安。

"哑巴呀？"远安明白了，"哑巴也没事，我只把你当个小猫儿来养。"话说远安这人从小是没在娘前养大的，从来没习过女则女训，也不懂什么地位尊卑、男女有别，见到什么好看好玩的东西就喜欢摸摸弄弄。见那小孩实在是黑里透红、俊俏可爱，心里面就像喜爱个小狗小猫一样喜欢得不得了，嘴里说着话，两只手又上来想要拉一拉他圆圆厚实的耳朵。

说时迟那时快，那两只手还没上去呢，小孩不乐意了，一下子就把远安推地上去了，远安脚踝本来就有伤，倒在地上，霎时疼得龇牙咧嘴。

石头等几个小厮正从外面端了食物进来，见小孩这么不识好歹，立时就翻脸了，撸袖子上来薅他脖领子："哟，小贼，跟谁撒野呢？知道这是什么地方吗？知道这是谁吗？收你住，给你洗澡，穿上好衣服，还敢推主子，你找揍吧！"

说完了，几个人就要围起圈踢他。远安赶快爬起来把他们拦住："莫要动手，莫要动手！他突然使性子，十有八九是因为我说他是哑巴，大不了我以后不说了便是……他刚来，还不懂规矩，你们可别难为他。"

远安说完便把他拽过来，亲自将餐盒里的东西一样样地拿出来给他吃："喏，你肚子饿了吧，快来快来吃吧。可劲儿吃！"

那小孩也没客气，不管不顾地大嚼大咬起来。

远安抽身到一边，拉了夏叔吩咐："住处安排好了？"

"回小主子，工人房没有铺位了，马厩旁边有值宿的小屋，让他先在那里住下。"

"嗯。那里暖和干净，倒也不错。"远安道，"把被子铺盖弄好了？"

"您放心吧。"

远安说罢回头看看那小孩，他吃得正香，她掩口一笑就走了，不知道男孩放下嘴里的鸡腿儿，定定地看着她的背影。

远安拿着如月的遗物下了地库，将那玉石簪子给地库里面的先生看，将自己怎么好不容易找到的，怎么差点儿被人抢去的，又是怎么眼睁睁地看着刺客跳进了尚书令裴大人的府苑，原原本本地说了一遍。

远安说得情绪激动，手舞足蹈，却见这位先生拄着头背朝着她半天不响，远安纳罕，绕到正面一看，他睡得鼻涕泡都出来了。远安大怒，随手在旁边抄起一个什么硬物就敲在他脑壳上。先生立时就醒了，吃痛捂着头还不知道自己被打："怎么回事？怎么回事？"

"你看你睡的，脑袋撞了桌子都不知道！"

"是吗，我是撞到桌子上了？那你手上怎么抓着我的旱龟？"先生还糊涂着。

远安一看，可不是？自己抓起来打人的就是旱龟，当下放在一边笑着说："我给它挠挠痒……"转转眼睛，又发脾气，"你可真是，我这儿急得要命，想找你拿主意呢！你还跟没事人一样！"

先生摸着自己的头，蹲下在抽屉里面找东西，像是跟远安说话，又像是自言自语："找我拿主意……把我当什么了？当我是神仙……我怎么就什么都知道？被杀手追又怎么了？活着就算是你运气好。再说了，都知道耗子洞在哪里了，不会蹲在门口守着？他们跟踪你，你不会跟踪他？"

几句话被远安听见了，她仔细想想，像是被点化了，真的明白了些什么，转回了身往外走。

"喂！"那位先生在后面喊她。

远安回过身来，接过他抛来的一个沉甸甸的小盒子："这是什么？"

"跌打损伤的药，你不是伤了踝骨吗？擦上就好。"

"哦，谢谢您。"远安伸长手臂，远远地拜了一拜便离开了地库。

先生摇摇头："要不怎么办？孩子说到底心眼不坏，已经这么蠢了，我还能眼睁睁看着你再瘸了吗？"

清晨，尚书令裴大人府中。三四个洛阳城里最负盛名的裁缝在给公子闲雅量体。裴府与靖王府联姻的典礼在即，两家上上下下都在紧锣密鼓地忙碌着：新起的宅院，新置的家具器皿，新招的奴仆用人，新购的绫罗绸缎……从钱塘送来的敬威罗刚刚从水路送到，那是专供男性贵族用的上佳面料，暗暗的黑紫色，闪着奢侈的光。裁缝们躬了身，贪婪地用手指体会着那美好的纹路，彼此说，也只有这样的绸缎做出来的袍子才能配得上俊美的闲雅公子……只是公子最近这些天脸色苍白，身上也清减了，从前度量出来的数字都不能用了……

裁缝给闲雅测量肩宽的时候，仆人从外面进来，呈上一个纸条，闲雅接过来一看，脸上微微有些变色，他烦恼、犹豫，仿佛终于下定了决心，抬脚而去。

城南抚远门的一间小茶社，门前有两株杏子树，最远的雅座，一个人在那里已经等候多时了，正是洛阳县衙的捕头赵澜之。公子闲雅掀了帘子进来。

他见公子闲雅到了，起身唱喏："兄长！身上好些了？"

闲雅笑笑："不碍事的。倒是你，澜之，你眼睛发红，一直都没有好好休息过吧？"

"做我这门的，岂不就是这样，有时候眨一下眼睛都怕案犯就那么借机跑了。"

闲雅道："那我请问捕头大人，有什么事情这么着急，非要我出来说话？"

赵澜之给闲雅的杯子里倒茶，看着茶水在杯中旋转，他慢慢说道："昨日在府上，人多眼杂，后来郡主来访，有些事情我没有来得及说明白，所以特意请兄长出来叙上一叙。"

闲雅略略沉吟，饮了赵澜之斟的茶："对，之前你说到，有两件案子同时在查。一个是走私私盐的案子，另一个是千端阁的舞姬如月莫名惨死的案件……就说到这里……"

"没错，"赵澜之接道，"说到这里，兄长手上的药都洒在地上了。"

闲雅抬头看赵澜之，略带笑意，他是有些准备的，不慌不忙地说："那我们就继续聊聊，这一回，我一定把杯子抓紧了。"

"好！昨日说到，千端阁的舞姬如月莫名惨死。我想问问兄长，可认识这个人？"

"澜之，你是在以什么身份问我话？是捕头，还是我兄弟？"

"兄长，我若是捕头，为何在这里跟你问话？"

闲雅闻言，收了脸上的笑容，沉吟半晌，长长叹息："我知道这事情瞒不了的。如月被杀死后，我在梦里见过她两回。哎……澜之，我与如月确实有些交情的。她曾为我跳舞，我曾为她抚琴，我印象很深，我们每次相见的时候，月光都很好。千端阁上的日子不好过。她要跳舞，也要应酬客人，稍有不顺，也会被鸨母责打。我曾想要把她赎出来，找一处宅院，把她好好安置了。不是我无情，而是她不肯。我们都很明白，宰相家的公子怎么会给风月场的舞姬名分呢？与其这样，倒不如留在千端阁上自在。”

闲雅说到这里，唇边仍有笑，眼中却带泪。

“我与如月，注定是一只鸟与一条鱼，没有办法成为夫妻……”

闲雅话音未落，一个人从外面进来，把他和如月的故事接着讲了下去：“可是不久之后，裴大人的三公子你与靖王府的明慧郡主订婚了。你担心跟舞姬如月的一段情暴露出来，这事情会坏了你的名声，毁了你的幸福，于是痛下杀手！不仅如此，你还嫁祸给她的侍女小玉……这样你从前的放浪形骸，风流事迹，杀人灭口，吸食毒物，就痕迹全无了！而你，你仍然是高贵的你，明慧郡主的官人，靖王爷的贤妹婿！你打的好算盘呀！”

公子闲雅大惊失色，腾地站起来：“你是何人？！”又看那赵澜之：“澜之，你，你问我话，还带了个证人？！你这是什么意思？！”

赵澜之也是惊讶：“你怎么来了？”

进来戳穿公子闲雅，质问他的正是远安，她看着赵澜之冷笑：“哼，赵捕头，你以为跟我说鬼市药铺的账本丢了，就能把我给甩了？亏我还那么相信你！我告诉你，我为什么会出现在这里！就因为这小匣子里的玉石簪子！”

远安说罢就把手里的匣子打开，让赵澜之看：“这是你的这个兄长送给如月姑娘的礼物，也是他们之间关系的证明。好巧不巧的，居然被我给找到了。结果昨天晚上，我就被人追杀，差点儿没死了！想要杀我的人就是你这个好兄长派来的。我在他府邸墙头守了好久，终于跟他来到这里，想不到在这里见到了你！赵捕头，你们可真是好兄弟呀！如果我猜得没错，鬼市药铺老板的账本上写的就是他的名字吧？你还骗我说账本落入水中，找不到了！你想不到我自己又追到这里来了吧？！”

赵澜之冷静地看着远安：“证据还不充分，你不要瞎猜。”

远安大怒：“杀人犯就在你面前，还想要什么证据？！”

这时公子闲雅把那个匣子拿起来，把簪子拿出来仔细地看了看，啪的一下又扔了回去。

“小兄弟，你从哪里弄来这么一个东西，口口声声‘证据’‘证据’的？这东西材料也不值钱，样式也拙劣，我才不会送给如月这种东西！”

“对！这簪子不是你给如月的。你连认识都不认识她！可是否认没有用，说瞎话也白搭，我这就拉着你去见官！你要给如月偿命，还小玉清白！”

远安伸手要抓公子闲雅，被赵澜之一下子挡开，远安闪了一下，难以置信：“你！你敢护着杀人犯？你是官差呀！你这是渎职徇私！”

公子闲雅仰头哈哈大笑：“这位小兄弟，你如此义愤填膺究竟是为了什么？你既知道我是谁，就该知道我能做什么事情。如月之死，我说不是我做的，你不会相信，对不对？可是即使是我做的，你又能把我怎么样呢？！我劝你还是省省吧！”

闲雅说罢，起身离开。

远安想要追上，却被几个目露凶光的侍卫拦住！只能由着公子闲雅扬长而去。

远安回头怒视赵澜之：“你把杀人犯放走了！”

赵澜之却是理直气壮：“我说过了，这件事情证据不足，不能断定就是公子闲雅所为。叶公子，案子还是交由我办理吧！”

远安冷笑：“你们，你们是官官相护！”

赵澜之一把抓住远安的小臂，把她扯到自己面前：“你骂了我几回了？你们家大人不管教你？你是不是以为你最了不起、最聪明、最正义？！别人你都瞧不起？我告诉你，你差得远呢！”

远安气得忽然间眼含热泪：“不！赵捕头！我没有瞧不起所有别人！我只是瞧不起你！那天我跟你要了三天时间，我要证明给你看，小玉清白无辜，现在时间到了，我有证据，我抓到了人犯，你却不信！我告诉你，我不会放弃的！我不仅要洗清小玉的冤屈，我还要抓到裴家三公子的把柄，我要他给死了的人偿命！”远安说完，转头就往外跑。

赵澜之又被她一顿好骂，气得咬牙恼恨：“这个……这个小混账！”

赵澜之一个人从茶馆出来，心中好不烦闷。那日他与远安在鬼市的毒药铺子里抢来的账本上确实登记着公子闲雅的名号。他当时也是惊讶，但并没在远安面前表露出来，为了避免这个莽撞的家伙就此便认定闲雅是杀人凶犯，是他在过河刮风的时候，故意设计落水，涉险假装丢失账本。他两次找到闲雅，就是要得到他这一方面的解释。可是之前在尚书令府中明慧郡主突然到访让他错失机会不能继续追问闲雅，这一次好不容易将他请出府来，打算仔细盘问，又被远安给搅了局。赵澜之心里暗恨远安是个愣头青，可是转念又想，若非此人真有一副古道热肠，又怎么会为了一个小玉就这般尽心尽力。

赵澜之骑马穿过街巷，正寻思着这案子下一步要怎么办，忽然眼见前面起了乱子，前面好多路人争先恐后，围圈抢东西，街面上乱成了一团。赵澜之不解，坐在马上观望，但见众人之间有个家伙正当街撒钱，把些细碎的银角子金叶子抛起来，同时嘴里喊着："有金锭子，快点来捡金锭子呀！"

是个疯子，当街制造混乱？再仔细一看明白了：人群之外，街道的另一边，正有数个凶神恶煞打手般的人物追过来，直奔那撒钱之人。可是人群涌起，街上一乱，他们想要逮人，却也奈何不得。

是捉贼？为何不喊？

撒钱的是贼？为何反而要引起别人的注意？

说时迟那时快，人们纷纷弯腰拾钱的当口，打手们看见了撒钱的人，霍然亮了兵器直奔过来，赵澜之大骇：自己跟前，怎么能出人命？管是什么案子，拿回县衙再审！他施展轻功，从马背上踏过众人后背直扑到撒钱之人跟前，打手们见来了官差转头就走，那撒钱之人大叫："哎哟，谢谢您呀。"他伸长了胳膊作揖的当口，赵澜之笑了：得来全不费工夫，这不是在千端阁上逃了的那个私盐贩子的上线吗？他手腕子上的飞鹰刺青赫然在目呢！赵澜之将他一把拿住，皮笑肉不笑："我说，我也找你好久了，咱们去洛阳县衙聊聊？"

十四
私盐大案

此人名叫李贵，正是之前说到赵澜之与远安在千端阁遭遇的盐贩子的上线。只是那一日人多混乱，他跳入运河之中，逃过了赵澜之的追捕，却被迅速闻讯而来的同伙杀害灭口，沉入水中。李贵命大，在水中苏醒，带伤上了岸。同伙以为他死了，其实他没有离开洛阳城，两天里四处躲避，小心谨慎，原是为了找到盐贩子们存放赃款的地下钱庄，冒死也要把自己那一份拿回来！

钱庄的主簿并没有难为这个亡命之徒，将他存放的一大笔金银给了李贵，却待他前脚刚刚离开，旋即通知了打手们：你们之前做得好不彻底！留了活口，还卷走了大笔的现钱！

于是那李贵刚出了钱庄，就发现自己被打手们跟住了，越跟越紧，如影随形！他身上是有些功夫，可是以一敌四，那就是死路一条！死？哼，李贵急中生智，手里有钱怎么会死？！

他猛地抛出些金银钱两，同时大叫："快看啊！有金锭子呀！快来捡金锭子呀！"路人一见地上有金锭子，纷纷涌来，争抢，挡住了打手们，李贵原以为自己就这样能够逃脱追杀，谁知道聪明反被聪明误，他把自己送到了赵澜之的手上！

洛阳县衙阴森森的刑房里，早前逮住的盐贩子被领进来认人，一看见绑在柱子上的李贵，先是吓了一大跳："对，就是他！我就是从他的手里买的盐！"

李贵是一脸的无赖相，看着盐贩子就笑："哈哈哈，这人是你们的衙役吧？官爷这是在诈我！以为这样就能给我栽赃罪名？告诉你们，我是正当商人，有自己的木材生意，不卖什么私盐！捉贼拿赃，捉奸拿双，你们找这么个人就想要栽赃我？做梦！”

说到底，即使被抓住，他也并没有把赵澜之及一众捕快们放在眼里，倒是知道如果真把贩卖私盐的上下交易网交代出去，不仅自己这条命没了，怕是老婆孩子也保不住！而官府的人没有证据却也不敢把他怎么样，没凭没据的，就算进了大牢，他也能保住一条性命。这样想来，也许这里却是这世上最安全的地方。嘿嘿。

赵澜之看着李贵微微一笑：“怎么着？抵死不说？”

“没什么可说的。”李贵说完，忽然大声咳嗽起来。

孝虎提醒赵澜之：“大人，他身上还有刀伤。”

赵澜之道：“说到底，他也算是条汉子，对付盐贩子那一套法子怕是在他身上也不好用。算了，先让大夫来给他看看伤，吃点药吧。”

李贵笑起来：“大人这假慈悲对我也没什么用！您就算是把我二十多年的脚气治好了，我也什么都不知道。”

赵澜之没说话，只是吩咐了几句便转身走了。过了好一会儿，来了郎中模样的人给李贵看了伤，敷了黑色的草药又包扎了伤口，李贵只觉得那药味道蹊跷，劲头也大，贴到伤口上好似火烧，霎时疼得龇牙咧嘴的：“你这是什么破药啊？怎么糊上去我更疼了？”

医生道：“忍着点吧，给你上的药还能跟皇上的一个样？在这儿治病你还想要好受？”

李贵只觉得越来越疼，浑身冒汗，不一会儿竟然恍惚了，喃喃自语：“不对，这药有问题，有问题……”

他这样也不知过了多久，恍惚的歪歪斜斜的视线里，看见一个衙役进来看他的情况，那人贼头贼脑，鬼鬼祟祟，四处看了看，见没有旁人，便将一小包药粉和在水里，扶起李贵，往他嘴里灌：“来，把这药喝了，把这药喝了你就好了。”

电光石火之间，他仿佛知道这人定是被派来灭口的，立时晃头，不肯喝药：“不喝！这是毒药！我看你们是想要药死我！好呀你们！我保证了我不会说出去！你们居然还把人派到牢房里来了！你们！”

衙役不由分说，把着李贵的嘴把药液灌了下去，事毕转身跑了出去！

李贵终于绝望了，痛苦地大叫："来人呀！我招！我全招！他们不仁，我也不义！我把知道的都告诉你们！卖私盐的地方就是那个千端阁！我告诉你们，我全都知道，你们不仅能找到人，还能找到盐！"

赵澜之与孝虎等人闻声进来，居高临下地看着李贵，只见他气喘吁吁，好像一条丧家之犬："洛阳城私盐交易每日多则五百斗，少也有二百三十余斗。买卖，验货，对接，全部都是在千端阁大船上进行。经手者两人，我与千端阁的老鸨张妈妈。新客到，须交十锭金子作为保证，换句话说，入门费，没有这个数目，你就没有经营私盐的资格。之后每日供货须提前一日预约。今日定，明日提。货讫收款，一笔一结……"

利用千端阁买卖私盐，一来，洗钱方便，私盐获利可以打在上面的酒肉皮相生意里面，姑娘们还可以帮助招徕客商；二来，千端阁每夜在运河上行驶，能更好地掩护私盐运输。

赵澜之恍然大悟："那你背后的大老板是谁？"

"从没见过。真的想要找到证据，我看你还要再去探一下那千端阁。啊……疼死我了！他们下的药物好阴毒啊！受不了了！赶快给我一刀了结了吧！"

赵澜之扔下李贵，轻蔑地看着他："你忍一忍吧。烈药好得快。你还得当我的人证呢！"

李贵霎时明白自己中了计："是你！你耍我？！我没有中毒？！"

"不然你又怎么会说实话？"

李贵奸笑，一半是为了自己逃脱一死而庆幸，一半是被赵澜之耍弄而恼恨："好狡猾。我做了这么多年的买卖，想不到栽到你的手里！哼，让你知道了又怎样？你去查了千端阁又如何？我怕你这么一个小捕快下不了那么大的一盘棋！"

赵澜之是饶有兴味的："哦？何以见得？"

"武夫就是武夫！仔细想想，私盐贩运那么大的买卖，什么人能消受得了那么多的钱又不会引人注目？必然是高官皇亲呀！就凭你，能斗得过？哈哈哈，别让人笑话了！"

赵澜之没再说话，他想此人说得也没错，私盐的生产与贩运，历来是朝廷重罪，微薄的数量已经可以判处死刑，是什么人能有这么大的胆子，这么大的力量用一艘大船来走私？他的手还能伸到哪里？

也罢！想得太多也没有意思！他是个捕头，是个干探，职责就是查案，管他这水有多深，他没有没顶，就得把真相找到！

“钥匙？”远安愣住了，她这次留了个心眼，没有将这簪子的证物交给赵澜之，而是向先生请教，但先生却发现了簪子的不凡之处。这簪子样子也太普通了，但凡讲究一点儿的人，谁会给自己的情人送这个礼物？哪里会有女子用它来卡头发的？

远安拿着簪子从地库里出来，却听说家里来了一位不速之客，等赶到后院，赵澜之已在等候，旁边是远安让夏叔准备好的马车，还有几口大缸。小玉和石头也在一旁看着赵澜之，小黑孩坐在树枝上向下看。

远安没有好气：“怎么，赵捕头，你不去给那个公子闲雅当侍卫，来这里干什么？”

赵澜之知道远安是想偷偷将小玉和石头送走，笑笑：“看来我来得还不算太晚，你们要走还没走成呢。上次走水路不成，你这次要走陆路把他们送走？夜里会让人更怀疑，于是决定白天出城？这几口大缸里面满满装着醋，狗都闻不出来。其中两个有机关，上面放些醋，下面是空的，刚好装进两个人。叶公子，你这些心思和机关，我说得对吧？”

“您倒是看得明白。不过那又能怎么样？不瞒您说，我做这些掩护无非也就是给您些面子。之前咱们说得明白了，三天之约，我找到了杀死如月的凶犯，可是让您给放走了！你放走闲雅，我就放走小玉！真闹起来，我去吏部告你销毁证据，放走公子闲雅那个杀人犯，赵大人，您也得吃不了兜着走！”

赵澜之看了远安半晌，上前一步，低声跟远安说话：“我想跟你说几句话。”

远安本来就气冲冲的，此时听他这样说，扭头仔细看看赵澜之，看着他那俊秀端正的脸和闪闪发亮的眼睛，发现自己对他居然是信任的，泄了气，吩咐众人：“你们先下去吧，我要跟赵捕头说些事情。”

夏叔、小玉和石头遵命下去了，唯独树上坐着的小孩却似把远安打发他们的话当成了耳旁风，荡着两条腿，看着赵澜之与远安。

赵澜之抬头看看："哟？这个孩子被你给找回来了？"

远安冷冷一笑："若不是他，我就死在那公子闲雅的手里了！你有什么事情就请说吧，这孩子不会说话呢。"

赵澜之略略沉吟："我没跟你说过，除了如月被杀的案子，我还在查洛阳城私盐贩运的案件。证人说，私盐交易的据点就是如月被杀的千端阁。我想，这两个案件之间会不会有什么联系？"

"还有这事？"

赵澜之看定她的眼睛："叶公子，你一心认定公子闲雅是杀害如月的凶手。我问你，除了小蛇烛台，还有你手里的那个玉石簪子，你还有什么证据？公子闲雅每次去千端阁都是微服造访，你甚至连一个证人都没有，你凭什么说尚书令的三公子就是杀人的凶手？！"

这几句话入了耳，远安皱眉思考："你说的……"

"我说的就是对。你意气用事，想把石头和小玉送走，我还是那句话，罪名还在，他们逃不了多远，他们会一直被官府追捕。还会就此连累你、你的爹爹叶大人、你们全家老小！这些你想过吗？"

"哼！"

"别哼，服气吧。你真这么莽撞行事，只会让他们的罪名坐得更实！"

赵澜之所言句句在理，远安心里合计，口中试探着："那你想怎么样？"

赵澜之心平气和："我不想怎么样。我特别不想，你像那天所说的，瞧不起我。我告诉你，我要再去千端阁查案，我要找到更多的、更有力的证据！如果跟我想的一样，如果幕后的黑手真的是闲雅，那我跟你保证，即使是尚书令的公子，他也要为如月的人命和贩卖私盐的勾当坐进死牢！这才是最好的解决办法。"

远安看着赵澜之："什么？你要再去千端阁？"

"对！今夜，秘密探访，只有你知我知。"

"我跟你一起去。"

"不行！这次与上次不同，我手里握有证人，幕后真凶也许得到了消息，也许会非常危险。"

远安一扫之前对赵澜之的轻蔑和怨恨，此时对他是佩服得五体投地，整个人眉飞色舞，跃跃欲试："危险有什么？我还怕不危险呢！多一个人手总多一份力量。赵大人你说，我这人还挺机灵的，不是吗？"

赵澜之低头看她："你很机灵，但还是不行。"

远安恨不得给他作揖："赵大人，大人，你就带我去吧，求求你了！我不瞧不起你了。也请你不要瞧不起我，行不行？"

赵澜之迟疑了，看着远安良久，心里面说了一百句不行，却最终点了点头。

她霎时眉开眼笑，面如春阳。

她这样子让他想好好地多看一会儿，可是他们着急，话不多说，两人骑马而去。

树上的小孩有一点点的不安，他听下面那两人看着对方说了好些的话，似乎是吵着吵着就和气了，然后这个"小主子"就跟那个官差走了。小孩觉得有点不太高兴，又不知道为何。他还不知道以后这样的事情会越来越多，他总会见到这个男的把那个好看的"小主子"从他面前给带走了。

这个太平盛世里，有人为了赚钱挖门盗洞，有人为了探案铤而走险，有人为了保护别人不惜拼命，还有人在准备成亲。

尚书令府里，三公子闲雅把迎亲的礼品单拿出来，一折一折地打开给面前的美人看，温柔殷勤地说："郡主请看，这是府里草拟的礼品清单。我在市井上听人说笑，说我裴府与靖王府结亲，不啻两国结盟。这话虽然是犯上，但说得也有些道理。郡主您看这白玉如意，还有红珊瑚的屏风，就连宫里也没有。"

美丽的明慧郡主皮肤白得透明，眉眼长长，眼尾的睫毛向下垂着，看上去总有心事的样子。本来闲雅对这身世显赫的女孩最初对自己有意颇不以为然，直到见到她了，便将如月的温柔乡抛去脑后了。如月也是美丽的，对他而言却是唾手可得的，而明慧郡主不一样，那样的美丽是神话一样让人向往的。

郡主看着那长长的清单轻轻一笑，稍稍侧了脸，一直跟随的那个忠奴姜忍便会意，退出了房间。闲雅知道，这是她有贴己的话要跟自己说，便吩咐自己身边伺候的两个仆人也出去，只留下他与明慧郡主两人。宰相府里的仆人平时管教严格，礼数讲究，两人出去了面面相觑：这明慧郡主看上去那么高高在上，怎么还没成亲都来了裴府好几回了？就那么为我家公子着迷？

十五

身陷囹圄

房间里只剩下了闲雅与明慧两人。她从地上拾起彩礼单子，好好地折好将它交还给了闲雅："我知道为了我们的亲事，府上必定是全力操办，可是那些珍品宝物什么的，我从小也见着玩着，多的是，倒不那么放在心上。"

这话让闲雅着急了："郡主不稀罕？那您想要什么？说于小可，管是天上地下，我自然找来给您。"

明慧回头看看闲雅，见他急得都恨不得把心掏出来给自己看，当真是一副诚心实意的样子，便缓缓说道："公子别着急，听我慢慢说。我从小就喜欢收藏佛珠，自打跟随国师修习佛经之后，就更是偏爱于此。什么珍贵东西好玩意儿，说到底，在我这儿都不算什么，可是若是得到一串，哪怕是一枚好珠子，才叫我真正地喜欢。"

听她说起珠子，闲雅微微离开，转过身去，摆弄起旁边的琴弦来。

明慧起身，跟在后面："我听说，公子有一颗珠子，来历挺有趣的，是吗？"

闲雅没有吭声。

"听说当年三藏法师圆寂之时曾留下一串佛珠，慈恩寺大火，那串佛珠散失了，九颗珠子各自不知去向，我听说机缘巧合，公子您得到一枚，不知道是不是真的？"

明慧还没说完，闲雅大笑起来："三藏佛珠？这个传说我从小也听说过，郡主您还真的信？没有，郡主，我哪里会有那样的灵物？您看这样好不好：我让人寻来最好的珠子，带去慈恩寺让高僧们开光祈福，再将它们献给郡主，您看好吗？”

明慧笑笑：“既然如此，那样也好。”

转过身，美人的笑脸霎时便冷若冰霜，她要用别的办法让他就范了。

入夜时分，千端阁大船华灯亮起，客人们鱼贯而入。一队波斯客商意兴盎然，可是落在后面的两个被人拖进了巷子里，一高一矮两个年轻人脱了他们的衣服，扮成他们的样子，混进了波斯人的队伍里，正是赵澜之与远安，二人就这般乔装打扮上了大船。

小男孩一直跟在他们的后面，见这般也想如法炮制却也没个同伙配合，正一筹莫展之际，忽然被人拍肩膀，回头看却是船上的杂役，那人当他是个同事便道：“哎，别在这儿偷懒，把这几桶酒给我搬上去。”小孩依言照做，就这般也上了船。

远安与赵澜之与一众波斯商人进了包厢，还没坐稳，就有数个舞姬鱼贯而入，陪酒唱歌好不热闹，远安与赵澜之作势饮酒作乐，小心翼翼地观察着周围的情况。一个绿衣女子抚琴唱歌，赵澜之一副意兴盎然的模样，女子便靠坐在他的怀里。

远安暗中侧目：“哼，原来也就是一个登徒子……借口办案，实则自己快活！”

未几赵澜之从怀中掏出一枚金锭子塞在那歌女的手里：“喏，这是爷爷赏给你的！”

歌女捧着金锭子，高兴非常：“我去给爷爷拿酒来！”

歌女掀了帘子离开包厢，回头把手里的金锭子给了老鸨张妈妈，这是大钱，她不敢藏的，禀告说是里面胡商给的，喏，就是那位。老鸨把那金锭子拿起来，看了看，咬一咬，生气了，掀了帘子进来，脸上堆着假笑，一屁股坐到赵澜之与远安中间：“大爷好。我来赔个礼，我们招待不周。”

赵澜之明知故问：“蛮好的，没有不周呀。”

张妈妈端起酒杯：“这酒您喝得好？”

“好酒。”

张妈妈问："姑娘们伺候得好？"

"好姑娘。"

老鸨忽然发作："我这儿的美酒美人都是真真好货，爷爷你为什么拿着假的金锭子来糊弄我呀？以为我们千端阁没见过真的是吧？！"

赵澜之朗声大笑，余光里看着远安，远安也配合着大笑，非常开心："我说你果然没错，不把这假的拿出来，怕是妈妈也不肯出来跟我们见个面说句话吧？"

老鸨愣住了："什么意思？"

赵澜之使眼色，远安打开手里的小箱子，里面竟是满满的金锭子，远安拿出来一枚递给老鸨，在她眼前转一转："您看看我这金锭子是真还是假呀？"

老鸨拿过来，抚摩着："真的，这可是真的。两位爷爷要什么美酒美食、什么姑娘，我都给您好好备上！"

远安啪地把箱子合上，老鸨好悬被夹了手。

赵澜之道："我来这里不是要什么美酒美食美娇娘的！我要盐！"

"要盐？要盐得出门买！"老鸨眼睛乱转，小声嘀咕着。

赵澜之厉声道："少废话，我知道你这里走私私盐，不是要十个金锭子当作定钱吗？我这儿有二十个，你看够不够？！"

老鸨沉吟良久："这位大爷，您这是要多少？"

"一百斗。"

"什么时候？"

"马上！"

老鸨摇头："马上不行，都是头一天订，第二天拿的。"

赵澜之闻听此言一点儿都没犹豫，转头便对远安道："拿上箱子！我们走！"

老鸨连忙将他们叫住："哎，等等，容我想想……好，在这里等我消息，等会儿靠岸了，我就把盐给你们抬走。"

"这么说……你现在船上就有？"

老鸨哼了一声，得意扬扬："你不是以为我第一天做这种加急的买卖吧？"

赵澜之道："带我去仓库！我要验货！"

"没那个规矩！"

赵澜之冷冷一笑：“你那盐里面若是混了白沙子，一斗当作两斗卖，我搬走了再找谁去？不行是吧？”他拽起远安：“我们走！”

老鸨的眼睛一直盯着远安那满满装着金锭子的小箱子，已经来了，哪里还能放他们走？立即拽住赵澜之：“行啊，跟我来吧！我带你们去仓库验货！没问题的，看好了，这就给你们装船带走行吧？！”

花开两朵，各表一枝。赵澜之和远安与那老鸨张妈妈周旋的时候，小男孩被杂役带上了船，支到厨房外面，人手不够的领班把一个装满了珍馐美食的托盘交给他，让送到飞花厅去！小男孩领命行事，手里捧着托盘在千端阁穿梭，躲闪着来往的客人，寻找着他那小主子的踪迹。

一个喝大了的舞姬摇摇晃晃地从个包厢里出来，一把抓住他：“给我送来的，还要往哪里去？”说罢就把男孩拽进了房间里，那房间里满是年轻香艳的女子，他四处看看竟觉得有些害怕。

她们看他倒是觉得分外稀罕：“哎？这个小杂役是什么时候招进来的呀？真格是个俊俏！是呀，真好看，看这眼睛，嘴巴，哪儿哪儿都圆嘟嘟的。快让姐姐喜欢喜欢……”

男孩被舞姬们围住，被那些鲜藕般的胳膊拥抱住，她们还要亲他！男孩猛地挣扎起来，逃了出去，屋里的舞姬们霎时笑作一团。他仓皇地跑到了船舷的另一边，忽然扭头看见远安与赵澜之在另一边一闪而过。

老鸨正带着远安和赵澜之往前走，路径蜿蜒曲折，上了楼梯又下来，好似有意要他们迷路。赵澜之有意留意路过的房间、摆设装饰，以作路标，不期然迎面遇上姜忍与几位客人。姜忍看见乔装打扮的赵澜之颇有些惊讶，赵澜之低头回避，姜忍走了几步又回过头来。

赵澜之与远安跟在老鸨后面，渐渐离开了客人众多的区域，他们下了三折大约四十级台阶，到了下层的船舱，一片黑暗之中，那老鸨忽然不见了。黑暗的仓房里，伸手不见五指，赵澜之拿了火油点上，远安还在身旁。

远安转转眼睛道：“妈妈！你人呢？！”

老鸨的声音从黑暗里传来：“两位大爷，这就是我放盐的仓库，两位跟我往里走呀！”

火光所及，四处都是些杂物，中间有条很窄的小过道。远安与赵澜之继续向里走，忽然被堵住了，面前是一扇丈余高的大铁门和一个巨大的锁头。

赵澜之再喊那老鸨："妈妈！你人呢？"

再没回音了。

赵澜之上前摆弄那锁头，扣得紧紧的，打不开，用刀砍了一下，当啷一声，纹丝不动。远安琢磨了一会儿，忽然想起之前地库里的先生跟她说的话，仿佛电光石火之间明白了什么。她走上前去，从怀里拿出如月的玉石簪子，拧到锁头的锁眼里，竟然打开了，赵澜之诧异地看着她："原来这不是簪子，竟是把钥匙！"

门里是一个三丈见方的仓库，里面摞着几十上百个巨大的袋子，赵澜之切开一个口子，用指头沾了尝一尝："是盐！这么多的盐！这就是他们存放私盐的仓库了！"

远安高兴极了："真让咱们给找到了！"

两人正高兴，没察觉仓库的门一下子从外面合上，咔嚓一声，锁头被扣上了。远安一步抢过去，早就来不及了——门从外面被锁上了！上面打开一个小窗，老鸨的脸出现在外面。

"怎么样？官爷，终于找到你想要的东西了吧？这回满意了吧？"

赵澜之仍是镇定的："妈妈说什么呢？谁是官爷啊？咱们不是做这个买卖的吗？赶快把门打开商量事情呀。"

老鸨冷冷一笑咬牙切齿："不用客气了！李贵被逮到之后我就等着你们了！还真有点能耐，这钥匙都被你找到了！哼，这果然就是如月那个倒霉的小贱人从我这里偷走的！落到你们手里，就是催命符！你们两个一起去死吧！"

远安一见着了道儿大惊失色，开始撞门。

老鸨在上面恶形恶状："别做梦了！出去又能怎么样？你们知道这买卖是谁的？是尚书令裴大人家三公子闲雅的！就凭你们还想跟他斗？！不如舒舒服服地死在这里得了！知道得太多就是这个下场。如月是这样，你们也是这样！去当明白鬼吧！"

老鸨说完关上了小窗，按下了机关，仓库的另一边忽然开始往里大量地渗水。这千端阁已经起航，正在运河上行走，装满了盐袋子的仓库成了一个闭合的水箱，远安大骇，用力撞几下门，又跌回地上。赵澜之把盐袋子推倒，在地上摞高，把远安举到上面。水越进越多，眼看漫过两人半身。

远安急得哭起来："我不想死在这里呀！我不想死！"

从来镇定的赵澜之此时也有些乱了章法："都怪我！都怪我！早知道危险，就不该，不该把你一个姑娘带到这里来！"

远安一愣："你……你知道我是女的！"

赵澜之皱着眉头看她："一早就知道了！看出来也不难，哪有男人长你这个样子？！"

"让你揭穿了，我今天就跟你交个实底。我出门总是女扮男装方便，但我也是喜欢裙子爱戴花的，真要是死了，我不想穿成这样呀！"

远安大哭不止，赵澜之也是一筹不展，没有办法。

就在两人都要绝望的时候，门上的小窗打开了，小黑孩的脸出现在外面！

十六
木乐木乐

远安大喜过望，仿佛看见救命菩萨一般：“哎呀，你怎么来了？！快快快，快把我们救出去！”

小黑孩二话不说就在外面撞门，可他快把半个身子骨都撞碎了，那大铁门纹丝不动。

远安从怀里拿出骷髅手扔给外面的小孩：“等等，这门是朝外开的！快！这个给你。从外面拽门，把门给我拽开！”

仓库里的水还在不断上涨，远安说这两句话的光景，那水就从脚脖子涨到腿肚子了，铁门外面的小黑孩不敢怠慢，接过骷髅手，从外面拴住了铁门销，奋力拉动，直到满脸通红，脖子上青筋直暴，使了几十头牛的力气，只听嘎巴巴几声响，铁门轰然打开！

此时仓库内几乎装满了水，铁门被小黑孩拉开的那一瞬间，河水涌进了船舱，几乎被淹没的远安与赵澜之侥幸生还。小黑孩把远安背在背上，赵澜之紧随其后，三人半靠跑半靠游终于离开底舱。

船舱里的食客美姬们还在寻欢作乐，猛然感到了大船剧烈的晃动。有人起先还以为是自己的错觉，很快，那舱底进水，开始迅速下沉的大船仿佛要带着所有人一起坠入漩涡般的深渊了！

刹那间船上陷入混乱，有人尖叫，有人逃跑，有人可能是觉得自己水性好就直接往水里扎。远安、赵澜之与小黑孩冲到船舷上来，却有数个打手正面袭来。远安差点儿没死，侥幸逃生，此时血气上涌，大开杀戒，赵澜之却在一片混乱之中看见姜忍，无论之前何等镇定冷静，他也是劫后余生，仿似惊弓之鸟，怀疑所有人的善恶，眼见着姜忍过来，一边跟其他的打手搏斗，一边准备好了也要在必要的时候跟这个从前的同僚动手，谁知姜忍手起刀落，将他身后一个意图暗算赵澜之的杀手击毙，赵澜之这才放下心来，对他道："帮忙！"

倾斜的大船上，这一边杀得是格外热闹，血把河水都染红了……

可是大船沉没的速度超过了所有人的想象，片刻的工夫，船上几乎所有人皆坠入河中，有气的还在大声呼救，没气的也不在少数。

原本并肩厮杀的远安、赵澜之、小黑孩和姜忍也落入水中，旋即被波涛和漩涡冲散。远安不会游水，抓住木板，浮在水上，狼狈地抹了一把脸："赵澜之！小黑孩！你们人呢？！"一个强壮的男人要抢远安手里的木板，趁她不备，从后面把她的头压到了水里去，小黑孩像只鲨鱼一样忽然钻出水面，从后面猛然袭来，恶狠狠地把男人撕开，把远安从水里拽上来。

远处的赵澜之泺水上来，大喊："远安！叶远安！"

远安惊喜："我在！我在这里呢！"谁承想那人只道了一句"快上岸"，扭头就又钻入水中。

远安大骇，恨不得自己跟上去："你去哪里？赵澜之！你快回来！"

可那小黑孩凭着一腔蛮力却拽着远安往岸上游去。

远安挣扎大叫："我不走！赵澜之！赵澜之！我去救你！"

小黑孩却不由分说，只把她往岸上推。远安总想着往水里冲，却几次三番被小黑孩给推了回来。

远安急得眼睛发红，指着他鼻子喊："你，你，你给我躲开！我要把赵澜之捞上来！你起开！你给我躲开！"

那小奴瞪圆了眼睛，咬着牙，什么也不说，牛犊子一般，就是挡着远安的路，不让她再回水里去。

她气得要命，力气又不如他大，干脆拳打脚踢，给他一顿好揍，到底一拳挥过去，打中了他眼角，那一下子让他疼得要命，远安自己也愣住了。

这个从来没说过话的小孩忽然大叫："不！不！不行！你，淹死不行！"

远安惊讶，直直看了他半晌："你不是哑巴？你会说话？"

他会说话，可也是没有章法的，嘴巴上仿佛用了半天的劲儿："淹死不行！你！”

“远安！”

远安扭头，见赵澜之等人全须全尾上了岸，那一瞬间她比自己把命捡回来还高兴，三步并作两步奔了过去，像一只快活无比的小河虾，一头几乎撞在赵澜之身上：“你呀，你，你吓死我了！”

赵澜之指了指老鸨：“不把她逮住，今儿不是白来了？”

只见老鸨站在赵澜之身边，刚刚她在混乱中险些落水，幸好赵澜之把她拽了上来，又赶上姜忍划船赶到，三人这才一起上岸。

远安高兴得要命，半天手足无措，终于狠狠打了赵澜之一拳：“大难不死，咱们必有后福。”

赵澜之看看远安身后的小黑孩：“今天大难不死，都亏了他！这个小孩，那天算你买对了！”

那小黑孩看着他，却是面无表情的，仿佛那赞赏全没听懂。

“现在干什么？”远安问道。

赵澜之笑笑：“正事儿。”

接下来发生的事情在洛阳县县令大人看来像做了一场大梦一样：潜伏在洛阳城市井中的数十个贩制私盐的作坊被赵澜之一举捣毁，负责接洽运输私盐的码头和涉及几十个城市的运输网络被连根拔起，缴获食盐千石，制盐工具无数，涉案的嫌犯把县衙门的牢房刑房都填满了。与此同时，杀死千端阁舞姬如月的真凶也浮出了水面，人证物证俱全，竟然与私盐大案的首犯是同一人——尚书令裴大人家的公子闲雅！

两桩大案都被手下的捕头破获，照理来说，这对县令大人是天大的好事儿，可他一见文书上闲雅的名字，当时就吓得麻了爪，翻滚着把要去抓人的赵澜之拦住：“我说，我说，赵澜之，你拿这个人，是不是再想想？你不是认识他吗？你们不是有私交吗？那可是尚书令家的三公子呀！”

赵澜之：“大人，我拿人只看罪证，不论私交。”

“你不论，我论！我说不许去！什么人你都敢动的？！我告诉你，你现在就把这个案子给我放下来！我要从长计议！这是我的命令！”

“您的命令？您的命令可有这个大吗？”赵澜之说完从怀中掏出一纸小小的明黄色的文书，打开之后缓慢地在县令大人眼前晃了晃，他并没有看清楚全文，几个字就吓得他一屁股坐在了地上——那是天后武则天的手谕！

赵澜之没有时间纠缠，带着手下数人匆匆而去，县令大人在地上坐了半天，喃喃道：“这个赵澜之，一个小小的捕头，怎么会拿到天后的手谕呀……”思前想后，果然自他从塞外转职而来，怎么说话、怎么做事都似自有一番道理，也许是天后的亲信嫡系！县令这下乖觉了，这案子以后怎么办，怎么走，说到底都让赵澜之去办，自己就好好走个过场罢了！

尚书令府里的家丁没能拦住气势汹汹的官差。赵澜之与部下孝虎等人长驱直入，直至后宅，与此同时，裴大人着官服迎面而来：“大胆！你们是什么人？竟敢闯到这里来！”

赵澜之拱手施礼：“裴大人，下官洛阳县衙捕头赵澜之，遵天后懿旨，特来抓捕令三公子闲雅！”

裴大人恼羞成怒：“血口喷人！我儿子犯了什么罪？！”

“走私私盐，杀人灭口！”

裴大人霎时呆住了。

赵澜之：“大人，没错，近来轰动洛阳城的两起大案，私盐案、舞姬如月被杀案，罪魁祸首都是令公子闲雅！证据确凿，下官特来拿人！”

裴大人岂能相信？当下也不顾威仪，拽住赵澜之使劲：“你弄错了！你弄错了！不可能，闲雅怎么会是罪犯？他就要与明慧郡主成亲了呀！你不能带他走！你不能带他走！”

赵澜之与裴大人纠缠不清的时候，闲雅却自己从后面出来了，他面色苍白憔悴，行动迟缓，慢慢走近了，把自己的父亲扶好，回头看看故友赵澜之：“走，我跟你们走。”

裴大人呆住了，心想，难不成自己的好儿子，如他的名字一样贤良优雅的孩子真的是朝廷的重犯？他怎么好像不认识他了？

赵澜之有片刻没动，倒是闲雅走到了他前面，他看见家人们惊诧的眼神，心想我有很多事情你们不知道呢，你们不知道我刚刚服食了阿芙蓉，我又梦见了如月，她……她真的来跟我索命来了。

另一边叶大人府里却是喜气洋洋。

远安兴高采烈，一跳三尺："这下好了！小玉冤情昭雪，真凶被抓住了！"

小玉和石头齐齐给远安跪下："这下好了！这下好了！我给小主子行礼！我给小主子跪下！都亏了小主子！感谢您的大恩大德！小玉这条命都亏了小主子！您，您就是我们的再生父母！"

话说那小黑孩正躺在马厩的栏杆上睡觉，被他们一叫，掉在了草垛子上。

远安拍手哈哈大笑："你怎么在这儿？"

石头道："他刚才帮着喂马呢。可有能耐了，草料里面放了药，马儿不爱吃，他过去捋一捋耳朵，马儿就听他的了，什么都能喂得下去。"

远安走过来，把那小孩头上的稻草拿掉，他那圆圆的苹果一样的脸却转过去，并不看她。

远安道："说起来，那日遇险，幸亏得你相救，还没好好赏你呢！小玉和石头这一番大难不死，我要放他们回老家了，以后你就留在这里帮我管马。我得先给你起个名字呀。"

小孩闻言，转头看看她，眼睛闪亮亮的，里面仿佛有无数颗星星。

也是难为远安，刮着下巴想了半天："要说原来还想叫你小哑巴，可你会说话的，不能这么叫了。是不是？"

小孩老实巴交地点点头，赧然一笑，说话仍是前后倒装，也没个章法："会说话的，我。"

远安看着他的笑容，有些出神，那亮亮的眼睛，白白的牙齿，在铜色的皮肤上更显得珍贵可爱，她忽然就有了主意，当下拍手道："有了有了，你刚刚从木头上掉下来，又笑得这么好看，就叫木乐，好不好？"

小孩倒似没什么意见，只是点点头。

远安手搭在他肩膀上，笑嘻嘻的："喏，你叫木乐。我叫，你答应啊。木乐，木乐。"

小孩："……"

远安又道："木乐？！"

小孩试探着："嗯……"

远安高兴了，一连串地喊他的名字："木乐，木乐，木乐……"

小孩也高兴了，跟着她在后面一连串地应声："嗯。嗯。嗯……"

远安指着自己："叫我，叫我小主子……"

小孩那兴高采烈的脸转瞬不见了，又转过脸去，不再理会远安。

石头拽拽他衣服："木乐，叫小主子呀。这是府里的规矩。我们是下人，都要这样叫小主子的，你快点叫呀！"

小孩忽然跳起来，几步蹿上了树，跳几下就离开了。

石头在下面跺脚："哎！这孩子什么都好，就是不懂规矩！"

"没事。随他吧。"她发觉一件事情：他人虽小，可是脾气大，最不爱听她说"她是主子"的话，可是他做出来的事情却是一个最好最乖的小奴应该做的。

十七
大闹公堂

“认了？”

“认了！”

清客们的消息来得快，尚书令裴大人家的公子闲雅刚刚在洛阳县衙内过了公堂，靖王府已经收到了最准确的情况，王爷闻信呆坐了片刻，随即转身去了后宅。清客们彼此看看，心照不宣，五天之后王爷就要嫁妹妹了，眼看要办喜事的当口儿，出了这么大的乱子，看王爷如何收拾吧！

明慧郡主正在选珠子，靖王急匆匆从外面进来，进来了又只是一句话：“妹妹，婚礼的事情，搁置吧。”

明慧闻言诧异：“哥哥说什么呢？”

“我说你跟公子闲雅的婚事，就此搁置，择日取消。这人你不能嫁！”

明慧起身，蹙着眉头：“为什么？”

“你历来消息灵通，怎么这么大的事情还蒙在鼓里？！整个洛阳城的私盐网络，闲雅他是幕后黑手！今日洛阳县衙过了堂，人证物证俱全，他自己也认罪了！”

“一派胡言！”明慧郡主一张素白的脸涨得发红，“闲雅公子言行谨慎，心性善良，只爱音律，绝不会做走私的勾当！一定是有人故意栽赃！是陷害！”

靖王爷听了冷笑：“你说他什么？言行谨慎，心性善良，只爱音律？我的妹妹，你那日见他一回，就被他迷上了，这个人你究竟了解多少？他走私你觉得惊讶吗？你太天真了！他还杀了人呢！他杀人灭口了！”

明慧郡主好悬没站住，扶了桌子问靖王：“他杀人了？闲雅杀人？杀了谁？为什么？！”

靖王坐在椅子上，恨恨咬牙：“千端阁的舞姬如月！”

……

“两人本来就是相好！可是那可怜的女人无意中撞破了闲雅利用千端阁贩运私盐的秘密，就被闲雅下毒害死，哼，你当他用了什么好手段？他把熏香蜡烛换成了制造幻觉的毒药，那女人活活被吓死了！哼……这也算他一箭双雕，一来可以杀人灭口，二来又为跟你成亲扫清了障碍！”

“千端阁舞姬之死，前一段时间闹得沸沸扬扬，我有所耳闻，不是她身边的丫鬟图财害命吗？闲雅他怎么会是凶手？那毒药听上去那么蹊跷，他、他，他是从哪里弄来的呀？！”

“你觉得蹊跷，我也觉得蹊跷，可是一个瘾君子，一个吸食阿芙蓉成癖的人，弄到这些稀奇古怪的玩意儿，也不困难吧？”靖王看着明慧郡主，发觉了她惊讶且有些不信任的神情，腾地站起来，“怎么？你还不信？我告诉你，清客们的消息刚刚过来，那公堂上，闲雅是坐着还是跪着，千端阁的鸨母怎么跟他对质，还有在鬼市卖迷幻药的侏儒说了些什么话，我全都清清楚楚！人证物证俱全呀！谁都没法抵赖！”

靖王言之凿凿，明慧似乎终于有些被说动了，寻思了半晌：“贩卖私盐，下毒杀人，这些可都是重罪呀，如果闲雅真的下手做这些事情，必然会小心翼翼，毫无破绽……那些证据是谁找到的？这案子是谁破的呀？”

“常在岸边走，哪有不湿鞋？再说，也是遇见了冤家！洛阳县衙的捕头，名唤赵澜之者，一年前才刚刚从塞外大营中调回洛阳，这人实际上是天后的亲信，让他回洛阳就是督办大案的！”

明慧恍然大悟，印象中似乎有一个人的形象跟“赵澜之”的名字对在一起，矫健精干的年轻人，白净而不动声色的脸，她似乎在尚书令府中见过他，她似乎也从公子闲雅的口中听说过他，他们不是朋友吗？就这样把朋友送进了大牢？也真是个面冷心冷的狠角色呀，明慧忽然轻轻一笑。

靖王会错了意，只当是自己说的话妹妹她都听进去了，便语重心长地说：

“妹妹呀，这是个祸事，本该避免的，可它到底还是来了，不过早来总比晚来的好，现在来了总比你真的跟闲雅成亲之后来得好。听哥哥一句话，君子不立危墙之下，我明日即奏请天后，你与闲雅取消婚约！”

明慧转过身去：“哥哥，让我再想想吧。”

靖王爷还想再说什么，却改了主意，转身走了。父母离世得早，他兄妹二人从小就亲厚，明慧虽然年龄小，但天资聪颖，在皇室子弟之中格外出众，去年更被国师天桥法师收为徒弟。靖王心想，无论如何，自己已把利害关系明明白白地说给了明慧，她总不会继续犯傻吧？！

圆月高升。

千端阁大案破获之后的洛阳城似乎有些难得的宁静，就连洛阳县衙的牢房里都有了些难得的宁静。

关押闲雅的牢房与众不同，有干净的床铺和洗手处，他在床上躺着，面朝墙壁，月光洒了一身，半睡半醒之间，听见有人轻声唤自己的名字：“公子……闲雅公子……闲雅……”他只当是又做了一个梦，又梦见如月来找自己了，合上眼待了一会儿，那喊声还在继续，有微微的哭腔：“公子，你醒醒，跟我说句话呀……”

闲雅这才发觉似乎不是做梦，转身下床，却看见身着黑袍子的明慧郡主站在牢房外面，抓着栏杆。闲雅惊讶，三步并作两步上前：“郡主，郡主你怎么来了？我的案子惊动了天后，爹爹和娘都不能来探望。你怎么能进到这牢房里来？”

“一件事情做不做得成，端看我想不想。别人不来，我却非要来见你！”

他隔着栏杆抚摩她的头发：“我还当是做梦。”

明慧着急，抓着他的手：“公子，公子我知道，走私私盐的事情绝不是你，你不缺那个钱，你犯不着铤而走险。我要问你，那个舞姬的死，跟你有关吗？”

“郡主，这些事情跟我是否有关，对你来说重要吗？”

“重要的！怎么不重要！我要知道我是不是看错了人！我要知道！”

闲雅低头喟然：“我与如月确实有过一段缘分。可自从与郡主相知相爱，我与她已经分手。她的死我并不知情，跟我没关！”

明慧闻此言深感万幸，流泪又笑：“我懂了……一定是，一定是有人陷害你的！公子，我不会袖手旁观！”

裴闲雅贩卖私盐并杀人灭口一案终审过堂的当天，洛阳县衙门口聚集了大批百姓，众人议论纷纷：“那可是尚书令家的公子呀！那有什么，这么大的案子，是天后督办的，王子犯法与庶民同罪……都别说了，县令大人快宣判了……嗐，有什么可听的，都是重罪，必然判死罪呀……我赌死不了……”

衙门里面，县令大人一敲惊堂木：“人犯裴闲雅，目无国法纲常，制造贩运私盐，杀人灭口。现人证物证俱全，证据确凿，抵赖无用，判定……”

他的话还没说完，却有人公然闯入，衙役们上前阻挡，与十数个身高力壮气势汹汹的侍卫对峙，衙门里霎时乱了起来，众人仔细一看，为首竟是一个年轻女孩，面色沉郁，不怒自威，低声说道：“县令大人你的人证没有齐全，不能宣判！”

县令不明就里，指着这胆大的女子：“你是……”

她身旁的侍卫牢牢摁着自己的刀柄，低声说道：“靖王府明慧郡主。”

县令吓了一跳，不自觉间自己的腿肚子就软了：明慧郡主谁不知道？靖王爷的妹妹，国师高徒，皇上与天后的宠儿，今儿竟带着人闯入公堂了！县令大人战战兢兢地下来：“郡主……郡主请上座。”

明慧郡主稍稍抬头，一人横刀竟挡在她与县令大人之间。

赵澜之：“行礼。”

他对明慧低声命令，冷漠的脸，毫无表情。

明慧身边的侍卫正是姜忍：“赵澜之，郡主是金枝玉叶，这公堂之上她要向谁行礼？你？还是县令？你怎敢对她如此讲话？”

“不是我，也不是县令大人。这是公堂，‘明镜高悬’四个字乃是先帝亲书，代表国法至高无上，明慧郡主要对这四个字行礼！”

姜忍咬牙恼恨：“你竟敢！”

明慧看看赵澜之，他是坚持的，不肯退让的。就在众人都在想，这个赵澜之怎会如此胆大妄为、不识时务的时候，明慧向前一步，竟然双膝跪下了。

“这位大人说得不错，‘明镜高悬’，国法公正，至高无上，县令大人，我今日来不是为了干扰您断案，我不会上座。我只是来给我未婚的夫婿作证，他是良人，并无作奸犯科！请大人明察！”

衙门上众人霎时议论纷纷。

闲雅看着明慧。

明慧看着县令。

县令一屁股坐回自己的座位上——他没主意了。

案子之后是如何审完的，是由赵澜之呈报给宫中的武后的。

县令重新坐回到自己的座位上，让明慧郡主这个突然而至的证人说话：“裴闲雅贩运私盐，杀死如月，你……你有何话说？！”

“贩运私盐一事，大人若已有完整的证据，那我无话可说。可依本朝律，若能退回赃款，并将税款缴纳完全，可以从轻发落，虽然数额巨大，可我是靖王府郡主，公子闲雅的债务由我来担！”

闻此言者都抽了一口气，闲雅的爹爹，尚书令大人都不愿意做的事情，明慧郡主要做了？

“至于舞姬如月的死，”她轻轻一笑，“这件事情就完全是空穴来风了。”

“此话从何说起？”

“杀人要有动机。如月生前，公子闲雅待她甚好，许诺在我们成亲之后将会给她赎身，脱离妓籍，而且已经得到了我完全的同意，试问两人既是这样的感情，公子有什么理由杀死如月？！”

跪在地上的闲雅失声道：“郡主！”

明慧郡主垂着眼睛，面色坦然。

陪审的官吏们低声议论着：“原来是另有隐情……郡主会不会是作伪证呢？……哎，若非实情，皇室儿女怎么会捏造这种不顾尊严与体面的事情……是呀，这也毁了郡主的清誉呀，郡主又不是疯子！”

赵澜之双手抱着剑，也在观察着这个明慧郡主，心想果真这世上还有比那害死如月的毒药更厉害的药物，直教人混淆黑白，执迷不悔！那就是“情”。可是，如果她真的对公子闲雅用情如此，怎么从她上堂直到现在，都没有好好地看闲雅一眼呢？

明慧继续说道：“我知道大人们要么在质疑我此言真假，要么就是在说我是怎样折损了皇家颜面，我在来之前，自己也犹豫，不过，我不可以看着我心爱的人蒙冤而死！如果我不来，害死他的就是我！”

她说罢缓慢起身，走到赵澜之面前，与他四目相对，那浅褐色的眼睛有一种坦然无畏的平静：“我知道你，赵澜之，赵捕头！你是直接听命于天后的干探！闲雅与你曾是故交，也是被你亲手抓进大牢的！你神通广大！那些人证物证都是你搜集网罗的！你还有什么证据要毁掉闲雅，请都拿出来吧……看看我，还能帮你什么忙！”

“没有了。”赵澜之摇摇头，“我再神通广大，只要郡主您全力作保，闲雅身上什么罪名也都没了。”

“我只作证，不作保。”

“随便。”赵澜之轻轻一笑。

公子闲雅此时伏地大哭：“郡主！你待我恩重如山！我闲雅此后必然以性命报偿于你！”

明慧这时方走到闲雅身边，替他擦了眼泪：“公子，我说过，我一定要救你出去！”

十八

婚宴变故

靖王府明慧郡主与尚书令三公子裴闲雅联姻的大红帖子送到叶府，差点儿没把远安吓个跟头，翻来覆去地怎么看都觉得邪门：“有这等事情？！定是有人弄错了！那裴闲雅前天还在洛阳县衙里面关着呢，这怎么眼看着三天之后就要成亲了？！”

她后娘叶夫人笑道：“可不只是你一个人觉得蹊跷，现在整个洛阳城都在议论呢，都说明慧郡主有情有义！那公子闲雅顺风顺水！”

远安道：“什么顺风顺水，那公子闲雅就是个杀人害命的腌臜泼才！是坏人！”

叶夫人道：“大小姐，你说他是坏人没用！这事关感情和缘分，别说旁人了，就连郡主的哥哥靖王都拦不住呢。三天之后，二人大婚，咱们都被邀请了。”

远安撇撇嘴：“哼……人家大婚，您为何这么羡慕？”

叶夫人上前，亲热地说：“远安啊，听母亲一句话，你瞧明慧郡主豁出什么来都要给自己找一个如意郎君，可见是女孩都会走到这一步！我也要给你物色婆家了。”

远安一把掀开那妇人：“打住！免谈！”

远安说完转身就走。夫人也没再阻拦，只在后面暗笑，心里做着计议。没一时，侍女引着与她玩得甚好的杨夫人上来。

叶夫人着急又热情地说：“姐姐呀，之前拜托您的事情，可帮我物色到了？”

杨夫人道："我所来正为此事。"

杨夫人说罢，让随身带的侍女拿出准备好的画像名帖，展开给叶夫人看。只见那画像上是个面目英俊、器宇轩昂的男子，杨夫人又将此人身世背景、性格口碑好一番介绍，听得远安那后娘喜不自胜——原来她早下了手，是要给远安找个婆家嫁出去的！

叶夫人颇为满意，执了那杨夫人的手道："姐姐帮我考虑得甚为周到，这个人选不错。我念您的好！只是我还要与她父亲商谈一番，才好回复给您。这期间姐姐就帮我联络着，莫把这好人错过给了别人家的姑娘！"

杨夫人道："你就放心！"

叶夫人就像吃了点心，心里甜甜的，这人找得确实不错，把大小姐嫁出去，她再也不用受她一肚子气，远宁也再也不必总是被他姐姐收拾得鼻青脸肿的了！

第二天，日光好，风习习，吹得白马寺的柳树轻轻飘荡。

明慧郡主的马车停在寺庙门口，她搭着姜忍的手从车上下来。

佛堂内，薄烟环绕，香客络绎不绝，闲雅在等候着。

二人见面，闲雅快步上前，明慧微微一笑："几天之后就是大婚的日子了，公子为何如此着急，找我出来见面？"

闲雅仍是颇为戒备地避开了姜忍，将明慧带到佛堂里面说话："从前郡主曾跟我提到过一件东西，你还有印象吧？"

明慧略略沉吟："我记得的……国之珍宝，三藏佛珠。"

闲雅道："机缘巧合，我确实得到一颗。从前没有拿出来，是因为对郡主你总有些陌生，不够信任。这些天经历大事，确定了郡主对我是真心一片。我无以为报，愿将这枚三藏佛珠赠予郡主，聊表我心！"

那日公堂上发生的一切都历历在目，闲雅此前对明慧是倾慕的，因为她美貌又尊贵，他对这桩婚姻是满意的，因为门当户对。可这劫数让他不得不重新再去认识明慧，只觉得自己真的是交了无比的好运，被这情深义重的女孩儿看中。若想要报答，无非一件事情，给她她想要的。

闲雅将一个黑色的小匣子给了明慧。

明慧拿着小匣子，有片刻不语，大睁着眼睛，她是无比紧张的，那浓密的睫毛和薄薄的嘴唇都轻轻地颤动起来，她似乎发觉自己失态了，闭上眼睛稍稍镇定一下，才带着信仰和虔诚打开了那小匣子，果然一颗三藏佛珠流光溢彩，那是小小的一颗宇宙！

明慧只敢看一眼，便“啪”的一下合上了小匣子：“公子，闲雅公子，您，您是真的要将这一颗佛珠赠予我？”

“三藏佛珠，虽是瑰宝，却是身外之物，与郡主待我之心比起来，不算什么。佛祖跟前，我不敢妄言，就将这三藏佛珠赠予郡主了！”

她收起佛珠，他知道她高兴，知道自己终于做了一件能报答她的事情，两人就此亲密无比了，他伸开手想要抱她一下，她没拒绝，但却是僵硬的，这僵硬连他都感觉到了……

马奴石头带着小玉离开之后，叶府的小厮们发现活计反而比从前轻松了。这都是托小主子带回来的那个小黑孩的福，他吃得不少，话不多，跟谁仿佛都不认识一样，可就是把牲口们伺候得好。喂草喂药，洗洗涮涮好像都有商有量的，高头大马们被款待得舒舒服服，旁人也都轻松了。

小厮们笑嘻嘻地跟管事夏叔叨咕说这孩子到底是哪路神仙呀？

夏叔道，是有这样的人，跟人不爱说话，跟动物处得好。他见那小男孩提着木桶和刷子出来便问他我说你们给主子们备的马和车子都弄好了吗？今日是靖王府明慧郡主大婚典礼，他们这就要去呢！

男孩只是点点头。

少爷远宁晃悠悠地过来，他脸上被远安踩出来的伤要好没好，还有几块淤黄，身上袍子十分漂亮，是个去赴喜宴的模样。

夏叔垂手施礼：“少爷。”

远宁道：“去，把黑狮子给我牵出来，我今天骑那个去。”

“回少爷，黑狮子病了，才吃了药。今儿给您备的是小龙头。”

远宁撇撇嘴：“少来，小龙头哪有黑狮子威风？快点给我牵过来！”

他手指头戳着小男孩，小男孩就那么看着他，一动没动。

“说你呢，把黑狮子给我牵过来。”

少爷的耐心也就那么点，可是小男孩还像没听懂一样一动没动。

远宁恨恨地说："这个奴才！回头我收拾你！"

远宁想要推开男孩，自己动手去牵那黑狮子，可是男孩抬手一推，倒是把远宁一下子推到了地上。

少爷跳起来，抡圆了拳头："好呀你！没规矩的！我揍你！"

夏叔上来赶紧拦住："少爷！少爷！您别跟他一般见识！这是小主子……小姐从外面带进来的，谁的话他都不听，只听小姐的。您看您，这都穿戴好了，别把袍子弄脏了。我把小龙头给您牵过来！"

远宁气得眼睛都鼓起来了："怎么着，我姐的奴才我就收拾不了你了？嘚瑟什么？我这就打得你满地找牙！"

嘴上说得热闹，脚下却是识相的——远宁被夏叔给推走了。

小厮们看着小孩笑："你胆子也太大了！敢把少爷推个大跟头。哎，你快点驾这个车去接小主子，她今儿不骑马。"

小孩点点头，套了车去房前接远安。

他把马车在远安的门口停好，四处看看花草，蹲下来看细细的蚯蚓钻洞，一只蝴蝶落在鼻尖上，蝴蝶拍拍翅膀，痒得他打了个喷嚏，再抬头看，几个丫鬟正簇拥着个好漂亮的女孩从里面出来，小孩回头扫了一眼，又转过脸去。

丫鬟们窃笑："瞧这个呆小孩。哎，别偷懒，扶小主子上车呀！"

小孩这才回头，见到穿着女装的远安，仔仔细细地看，看她头上团着两个小圆髻，一侧别着绿得通透的树叶翠，厚厚实实的刘海，更显得那脸蛋鼓溜下巴尖，原本就说这人颜色长得好，眼睛黑亮无比，唇红齿白，她笑嘻嘻的，那牙齿真白呀，就像耳垂上戴的那两颗珍珠一样。小男孩惊讶又紧张地看看远安弯弯的眼睛，他却又羞赧地低下头去，好像再多看看她那粉粉白白的衣裙，自己的心脏都会蹦出来一样："你……"

远安倒是满不在乎的："我怎样？小主子我原本就是个女子。我穿成这样子不好看吗？"

男孩听了使劲摇头，又点头："怎么不好看……好看，好看的。"

谁听了好话也都得意，远安哈哈一笑，从夹带里面拿了个物件交给小孩：

“对了，这个是你的。这是你的腰牌，上面的字是你主子我亲自刻的！我给你选了这个姓，比木头的木好看，是不是？这就是你的名字——穆乐。”

男孩拿过来，仔细地看，观察着，摩挲着，知道是她亲自刻的，格外愉快。

远安瞧瞧他那样子：“哦？又忘了？叫你得答应啊。穆乐！”

男孩并没响应，却忽然抬头：“你呢？”

“我什么？”

他指着手里的腰牌：“你的，你的这个。”

远安道：“我是主子，我不用腰牌。”

小孩皱了眉头，迫切地问：“那你，你，什么名字，叫？”

“我没有告诉过你吗？……我叫远安。我名叫叶远安。”

他低声地重复着，好像自己跟自己说话一样：“远安……叶远安……”

见他那样子，远安捂着肚子笑：“你叫我名字？这个小孩好大胆子，敢叫我名字！”

丫鬟们上来围住穆乐教训他：“这个小孩胆子太大了，敢叫主子名讳！”

穆乐却是认真的：“叫你，答应呀！远安……”

远安笑得滚到车上：“越来越没规矩了，快走吧！我可不想迟到了！”

叶大人与夫人各自乘轿，远安坐车，远宁骑马，叶家四口人穿过洛阳城热闹的街市直至尚书令府。那里大门敞开，家人在门口相迎，宾客们鱼贯而入，车夫和马奴们都被领到后院去休息。花园里面十分热闹，乐队演奏，舞姬跳舞，官场上相熟的达官贵客们彼此招呼。

那一众人中，远安远远地就看见了赵澜之，比旁人高了半个头，秀颀挺拔像棵杨树一样，远安蹦蹦跳跳地上前，从身后拍拍他：“喂，赵捕头！”

赵澜之回头看到女装的远安，颇为惊艳，连忙拱手问候，比那副常见的皮笑肉不笑多了很多热忱：“哟，原来是叶家大小姐。”

远安却最不愿客套了：“少废话！”她贴近了，低声道，“我当你不会来的。”

“为什么？”

“那新郎官前些日子还是你缉捕的犯人呢。怎么今日你就成了他们家座上宾了？”

赵澜之道：“我那是公事公办。他仍然是我义兄。他大婚，我怎能不来？”

远安拢着手低声说：“说句实话，我总觉得那事情没完！你不会就此放过他！”

赵澜之沉着脸，用手指堵住嘴巴，示意远安不要多说。

远安仿佛明白了什么，霎时兴奋起来：好好好，我今日来了就算对了！

忽然音乐停了，喜婆声音响亮：“新人到了！”

风度翩翩的公子闲雅把明慧郡主接下轿子，迎进大门。身着盛装的二人款步前行。庭院里霎时锣鼓喧天，音乐齐鸣，宾客们夹道欢迎。

在那席卷天地的热闹喜气中，远安扭头看了看赵澜之，她忽然发觉他屏气敛声，四下观察，拳头都握了起来，他的样子非常紧张。

与此同时，尚书令府后院的马厩处，穆乐正在给自己赶来的马喂草，一旁车夫和马奴们议论着：洛阳城好久都没有这么热闹的大婚了，可惜咱们不能去看看热闹。”

穆乐把草筐放下，琢磨了一会儿，就脚步轻快地离开了。尚书令府占地广大，他原本循着音乐声而去，又看见了有烟雾升起。那是婚礼现场，香烛燃起，烟气袅袅。

在众人注视下，公子闲雅手牵着美丽的明慧郡主走到堂前跪拜。

观礼的众人啧啧称羡着一对璧人的相称般配，还有他们的情比金坚。可是人们忽然发觉有点不对劲，新郎官怎么忽然有点发愣？怎么身体就那么僵住了？他像是被使了定身法，半天没动，人们开始议论了，可是闲雅忽然哭了起来。

大婚的日子，已经跪下就要礼成，新郎却哭了，他是感慨还是怎样？他怎么会越哭越伤心？越哭越大声？他嘴里似乎念叨着什么人的名字，啊，终于听见了，他在呼喊着一个死人的名字！

闲雅在说：“如月……如月！”

明慧郡主大骇，自己掀了盖头，抓住闲雅双肩：“公子！你这是怎么了？！什么如月！我是明慧！我是明慧呀！”

闲雅泪如雨下，浑身哆嗦，那原本精致漂亮的五官扭结起来，他眼里没有明慧，那红衣新娘原本就是如月呀！

“是我不好！如月，我不该负你呀！如月，你这是……这是找我来了吗？”

明慧又痛又急：“公子！你这是怎么了？！你在胡说些什么呀！”

所有人都沉默了，香烟缭绕之中看着这突然的变故，忽然一人从人群中飞身而出，正是明慧的侍卫姜忍，姜忍执刀劈向闲雅：“郡主！如此不忠小人，他配不上你！让我杀了他！”

那刀柄上镶满了宝石的凶器就要劈向闲雅头顶的瞬间，另一人飞身而出，用手中兵刃崩开了姜忍的刀，其力大无比，沉郁雄浑，姜忍只觉得从指间麻到了肩膀，定睛一看——正是洛阳县衙捕头赵澜之。

二人却再无多话，交手两三个回合，姜忍并无心与赵澜之拼杀，只是不顾一切要取闲雅性命，而闲雅匍匐在地上，混混沌沌地想要去抓住明慧郡主：“如月！如月！你可知道我心里爱的是你呀……爹娘有命令，明慧郡主对我有恩，我不得不从啊，你来找我了？好呀，我好想你呀！”

闲雅疯子一样地笑着，四脚着地爬动着向前，直吓得明慧郡主连连后退。

一旁姜忍不敌赵澜之，却仍不顾一切扑向闲雅，双方终于在某一个刹那僵持住：姜忍的刀尖直指着闲雅的喉咙，而赵澜之的朴刀也压在他的咽喉处。

赵澜之阴阴一笑：“终于忍不住了？你是有多恨公子闲雅？只是一直没能得手，对不对？你还做过些什么？栽赃他贩运私盐，杀人灭口的幕后黑手是不是你？！总是不成功，总差了那么一点点，于是今天想要把他置于死地！”

姜忍咬牙冷笑：“对。没错。什么公子闲雅，他个孱头，龌龊小人。他配不上明慧郡主，我要他的狗命！”

姜忍说罢，不顾赵澜之刀锋压在自己颈上，只是一意孤行要取闲雅性命，明慧大叫：“姜忍！”

姜忍停手，回头看着明慧，看着她缓缓走近：“真的是你？这一切都是你策划的？我不信！我不信！”

赵澜之警告她：“郡主退后！”

这一幕如此惊险热闹，远安怎能错过？她见有机会，便偷偷走近，拿出铁骷髅手，要从后面暗算姜忍，助赵澜之一把，谁知说时迟那时快，明慧郡主忽然脚下发滑，被姜忍擒住。

明慧咬牙大声质问：“你为什么要这么做？！”

姜忍有片刻的迟疑，低头看看明慧，感恩的双目有泪：“郡主……来不及了……”

姜忍挥掌击在明慧枕部，明慧晕倒在地上。

赵澜之大骇，一刀刺穿姜忍。

老友倒在地上，鲜血从口鼻中流出，断气之前看着赵澜之笑，喃喃道：“你们逃不掉的，所有人都逃不掉……”

倒在地上的闲雅忽然看见死掉的如月向他飞扑过来，只是如月的脸不再美丽，苍白狰狞，轻轻说道：“跟我走吧！”

上千支手臂般粗细的红烛凶狠燃烧着，烟雾越加浓重，遮蔽了日光。

浓重的烟雾里，各种妖怪扑向人们，或是残损骷髅，或是庞大怪兽，或是腐臭僵尸，或是蛇虫鼠蚁，众人躲之不及，惨叫纷纷。赵澜之与远安也是无比惊恐，妖怪们法力无边，而凡人却毫无抵御能力，倒在地上，仓皇等死！靖王府与尚书令府热闹喜庆的婚典现场瞬间鬼哭神嚎，变成了烈火地狱！

没有一个人能逃命，没有一个人能被救赎！

忽然阳光骤现，所有的妖怪都灰飞烟散，所有的诡异现象都消失了！

惊恐无比却仍有性命的人们倒在地上大口喘气。

赵澜之回头，忽然发现穆乐就站在前面，他手里拿着水桶，把所有的蜡烛都用水浇灭了。

劫后余生的赵澜之与远安挣扎着站起来，他拿起一根尚未燃尽的蜡烛，发现里面的烛台有一个弯弯的小蛇。每一根都是如此。

远安喃喃道：“幻象地狱，杀人无形。”

赵澜之道：“原来如此。原来这就是如月死前看到的景象。”

裴大人与裴夫人扶起闲雅大哭。闲雅已经断了气，他眼睛暴突，手握喉咙，同如月的死状一样四肢佝偻倒在地上！

十九
真相大白

公子闲雅半睁着眼睛，已然断了气，赵澜之看见趴在地上的明慧郡主手指动了动，连忙上前查看，庆幸她气息尚在，旋即转身吩咐："郡主只是一时昏厥！快请太医！快！"

话说办喜事的尚书令府一片狼藉，靖王爷再不肯让明慧久留，执意将明慧带回王府，太医闻讯而来，不敢耽误，立即给明慧郡主诊治，在她人中、手腕处艾灸，又灌下了安神醒脑的汤药，但见明慧郡主眼帘微动，这才转身汇报靖王夫妇："王爷，郡主只是头部受到撞击，一时昏迷，并无大碍。"

靖王爷走到床边，轻声唤她："妹妹，妹妹。"

明慧郡主长长地出了一口气，悠悠醒转："哥哥……我……我这是在哪里呀？"

靖王道："回家了。你回家了。"

"刚才发生了什么？"

靖王劫后余生，犹有后怕："妹妹你当时晕倒，并不知情。姜忍他偷换了庆典的蜡烛，将制造幻觉的毒药混入其中。在场所有的人都吸进了毒气，命悬一线。若不是户部叶大人的家奴搭救，只怕除了昏迷的你，所有的人都命丧姜忍之手了！"

明慧仿佛用了好一会儿才把她哥哥的话消化明白，才想起来自己晕倒之前发生的事情，猛地一个激灵坐起来："那……那姜忍他人呢？"

"姜忍已被这位赵捕头就地正法。这位是户部侍郎叶大人家的小姐远安。

今日能够逢凶化吉，全靠他们二人相助。”

办案的赵澜之与热心肠的远安怕明慧郡主再出意外，就一直跟到了靖王府，见郡主终究没事，靖王爷又通达人情，说话漂亮，两人心里也是颇为受用。没想到那明慧郡主竟亲自从床上起来，慢慢走到赵澜之与远安面前，仔仔细细地看了看二人，然后就要躬身施礼，被远安一把扶住：“郡主莫要折杀我们。”

明慧低着头，一字一句：“谢赵捕头与叶小姐救了所有人的性命。你们的恩我一定会报。”

赵澜之道：“郡主言重了。”

王妃上前搀扶她回去休息：“妹妹，还是好好休息吧。”

明慧转过身，被王妃搀扶着回到床上，把自己卷进被子里，靖王爷一边感谢赵澜之与远安仗义相救，一边跟下人吩咐着善后事宜，人们纷纷离开，没有人注意到明慧在哭，在流眼泪，也没有人听见她轻声地说：“姜忍，姜忍，你把我击昏，就是为了杀掉所有人而让我独活，对不对？”

他们之间的故事也不仅如此。

他是爱上了主人的家奴，为她做一切，在所不惜。贩运私盐，杀人灭口，栽赃闲雅这都出自他手，最后还用自己的死把她择了个干干净净！

当然，可能也不是没有留下尾巴。

远安与赵澜之是一起离开王府的，她有些事情还没想明白：“你是从什么时候开始怀疑姜忍的？”

赵澜之：“是我第一次在千端阁上看到他的时候开始。他自陈怀才不遇，境况不佳，可是用的却是一把价值连城的宝剑。买剑的钱从哪里来的？”

“那公子闲雅呢？你一早就确定不是他吗？”

“探案久了多少会有一些直觉，当所有的证据都指向一个人的时候，也许恰恰就不是那个人。也许真正的黑手就是要把我们的注意力引向那个人。如月浴室里的小蛇烛台，毒药铺的账本，当我们最后被困在千端阁的小仓库的时候，老鸨明明白白地告诉我们她后面的主使就是闲雅。这究竟是让我们死到临头死个明白，还是最后一招栽赃陷害呢？当我看到姜忍也过来搭救的时候，所有的怀疑和线索搭在一起，我似乎知道究竟为何了。”

远安看着他：“你为什么当时不抓住姜忍拷问？”

“没有证据，也不知道他要陷害闲雅的原因。”

远安眨眨眼睛，微微笑道：“现在明白了？原来是为情所恨。他喜欢郡主，不愿意她嫁给闲雅，于是下手……那么这是你与闲雅商量好，引姜忍出来的计划，是吗？”

赵澜之略略沉吟：“只可惜下错了一招棋，我并没想到姜忍最后竟把那些毒药引燃。我们所有人都差点儿丢了性命，给他殉葬！”

远安想起婚礼上的一幕仍是心有余悸：“好好的婚礼几乎变成一场屠杀。”

赵澜之并不无惆怅：“可惜我们所有人都得救了，唯独闲雅长期吸食阿芙蓉，体弱气衰，只有他被姜忍的毒药害死了！”

远安似乎并不同意：“也许那是一个负心人该有的结局。他就应该如此这般随同如月而去。这对他来说，其实是最好的结局。”

两人一直走到门口，穆乐架着马车在等待远安。

赵澜之看看这个男孩竟笑了：“这个奴才买得值，他救了我们好几回了。回家可得好好打赏！”

“那是自然。”远安笑笑，忽然想起什么，“赵捕头，还有一件事情我没有想明白。闲雅在公堂之上受审，明慧郡主前来搭救，这打乱了你们的计划吗？她如果不来，你怎么收拾？”

“证词中本有破绽，就算明慧郡主不来，我也会在最后一刻救闲雅出来。若非如此，没有这样的转折，姜忍就不会现身。”

“可是明慧郡主来了……”

“足见她对闲雅的一片真心。”

远安转转眼睛，背过身去：“是吗？既然有一片真心，为什么刚才从昏迷中醒来，立即问姜忍怎样了，到我们离开，她也没有关心闲雅的死活呢？”

赵澜之竟没答话——这一下她可把他问住了。

远安笑笑，没再追究：“嗐，我也是瞎想。明慧郡主温柔贤良，她怎么会别有所图？无论如何，赵捕头，这真是一段有趣的经历，再见了！”

二十
三藏佛珠

花开两朵，各表一枝。

对于赵澜之和远安来说，这一桩公案算是就此结束，而劫后余生的明慧郡主身体尚未痊愈就离开王府，独自一人拿着一件东西，去了一个地方，见一个人。

那是一个阴暗的大殿，祭坛上烈火熊熊，数个小沙弥守候在侧，中间一人身影瘦削颀长，玄色长袍上刺绣着红色图腾，似马似鹿。空气中有淡淡香气，落到人的喉咙里有些许苦涩，编钟被轻轻敲打的声响仿佛从另一个空间里传来，这个人放在膝盖上的手指跟着打拍子。他左手的腕子上有两颗暗红色的佛珠。

他是谁呢?

明慧郡主沿着台阶缓缓上前，俯身跪拜：“国师在上，徒儿不辱师命，得到三藏佛珠一枚。敬献国师。”

被叫作国师的人缓缓起身，回头，祭坛里的火光把他庞大的影子投在明慧的身上。

明慧低着头，不知道是国师的手，还是那只手的影子慢慢地伸向自己，像一条不发声响，无穷长的蛇。

明慧手里的盒子被拿走了。

里面的一颗佛珠流光溢彩。

这就是那枚曾经属于公子闲雅的珠子，如今经由明慧，落入了大唐国师天桥之手。

天桥国师轻轻地执起这枚珠子，霎时便泪如雨下：“是真的……是真的。

师父！师父呀！我终于找回一颗佛珠了！我终于找回一颗佛珠了！”那哭声又变成了尖声尖气的怪笑：“明慧郡主，你从小就聪颖敏捷，胆识过人，我没有看错你！若非你把自己变成鱼饵，我又怎能得到公子闲雅手里的这颗三藏佛珠？只是过程颇为惊险，对不对？好悬没被那个对你用情至深的姜忍坏了算盘。”

明慧知道自己差事办得并非完美无缺，经国师一问，她的额头几乎叩在了地上：“一切都在徒儿掌握之中，可是姜忍死得可惜。贩运私盐的买卖又被洛阳县衙捕头赵澜之与户部侍郎叶甫成之女叶远安全盘破坏了……我不会放过他们！”

天桥点点头：“钱是小事。能把失散的七颗三藏佛珠找回来才是大事。”

明慧的头磕在地上，抓住时机恳求：“国师在上，什么时候把三藏佛珠的秘密传授于我吧。”

“明慧你说什么？”

明慧鼓足了勇气再次恳求：“请您把三藏佛珠内含的精髓秘密法术技艺传授给我吧。”

天桥虚虚实实的影子忽然袭来，两只枯瘦的手紧紧扼住明慧的喉咙，指甲都要陷在她的皮肉里：“要你找佛珠，就跟我谈条件？不怕，不怕我杀了你？”

明慧都要被掐死了，却全然无惧，阴阴地笑了：“您寻找三藏佛珠十多年都没有结果。我这么快却帮您寻回了一颗。这也是缘分吧？佛渡有缘人，想要得到佛珠不可强取，不能豪夺，像化缘一样，要原来的主人愿意给予才可以。除了我，国师还有别人更值得信任吗？”

黑暗里明慧能看见天桥一半的脸，那是张慈眉善目的好看的脸，有着温柔的眉眼，和佛像一般挺直的鼻梁和厚实慈悲的嘴唇，只是他因为发怒而紧绷着，涨红了，但是她的话，他听进去了，思考，衡量，最终改了主意，轻轻地放下了明慧。只一眨眼，他又退回了数丈远的高台之上，他再说话，是和缓的，和蔼的：“瞧瞧你，瞧瞧你，到底还是年轻，这么沉不住气。我会奖励你的，也会把你要的东西教给你。只是现在，你还有别的事情要做。先去把其余的佛珠找回来吧！”

国师大殿门外，一个瘦高个，紫铜面色的年轻男子等在那里，见明慧出来，向她施礼："明慧郡主，在下霍阳，奉国师之命，在此待命，为郡主效力！"

明慧看也不看那人，只往前走，盛气凌人："是为我效力还是监视我呀？"

霍阳轻轻一笑："郡主问这话，我怎么回答呢？这有什么区别吗？"

明慧一想也对，按捺下脾气，回身说道："不必多礼，起来吧。从此之后，听我命令。"

明慧走后，天桥国师让所有近侍童子都退下了，只剩下自己与手中的三颗佛珠。

十五年前，它们是九颗，就戴在他的师父三藏法师的手腕上。

十五年了。

天桥又落下眼泪，想起那一夜就像刚刚发生过一样。

十五年前，长安城，慈恩寺的禅房里。病老的三藏躺在床上，手里还攥着一串九枚佛珠。

众徒弟们跪坐在周围。

年轻的天桥从外面拿了煮好的汤药进来，躬身送到三藏病榻边，轻声地唤他："师父，师父喝药吧。"

三藏闭着眼睛，并不响应。

天桥哽咽："师父，喝口药吧，喝一点儿，身上就舒服了。"

三藏忽然长长地出了一口气。

天桥会意，连忙吩咐道："开点窗，让师父透透气……"

有师弟打开窗子，忽然惊讶地瞪大了眼睛："你们，你们快看！"

他手指着窗外的夜空，彗星拖着摇曳的光束坠落。

其余的僧人们仿佛都预感到了什么，双手合十："阿弥陀佛……"

就在此时，病榻上的三藏忽然睁开了眼睛，慢慢坐了起来。

天桥惊讶："师父，您这是要做什么？"

其余众僧人们小心翼翼地请求："师父，卧床休息吧。"

天桥把汤药呈上："师父，喝药吗？"

三藏轻轻地把药盅推开："把我的袈裟与毗卢帽拿来。请众僧都过来。"

弟子们不敢怠慢，原本在佛堂里祷告的僧人纷纷赶到三藏禅房前的院落，各自盘膝坐好。

天桥服侍三藏穿戴整齐，又把他扶坐在蒲团上，三藏忽然一扫病容，显得神采奕奕，眼睛缓缓扫过众人。

众僧颔首："师父……"

三藏和缓说道："还缺一人，让天枢也来。"

慈恩寺阴暗的囚室里，高处的小窗打开，吝啬的灯光射来。

这是关押惩罚那些犯戒僧人的地方，三藏法师最后的两位近侍弟子中的另一人天枢，须发遮面，单脚坐禅。

开门的光线惊动了他，是师兄天桥："天枢，师父让你去！"

那被须发缠绕的眼睛微微睁开，精光一闪。

并不多时，天桥引着天枢赶到了禅房。匆匆而来的天枢看见三藏竟有些惊讶，但他霎时间明白了眼下要听的可能是师父最后的教诲了，立即双目含泪，无言跪拜。

三藏睁开双眼："天枢，天桥，你们两个到这里来。"

两人闻言跪到三藏跟前。

三藏微笑对众人说话："我从少年时代便一心向佛。贞观元年，我奉太宗皇帝之命由长安出发，西行取经。历经十六寒暑，走过一百一十个异国，从天竺取回经书六百五十七部。回到大唐后，我与众弟子们共同译出七十五部，计一千三百三十五卷经文。寄意传播我佛真意，度化世人，领悟真知……"

"今天要跟你们说最后一个道理。无论你们的师父我做过什么，去了哪里，仍是肉身凡胎，仍是一个人，仍会经历生老病死。我是如此，你们也是如此。肉身是如此，灵魂也是如此。是人就会有人的所有缺点。所以哪怕师父不在，你们仍要刻苦修行。以佛法清规约束自己的痴嗔，以及贪念……"

三藏的话似乎并没说完，可是他忽然停住了，双目微微睁开，脸上还有层笑，只是他不再说话了。

众僧抬头，不敢相信。

胆子大的天枢站起来，凑近了，伸手探三藏的脉搏，未久便道：“师父，师父圆寂了！”

“师父！”

大钟敲响，众僧霎时哭成一片。

天桥悲伤得不能自已，伏地痛哭，他擦泪的时候忽然抬起头来，看见师弟天枢紧紧盯着三藏手上的佛珠。

天枢伸出手去，被天桥按住了手腕：“你！天枢你要干什么？！”

天枢冷冷一笑：“我要师父手上的九星佛珠！”

天桥大恸：“师父刚刚过世，尸身未冷，你大逆不道！”

那刚刚从囚室里被放出来的天枢道：“少废话！三藏佛珠是我的！我十五岁入慈恩寺，受了多少委屈，挨了多少戒尺，干了多少腌臜活计，等的就是今天！我要得到这串九星佛珠！你们谁也别想拦住我！”

天桥大怒，与天枢争抢，身后的众僧也扑上前，与天枢厮打在一起，可他们却都不是骁勇善战的天枢的对手，他在旁边的炉子里抄出一把火棍，抡向他人，众僧躲闪不及，一时死伤无数。

天桥保护着三藏遗体和佛珠，刚要躲开，却被恶魔一般的天枢拦住：“师兄，你往哪里去？！”

禅房里木桩碰火，即被引燃。

天桥躲闪着天枢的袭击，三藏的遗体被落在地上，天桥去保护三藏遗体，佛珠却被天枢趁机得到。

天桥怀抱着三藏的遗体，一只手拽着天枢手里的佛珠，两人撕扯僵持。

跪在地上的天桥大哭：“天枢！你忘了你昏死在庙门口，是师父把你救回来的？！你忘了你屡犯戒律，师父却念你天资聪颖，本质良善，不肯逐你出门，望你浪子回头？你忘了刚刚你还在囚室里面受过，师父让你出来听他最后的教训？！他让我们要严守清规戒律，约束自己的痴嗔贪念！这些你都忘了！你忘了？！”

天枢听闻此言有片刻的迟疑，接着便邪恶地笑了，又振振有词：“我不是为了自己而贪婪。师父总说要传播佛法，度化世人。佛珠本身就是灵物，他为什么不肯传于弟子？让它造福人间？”

天桥哭着，压低声音："天枢！别人不知，你跟我也该知道！佛珠灵异，法力无边，小则可以许人心愿，予取予求，大则可以统一天下！若无佛法庇佑，九星佛珠杀气太重，后果不堪设想。师父不想它们流传出去正是他慈悲为怀！"

天枢狂笑："师父走了！他的话不作数了！"

天桥不肯放手，仍与天枢撕扯佛珠，毅然下了决心："我绝不会让你得到三藏佛珠！"

二人互不相让，佛珠的绳子被他们扯断了，九颗珠子散落了一地。

天枢又惊又怒，趴在地上收拢珠子，嘴里神经质地念叨着："佛珠，佛珠……"

珠子散了，再也收拢不起来了，天枢恨得咬牙切齿，都怪天桥，这个迂腐的师兄！

他猛然起身，从后面用火棍击中了天桥的后背。火势凶猛，天桥被击中，却仍然拼死扑在三藏的遗体上！

禅房大梁倒塌，慈恩寺陷入了一片火海！

眼下的天桥国师，手里飞快地捻动着三颗佛珠，闭着眼睛痛苦地回忆着，那场大火烧了一整夜，天亮的时候，慈恩寺那高贵宏伟的寺院一半禅房都成了废墟。

人们把天桥救了出来，发现他用自己的身体守护着三藏法师的遗体，以致其完好无损，而天桥自己，一侧的脸颊尚好，另一侧却血肉模糊！

后来，天桥是这样把事情讲给明慧郡主的："三藏法师圆寂。慈恩寺被大火烧毁。众僧葬身火海。而那个邪恶的始作俑者天枢却逃之夭夭。我因为拼死保护了三藏法师的灵骨而得到了皇上的嘉奖。天枢被当作钦犯通缉。七颗三藏佛珠，下落不明。它们驱火避水，我相信仍然存在于这世上的某一个地方。明慧，你一定要为我把它们都找回来。"

他没有告诉明慧郡主的是自己的信仰被动摇了，慈恩寺大火之后，天桥看着自己手里剩下的两枚佛珠寻思着：师父走了，寺院没了。这佛珠上不为人知的秘密还未经应用，就带来了这么大的杀戮。难道正如天枢所言，师父的话不作数了？"

他后来仅仅将自己剩下的两枚佛珠上的奇门异术稍作破译，就发明了连击的火炮和射程极远的飞箭，帮助大唐的军队在对敌国的战争中连番取胜，他被皇帝礼任为大唐国师！可是，这只剩了一半脸的天桥国师仍在寻找着其余的佛珠和他的师弟——通缉犯天枢和尚！

师弟呀师弟，天桥觉得自己的牙齿咬得发痒，你去了哪里了？！

户部侍郎叶大人府上的地库里，远安把一小截致幻杀人的蜡烛交给黑衣人，笑嘻嘻地说："这东西稀罕，不好弄到，我趁人不注意偷出来的，你且当作个玩具，留着收藏吧。"

黑衣人嘿嘿一笑，将蜡烛放在自己的大箱子里。

他的手腕上也有两颗佛珠。

二十一

遭人暗算

洛阳城，太初宫的黄昏，橘色的太阳斜照着宫闱，空气里飘浮着花香与虫鸣。

几个议事的大臣走后，武后有片刻的空闲，她在一幅画前久久伫立，手上拿着一杯茶。

那画上是一对男女在蕉叶下看书。女孩扎着两只小角，男孩穿着青色的袍子。书上不知有什么有趣的掌故，他讲给姑娘，把她给逗笑了，细细的手指搅在一起。

他说了些什么呢？

眼下的武后已经不记得了。

赵澜之从外面被宫人引入，下跪请示："启禀天后，千端阁走私私盐的事情已经调查完毕。靖王府并无非法收入，所有事情均系家奴姜忍所为。制造运输贩卖私盐的网络已被我们一网打尽。"

武后点点头："澜之，你做得好，不枉我一直栽培你，也不愧对你父亲对你的殷切希望。我要对你论功行赏。"

"谢天后。"赵澜之抬起头来，眼光落在武后久久凝视的那幅画上，他心里不免产生疑问，那幅天后最钟爱的画上面的两人究竟是谁呢？

叶大人府中，那个从来不肯消停的远安大小姐正要出门，叶夫人从外面进来。

远安心说糟了，晚走一步竟被她赶上了，肯定没有好事儿！嘴里面应付着："母亲，找我？"

叶夫人掩不住地高兴："远安呀，天大的好消息！"

远安笑笑："天大的好消息？是您要出门些日子？"

叶夫人一愣，这一番倒是没有理会远安说话带刺，只说道："不是我的事儿，是你。有人家来提亲了！有人要娶你！那位公子出身名门，本人又是一表人才，文武双全……"

她的话还没说完，远安已经快气冒烟了，立起眼睛发怒："什么乱七八糟的，我日子过得正快活，我才不要嫁人！"

叶夫人摊开双手："可是女大不中留，你又不能一辈子留在你爹爹和我的身边呀！"

"我知道你什么意思，你是要把我给赶出去！我要跟爹爹说话！"

她后娘早有准备："你爹爹让我拿主意了！"

"你！"远安气得咬牙切齿，忽然转转眼睛，计上心头，"母亲是看好了，非要把我嫁出去了？"

"我是为你好！

远安道："那要依我一个条件！"

"你说！"

"甭管他被说得如何天花乱坠，我全都不信。究竟怎样，须得跟我见上一面！"

叶夫人迟疑："这……"

"不行就算了！

她后娘急得跳脚："行！见面就见面！我看得准成！"

远安心想，要应付这事儿，还得去跟地库里的老家伙借些玩意儿。

到了约定好相亲的这一天，洛阳城有名的荷月茶楼里，盛装打扮的远安蹦蹦跳跳地上了楼。一男一女两个客人迎面下来，女人看见了远安的脸大骇，抓住男人的袖子。男人却忽然伏在一旁呕吐。

女人问他："这是怎么了？"

男人擦擦嘴巴："看到她的脸，不知怎么就吐了。"

远安听了这话，耸肩一笑，看来管用。

上了二楼，小二给她掀开帘子，里面已有了数位客人，但见远安扭头从左看到右边，看到她脸的人也都纷纷吐了。

左手角落里坐着一个清秀公子引起了远安的注意，她在心里合计：后娘说了，蓝色纶巾，黑袍子，大约是此人没错。”

她散步上前，主动热情地说：“公子是在等我吧？”

公子扭头终于看清了远安，但见好一张白里透青的猪肚子脸，野草样的眉头，猩红的眼，朝天鼻子大嘴岔，每颗牙都像看不起身边所有同伴一样各自支棱着。

公子低头呕吐，远安顺手抄来痰盂接住，早有准备，非常自然。

公子吐得上气不接下气：“大婶……”

“别叫那么客气，我才十六。”

公子摆手：“我……”

远安道：“我知道我跟你想象的不太一样，只因我从小就是个急脾气。什么事情都不甘于人后，结果一着急就长成了大婶的样子。”

公子还在吐，说话不赶趟：“你……”

“你不用担心，急脾气有急脾气的好处。咱们什么都比别人家快。娶我过门，我保证让你四个月内抱上娃娃！”她还信誓旦旦地拍了拍肚子，“很快！你放心！”

公子终于倒上来一口气：“不对，不对，一定是弄错了……”

远安上去就要抱住亲：“有什么错？不是商量好了吗？来吧小宝贝儿！”

这两人还没亲上，一个粉裙子的体面小姐掀了帘子进来，见此景大吼，手指着那被远安抱住的苦命公子：“孙晓和，我早就知道你是这样的人！今天居然约了我还跟别人见面！”看看远安，小姐下巴直抖，“你……你居然找了这么一个，你！你口味还真刁！”

名唤孙晓和的公子从远安怀里挣扎起来：“小莲，你听我说！”

小莲气不过，上来就打那渣男：“废什么话？！”

远安松了手，愣住了，发觉自己肯定是弄错了什么：“这人不是来跟我相亲的吗？怎么又来了一个女的？”

话音没落，洛阳县衙捕头赵澜之从外面进来。

远安一见是这位故人，颇为高兴，蹦跳着上前招呼，赵澜之一见就呕，生生忍住。

远安连忙把面罩拿下去，眉飞色舞的："赵澜之，是我呀！"

赵澜之诧异："远安……叶小姐，你怎么变了脸了？"

"嗐！人皮面具！"

赵澜之顺手接过来："让我瞧瞧。"

两人找了旁边一张空桌坐下来，赵澜之手里摆弄那人皮面具："这东西江湖上古已有之，只是要做得精致乱真、惟妙惟肖可不容易。我听说这世上只有一人能做得出上品。"

远安好奇："谁呀？"

赵澜之缓缓说道："大唐的通缉犯，妖僧陈天枢。"

远安一听便愣住了，一把将赵澜之手里的面具抢回来，放在自己手里摆弄，眼珠子乱转："什么乱七八糟的，我这个……我这个是自己手里的玩意儿，什么妖僧、通缉犯的，我可不知道。我告诉你，你是官场中人，你可不要乱说话呀！"

赵澜之低头饮茶："如月的案子真相大白，私盐走私的案子也破获了。可我那天问你的话，你仍是没有好好地回答我。"

"什么呀？"

"如月被毒药所杀，这事情连见多识广的仵作都不知道，你怎么想想就明白了？你不是杀人犯，又没什么江湖经验，这是不是什么人告诉你的？如果是，那他是谁呢？"

远安低头饮茶，听他这话忽然抬头大笑："赵捕头，你呀，是不是岁数大了？记性不好了？这事情很蹊跷吗？告诉你，太阳底下没那么多新鲜事儿。我不是杀人犯，也没什么经验，可是我看书！书上什么都有！"

"你说的《东郡民》我翻过了，跟这案子哪有什么干系？"

远安急了，腾地站起来："你在审问谁？我可不是你的犯人！今天倒霉，怎么碰巧会遇上了你！"

远安说罢要走，赵澜之在她身后慢慢说话："不是倒霉，是你要求的，是你要我们先见个面。”

远安停住脚，扭头看见旁边小莲还拳打脚踢孙公子，孙公子趴在地上叫屈：“我真的不认识那个大婶啊！我就是在这里等你呀！小莲，请你相信我呀！”

远安回头端详赵澜之，这才留意到他也是蓝色纶巾，黑袍子，她霎时心里大骇，原来是他！原来我要见的人是他！

远安气急败坏，指着那厮的鼻子：“好呀，赵澜之，你敢耍我！”

赵澜之纳罕：“我诚意来此相见，你却戴了个人皮面具，咱们是谁耍谁？”

远安：“哼，那又怎样？你跟我缘分到此为止，从此再不见面！”

她说罢扭头就往外走，后面的赵澜之在自己的座椅上没动，只道：“一年以前，我也是这么以为的，我也以为我们会再不见面……”

远安闻听此言，回过头来，仔细地、严肃地看着赵澜之，她似乎也想起了什么：“一年以前……”

“没错，一年以前，我还在塞外军中，有人说看见了妖僧陈天枢的踪影，我们一路追踪，却赶上了叶大人家的车队……”

一年前的黄昏，塞外的荒野上，一个十余辆车马的队伍正缓缓前进。

七个官军骑着高头大马从后面抄上来，将车队截住，为首的军官正是赵澜之，身后是孝虎等若干部下。

孝虎跟车队最前面的马夫询问了几句，回身报告：“大人，叶甫成叶大人赴吏部履新，已经现行出发，这是他的家眷，后面那位是叶公子。”

赵澜之策马经过几个车轿，仔细地检视每一辆马车，叶夫人在车上打开帘子：“大人。”

赵澜之施礼：“夫人。我们追捕通缉犯，奉命搜查，请给予方便。”

叶夫人道：“大人请。”

远安策马从后面上来，她当时是男装打扮，头上一个黑色宽边小毡帽，身上是条青色袍子，衣裳是寡淡颜色，可那张脸气色饱满鲜艳，笑嘻嘻的好表情，像有喜事儿似的。

两人彼时倒未立即搭话，抱了抱拳。

这才是他们第一次相见。

后面的车上放着四口大缸。

赵澜之骑马过去，指着问：“这是什么？”

远安骑马跟上来答话：“醋。”

赵澜之看看他：“四缸醋？”

“啊，我从小口味重。”

赵澜之带的大狗上去嗅了嗅，扭头就走。

赵澜之把盖子挨个儿打开，满满都是醋：“叨扰了。放行！”

远安并没着急走，勒着马绕了一圈：“大人手上受的是什么伤？”

赵澜之道：“不打紧，沙漠里的蝎子。”

远安抛出个小盒子给赵澜之：“这药管用。”

“谢了。”

当天夜里，赵澜之在伤口处擦了远安给的药，果然清凉消肿，药到病除。大狗从营房外面走进来，嗅了嗅他的药膏，打了个响鼻，孝虎笑道：“狗鼻子最为敏感，受不了奇怪的味道。”

赵澜之微蹙眉头，想起来白天搜查叶家车队的时候，大狗上去嗅醋缸，受不了味道，扭头回来。

赵澜之连忙问孝虎：“本地生产的醋很有名吗？”

“回大人，没听说呀。”

赵澜之懊恼，抚着额头长叹一声：“哼，装上了醋，狗还能闻出来什么？人家这是早就打算好了的！也罢，这一番又让那陈天枢从眼皮子底下跑了！”

此时的赵澜之讲起一年前的这桩事情不紧不慢不着急，只是仔细看着远安的背影：“同样的办法你当时把陈天枢在我面前偷运走了，而数天前你又想要把石头和小玉运出城去。我说得没错吧，远安？只是之前我吃了瘪，这一次没有再被你骗过。”

远安背朝赵澜之，脸色阴晴不定，忽然仰头笑了：“赵捕头，恕我驽钝，真的听不懂你在说什么呀。一年之前我是从塞外经过，是不是遇见了你真是印象全无。关于石头和小玉，他们又跟这些事情有什么关系呢？你把我给弄乱了。我还有事，先行一步！”

赵澜之腾地起身：“远安！”

远安停住了脚，仍没回头，就听赵澜之道：“那陈天枢当年本是三藏法师的弟子，三藏法师刚刚去世，他就火烧禅院，残杀同门，是个最为狡猾凶悍之人。你聪明机敏，精力旺盛，可是心不染尘，天真善良，可别被人给……给拐带坏了。”

远安回头看定了赵澜之，眼神冷冷地说：“你算是谁？跟我说这种话？”

赵澜之忽然窒住了，半天方说：“我……如果我不算是谁，为什么今日我们相见？”

远安转转眼睛，变了一副无赖的脸出来：“哼，长这么大最恨有人对我拘束说教。今儿我回去就要告诉家里人，跟我见面的这个，我没看上！赵捕头请了。以后咱们大路朝天，各走一边！”

远安说罢扬长而去，只剩了赵澜之一人，旁边的小莲还在揍孙公子……

远安骑马回了府，气呼呼地从马上下来，把缰绳扔给穆乐。

等候已久的叶夫人迎上前：“远安啊，那个赵公子你相看得怎么样？我告诉你，他可是名门之后，父亲未过世的时候，可是当年闻名遐迩的赵敬连大将军。我听说天后对他非常器重呢！哎，我说，怎么样你倒是给我一句话呀！”

远安恶狠狠地回头：“我说过，我的事情以后你不要管！”

她快步走了，叶夫人在身后恨恨道：“真是狗咬吕洞宾，不识好人心！”

小家奴穆乐远远看着远安，也没弄清什么事儿，只知道她不高兴。

远安气哼哼地冲进地库，黑衣人刚有好几颗丸药出炉，小心翼翼地夹了一枚放到盘子里送到远安面前：“来，给我试试药，可好吃了，吃了你会更漂亮。”

远安拿过来，扬手就给扔了：“我已经很漂亮了！”

黑衣人赶快去捡起来，一边擦干净一边恼怒地絮叨着：“这孩子疯了，拿我的丸药撒气。你不是相亲去了吗？是人家没看上你，还是你没看上人家？”

“少说没用的，我要问你话。天枢和尚！”

那黑衣人被叫了大名，愣了愣，直起身，拿下总是扣在头上的帽子：“天枢和尚？对，我确实曾叫过这个名字……你有什么话，要问就问呗。”

远安咬着牙，紧紧盯着他的眼睛良久：“当年三藏法师去世之际，你是否火烧寺院，残杀同门？”

天枢闻听此言愣了好久，仰头轻轻叹息：“你问过我了，你在塞外把我救起来的时候。我告诉你我是那个通缉犯陈天枢的时候，你就问过我了。我不是已经回答你了吗？”

远安打断他：“我要再听你说一遍‘不是’！我想做大侠，我不要做坏人的帮凶！”

天枢痛苦地闭上眼睛。

眼前仿佛又出现了十五年前那痛苦的一幕：恩师三藏法师圆寂。为了三藏佛珠，同门你死我活地争夺。寺院里熊熊燃烧的大火……

他缓缓说道：“这个问题我问了自己很多很多年了。我是个坏人吗？师父收留我，宽恕我，教导我，待我如亲生父亲，我怎么会对不起他？可是如果我不是坏人，如果我没有行凶，火烧慈恩寺，杀害师兄弟的话，为什么我成了通缉犯，而另一个人，我的师兄天桥成了国师？究竟谁善谁恶？我也不知道了。”

远安半晌无语，终于找了些闲话问道：“你手上那佛珠，为什么只有两颗？”

“因为师父只留给我两颗。”

远安泄气了，转身要走。

天枢倒在后面追问道：“怎么你不再怀疑我了？”

远安背朝着他：“你是三藏法师的嫡传弟子，如果真的是个工于心计的坏人，早该权倾天下了，怎么会落得如今这个颓唐狼狈的下场，被我收留在地库里？”

天枢闻言也笑了：“说的也是。”

远安当晚翻来覆去睡不着，只觉心情压抑，于是第二日一早便要牵马出行。穆乐自然而然便要跟上，被夏叔拦住：“玩什么玩？去把食盒送到地库去！”

穆乐期盼地看着远安，远安笑嘻嘻地说：“下次再带你去。”

上次也是那么说的……穆乐虽然心中不愿，却还是听夏叔的吩咐拿了食盒，走进地库。但见火光晦暗，因想起夏叔说的话，告诉他把食物放下就回来，别在里面待着。

穆乐放下食盒，忽然听到猴子的叫声，到底是个小孩心性，心里好奇得很，转身又回来了，懵懂着就进了天枢的密室。但见里面各种各样奇形怪状的东西，还有笼子里面的猴子，正拿着烟斗抽烟。

身后忽然有动静，穆乐猛回头，忽然就被突袭过来的天枢扣住了喉咙。

天枢阴阴一笑，下一秒钟却发现穆乐手里的筷子已经插进了自己的耳朵里。

穆乐虎着一张笑脸，毫不惧怕："比比谁快。"

天枢一看情势对自己不利，便松了手，穆乐也放下手。

老东西转眼又变得热情和气了："小兄弟，我没见过你呀。新来的？叫什么？"

穆乐拿了腰牌给他看。

天枢摩挲了几下那腰牌，赞道："穆乐。好名字，好名字。人如其名，英俊可爱。来，让叔叔看看你舌苔。"

穆乐把天枢一把推开，天枢连忙摆手："别误会，别误会，我并无歹意。只是，只是我其实是个名医，喜欢救死扶伤。小穆兄弟，哦不，乐乐，请恕我直言，你看上去气色不错，筋骨健康，其实你不知道，你已经生了病，让我看看你的舌苔。"

天枢说罢捏着穆乐的下颚，穆乐甫一张口，天枢就把一粒药丸推进了穆乐的口中。

穆乐吞了进去，愣了一会儿，忽然眼光发直，晕倒在地。

"天啊，终于找到一个活人给我试药了！哎，小穆兄弟，小乐乐。"

小家奴忽然醒了过来，红脸，燥毛，口吐烟圈，在房间里面狂跑了几圈，噌的一下蹿了出去。

二十二 赶出叶府

穆乐遭了天枢暗算，一不小心吞了他的药丸子，只觉得周身血液如同被炭烧火炙，直冲到头顶，想要从天灵盖上蹿出去一般，他浑身发抖，忍耐不住，如箭一样从天枢的地库里面钻了出去，在院子里转圈疯跑，好像这样才能好受点，才能把浑身的热量散发出去一样。

一边厢房几个仆人正在修房子，几个人扛不动的木头，穆乐跳过去，一个人单手抬了起来，往上一悠就给扔到了房顶上，把个棚顶给砸塌了。

夏叔正给匹红色大马洗澡，那倔货不肯，正跟夏叔较劲呢，穆乐如同一把小旋风卷过，把马举起来扔进了池塘，马缰绳还在夏叔手里呢，把他老人家也给带到水里去了。

若干个老仆妇在收拾晾干的衣服，眼见着那小孩跑过来，所有的衣服都被他带风抛起，好些个年轻女子的香艳小内衣就扣在了老仆妇的头上脸上。

远宁少爷此时正在假山旁操练流星锤，一边念叨着："我练好武功，看以后姐姐还敢欺负我不！"穆乐从他身边卷过，有心帮他一把，远宁只一眨眼，手里的两个流星锤便像耗子耳朵一样插在自己头顶上了。远宁大哭，满脸血泪："臭小子！我一定要把你赶出去！"

他却还没完，直奔到水井旁，却有两个丫鬟正把西瓜从桶里拿出来，丫鬟们用手探一探："哎呀，这用井水冰镇了的西瓜可真凉！"两人话音没落，穆乐已经猛地欺到了跟前，丫鬟们与穆乐大眼瞪小眼，一个说这孩子红头大脑的这是怎么了，她话音没落，穆乐已经一头扎进水桶里，原本冰凉的井水竟开始汩汩冒泡了！

好端端的叶府就这样被吃了药发失心疯的穆乐给搅了个一团糟，各种折腾，整整一天，直到夜里也没消停，蹲在房头冲着月亮大叫。

下人们议论纷纷：远安大小姐这是弄了个妖怪在家里吧？谁知道那孩子还要作出来什么祸呀！

直到下半夜，那丸药的劲头还没过去，穆乐躺在床上，仍是满脸赤红，嘴里冒着烟气。夏叔与嬷嬷在旁边看着，颇为焦急关心。夏叔道："估计是中邪了吧？一天都这样，不见好呢。"

嬷嬷道："不像，我想起来，老家有人害这个病，就是夏天火气大闹腾的。来吧，我给他扎一针就好了。"

也不知道是药力过了，还是老嬷嬷的缝被大针真的有了效果，这一宿过去到了第二天早上，穆乐只觉得身上不再燥热，也不会手脚发抖恨不得猛跑了，可他仍满脸涨红，脑子里也是迷迷瞪瞪，呆头呆脑地给马喂草料。

这孩子忽然听见蛐蛐叫声，回头看见一只黑亮的蛐蛐卧在草丛里。到底是小孩子心性，穆乐扔下手里的草料扑上去想要捉住它玩，可是蛐蛐却跳开了，落在个长长的草叶子上，直把穆乐给急得够呛，也跟着跳过去，非要捉到那小虫不可。

他不知道，那是有人坐在房梁上，手里拿着鱼竿，用根细细透明的线操纵蛐蛐。

穆乐追着蛐蛐，直到蛐蛐落在一个小洞上，他扑了过去，蛐蛐又跑了，穆乐也是好奇，就顺势往小洞里面看了看，却见好宽好宽，肉白色肥肥一团，也分辨不出来是个啥。

他没看明白，又贴到墙上使劲儿地看，忽然那肥肥一团转了过来，却是老嬷嬷在里面洗澡。

穆乐哪里见过这种景象，"呀"的一声向后坐在地上，与此同时，好几个凶悍丫鬟忽然出现，各自手里拿着家伙就开始打穆乐，而且一边打一边骂："小混蛋！早就看你不是好东西，原来就是你偷看我们洗澡……"

原来这府里的丫鬟一直怀疑自己洗澡时被人窥伺，今天正好抓了个正着，先前怀疑谁都没怀疑过穆乐，想不到府里最不老实的就是他！今天抓住他非要打死不可！

穆乐在前面跑，丫鬟和老嬷嬷在后面追打他，早出了下人们的后院，一直到了前院的花园，远安和叶夫人从对面过来，两人正不咸不淡地说话。

穆乐一见远安，到底放下心来，一下子躲在她身后。

远安眼见着她们刚刚收了恶形恶状，手里面还拿着家伙，再回头看看穆乐，明显就是被人揍了的样子，远安霎时心里不快，当即沉下脸问："有什么话不能好好说？你们干什么打人？"

丫鬟道："回禀小主子，这小孩是个坏东西，他……他偷看……偷看我们洗澡！"

叶夫人仿佛很有兴趣想要听个明白："哦？有这事儿？"

远安把穆乐从身后拽出："她们说的是真的假的？"

穆乐低头，两条弯弯的眉毛拧在一起，那简单的心里想着自己虽然无心，可是从现象上来看，丫鬟们说得又没有错，便点点头，老实回答："真的。"

"咦——你怎么做这种事情？！"

穆乐脑子简单，嘴巴就更笨了，扎煞着双手，急得够呛："我不是……"

丫鬟们岂能放过他："什么不是？我们十几双眼睛都看错了？不是你？"

叶夫人在旁边添油加醋："远安啊，这小孩不是你前两天买回来的马奴吗？你自己在外面怎么快活胡闹我不管，可家里的仆人都得守规矩啊。这样子……这样子不是乱套了吗？"

远安无话可说："那母亲说怎么办？"

叶夫人笑笑："有什么怎么办的？行家法，打几十棍子！再赶出去！"

远安回头看看穆乐，穆乐浑然懵懂，一派天真，他哪里知道什么是行家法，他根本就不知道发生了什么！

"来呀！"家丁们上前，手里拿着荆条，这就要递到叶夫人手上。

远安大吼："慢！这小孩是我买回来的，怎么处置，我说了算！别人别想碰他！"

叶夫人与远安彼此看看，僵持住了。

良久，叶夫人轻轻一笑，转身对丫鬟们道："要不然我看就这么算了吧，你们小主子要护着她的奴才。你们就别难为她了。”

远安摆了摆手：“母亲不用将我的军，他既是做错了，我就得罚他！不过别人不能碰，我自己来！”

远安说罢从家丁手里拿过荆条，隔空点了点穆乐的鼻子：“跪下。”

穆乐只当是她又跟平时一样要要威风，便依言照做，仿佛不知道发生了什么。

远安盯着他那双圆眼睛，黑白分明，满是星星，仿佛是个最乖最乖的小狗狗一样，远安自己也是想了半天，鼓足了勇气：“救了我两次就敢不守规矩了？你当自己有多大的依仗？我今天让你明白明白！”

远安手里的荆条唰的一下扫在穆乐的脸和脖子上，她原本并没用力，可是穆乐听她说话着了急，居然在那一瞬间往前凑了凑，两个力道加在一起，他脸上颈上就霎时出了血。

穆乐呆住了，摸了摸，低下头，看着自己的血，又看了看远安，难以置信。

接着他明白了，他被人冤枉，被人追着打，看见了她，以为会被信任和保护，可是她没有，她是最终狠狠地惩罚了他的那个人！

他单纯的眼睛冷漠了，对远安的依赖与信任崩塌了。

艳阳天忽然开始刮风下雨。

叶夫人带着丫鬟们离开了。

远安扔了手里的荆条也走了。

穆乐忽然觉得自己浑身发冷，他体内那残留的药力仿佛散去了。

这雨淅淅沥沥的，一直没停，远安一个人待在房间里一直没有出去，烦躁不安，见什么都不顺眼。老嬷嬷拿了汤水进来：“小主子喝点汤吧。”

“放那里吧。我先挠一会儿墙。”

嬷嬷放下汤碗，凑到远安身边来：“小主子不高兴啊？心里是惦记穆乐呢？”

远安回头看看：“唉，嬷嬷，我长了这么大，没打过家里的奴才呢。我今天……我今天可是把他都给打出血了……我……我……我怕我冤枉他了！”

“可您做得也没错，万恶淫为首，不管教，真的学坏了怎么办？！”

远安一听这话是自己想要的，霎时心情好了些，把汤端起来一口喝掉：

“你说得对。我没做错。我打他也是为了他好！这还没完！我得好好教育他！”

与此同时，穆乐待在柴房里，脸上有伤，心里有气，总是想着远安抽打自己的一幕，他懊恼无比，一头倒在草垛子上，忽然发现下面有些东西，像是些纸绢帛画。穆乐摩挲着把那些东西从草垛子下面抽出来，看见上面是些个颜色鲜艳的图画，好些个男女半光着，或彻底光着，搂在一起，各种颠倒纠缠。他翻了翻，也不知道什么门道，帛画下面还有红色的小绸子衣服。

穆乐拿这些红色的小绸子衣服擦了擦脸上的污渍血迹，又翻回那些帛画，仔细看看，仿佛开始明白了些什么，开始觉得耳朵上面有点热。

他根本没有注意到远安从外面进来。远安就在他身后，也奇怪这孩子专心致志地在看什么。她是无法无天混过市井的，从后面一眼就明白了他手里拿着的是春宫图和女孩的肚兜小衣。远安之前还害怕自己是不是冤枉了穆乐，他偷看丫鬟洗澡或许只是年幼无知，这下坐实了，她霎时只觉得脑袋像被门给狠狠夹了一样，怒从心头起，恶向胆边生！

“好啊！我还当是冤枉了你！原来你真是个臭流氓！你……你敢看春宫图！啊？你这是偷了谁的肚兜！”

远安手快，穆乐还没反应过来，就被她揪着头发往墙上撞，他疼得够呛，撞一下喊一声。

待到终于明白过来了，开始反击，纠斗两下，猛地就把远安压在下面。

两人争斗之中，春宫图正好打开，两人侧头都看见一个场景，正是一男一女，男上女下，搂着嘬嘴儿——正是他们此时的姿势位置。

穆乐只觉得那原本已经退散的药力仿佛又回来了，浑身炽热，双目喷火，狠狠扑下来就要亲远安。

远安大叫：“你敢！”

穆乐犹豫的瞬息，远安猛地踢中穆乐的要害，穆乐疼得倒在地上。

远安大喊：“夏叔！夏叔！”

夏叔从外面进来，不明就里：“小主子！啊？这是怎么了呀？”

远安捋胳膊挽袖子，又在穆乐身上补了几脚：“夏叔，你找几个人把这小孩给我扔出去！我再也不想见到他！”

二十三

别有洞天

叶府的小家奴穆乐，就这样被狗儿和远宁陷害，被远安亲手赶出了大门。此事按下暂时不表，话说洛阳城西南方向三十里地有座山，名唤锦云山。据传山名是隋文帝所起，只因这山虽然不高，但是古树丛生，郁郁葱葱，极为茂密，仿佛云彩一般。锦云山不仅树多，山洞也多，大小山洞，多达几百，其间九曲回肠，沟渠暗通，从山北面的一个洞口进去，可能从山东边的洞口里出来，也可能饿死了也出不来。有传说前朝隋军曾有上千人在这里被唐军困住，活活饿死，正是死人的尸骨滋养了树木植被，死人的怨灵穿破了山上的石头土壤，这才有蓊郁的锦云山和那些大大小小的山洞。

可就是这么个传说中无比邪门的地方，却有个市井百姓不知道的好所在。

那一条狭窄的密道里，国师天桥手下的得力干将霍阳正带着一人往前走，他边走边回头看看：跟着自己的这个人是个瘦子，左眼失明，戴着个黑色的眼罩，除此以外，四十多岁的年纪，面目清俊寡淡，衣饰平常无奇，走到街上就是个最不起眼的人物，也不知道是个什么门道，偏偏就找到他霍阳这里来了。

密道尽头，好大的一片光亮，喧嚣声隐隐传来，霍阳在这里站住脚，同时把那人拦住了。

他是深得天桥国师信任的响当当的办差行家，早就知道人不可貌相的道理，可是这个自称薛菡的瘦子实在是不同于以往他在这里接待过的客人，他要把他引荐出去还有几句话一定得说明白了。

霍阳问：“知道这是什么地方吗？”

一只眼睛的薛菡面平如水：“锦云山罗天洞。”

“什么叫作罗天洞？”

“网罗天地，别有洞天。说您这里什么都可以卖，这里什么都买得到。”

霍阳轻轻一笑：“你呢？你干什么来了？”

薛菡也笑笑：“跟您说过了，我卖珠子。”

霍阳就此点点头：“行，您明白就行。要卖东西，姿态别拿得太高，赚到钱，救了急，比什么都强。我也靠您这个赚中人的费用。对不对？”

这一只眼睛的薛菡听他这样说，立即从袖子里拿出一锭银子给了霍阳：“中人费我先给您，可我这珠子一定要等有缘分的买家。”

这是个明白事理的场面人呢，霍阳心想，便收了银子，伸了手：“您请吧。”

密道尽头是个八丈方圆的洞室。白色钟乳石被各色明珠辉映呈现出柔和华丽的光晕，翡翠台、紫金木桌上面满是珍馐美酒、稀奇鲜果。客人众多，各自衣饰华丽，态度雍然，也有人矫情，觉得这洞室四周皆是天然钟乳石，散发寒意，便踩着金老虎紫豹子的皮暖脚，有女客却觉得还不够暖，有面目英俊，身强力壮的奴隶光着身子躺在石头上给她暖脚。

这些人在这么个穷尽奢华的所在干什么呢？

罗天洞其实是个拍卖场。

红头发的美人鱼在透明的玉石水缸里上下起伏，两番竞价之后，霍阳落槌：“杨公子，这稀世的美人鱼是您的了！”

其余拍客们向那杨公子拱手致意，杨公子不无得意，微微一笑，心思却没在那人鱼身上，他转头看看那个脚下踩着男奴的女子：他下了大价钱买下人鱼，也是想要引起这个骄傲女郎的注意。

可是女郎却看都没看他一眼，她轻轻摇着扇子，一双浅色的眼睛看过太多的珍宝，一条美人鱼，一个徒有钱的轻浮公子算得了什么？

这是明慧郡主，在罗天洞拍卖场里与霍阳里应外合，等待着她的猎物。

霍阳用丝绢帕子擦了擦手：“下一位要拍卖的是一枚珠子。薛先生，请。”

薛菡上了洞室中间的拍卖台，他手里捧着个木头盒子，盖子打开，展示给众人。

明慧郡主一见，霎时紧张起来，喝口茶，暗暗咬牙，心里道：三藏佛珠！又是一颗三藏佛珠！国师说得没有错，罗天洞果然网罗天地。真的让我等来了！

其余的拍客却并非这般识货，有人在下面喊："那是一颗佛珠吧？"

薛菡道："正是。"

"材质不错，雕工也好，可是佛珠不成串，就像玉石的边角料，不值钱。"

薛菡："见仁见智。"

"那，报价是多少呀？"

薛菡轻轻地但是坚定地回答道："一千金。"

众拍客骚动起来，还有人大笑。

那刚刚拍得了美人鱼的杨公子朗声朗气地说："哎，霍阳，你是不是带来个逗乐的呀？这是个节目吧？汉武帝的玉璋才多少金？这个珠子，他要一千？！下去吧！下去吧！"

众人的哄笑声中，台子上的薛菡轻轻地收起了自己的珠子和盒子，像是早就预见了这样的反应，全然不当回事一样，转身走了。

"我看您啊，您还是不诚心卖，上去就叫一千金，这不是开玩笑吗？"霍阳追上去道。

薛菡倒是不急不恼："我跟您说过了，这事情要看缘分。"

霍阳冷冷一笑："得，来一趟不容易，我送您出去吧。"

话音刚落，两人回身却见明慧站在后面。

"是您。"霍阳受国师指派，协助这位皇室千金办差，虽不知道她究竟所图何物，但仍是恭恭敬敬，躬身施礼。

"我想要跟您聊聊您那珠子。先生是怎么拿到那珠子的？"

薛菡淡定从容："机缘巧合，偶尔拾到的。"

"你知道那是什么就敢要一千金？"

薛菡慢条斯理地说："原本不知道的，只晓得一定是个宝物。可您过来一问，我想我没有要多。"

明慧闻言笑了："您没有要多。您要的价格我给。那珠子卖了我吧。"

薛菡也笑了："一千金您都出？你是得多有钱？不是王公贵族吧？您不是

公主吧？”

“别管我是谁，您手里的宝物值得这个价钱。”

薛菡道：“就在刚才，拍卖的时候您怎么不说？”

“我的习惯与别人不一样。”

“那可对不起了，过这个村就没这个店了！”薛菡断然把盒子收在怀里。

明慧霎时沉了脸：“什么意思？”

薛菡：“我不卖了！”

明慧：“不卖？我要是硬抢呢？”

薛菡：“您当我不知道？这是佛珠，除非我愿意给，否则您抢了就是悖逆了佛祖。”

明慧略略沉吟，耐着性子道：“说你的条件吧。”

而洛阳城市井上的角落里，衣衫褴褛的小奴穆乐窝在墙角睡觉。

睡得不好，他做噩梦了。梦里面自己被地库里的老怪物扒开嘴巴推进药丸，被老嬷嬷一记银针插在头顶，被泼辣的丫鬟们追着打，最后被那个自己一直信任的、好好的小姑娘远安用荆条抽打。

又有东西在打他，把他给疼醒了，睁眼睛一看，好几个小孩正在用树枝抽他。

穆乐蹦起来，孩子们唬了一跳，往后退，嘴里面还嘻嘻哈哈的：“醒了醒了！小傻子醒了！快跑！快跑！”

孩子们逃跑，穆乐追在后面，一不小心掉在个早早挖好的坑里，孩子们在上面拍手笑：“哈哈，他中计了。掉下去了！”

不过他们可是小瞧了这个“小傻子”，穆乐被人欺负了，心里面发狠，腾的一下，居然踩着坑壁借势蹦了出来。

孩子们一哄而散，穆乐继续追，被孩子的娘亲们围上来一顿暴打。这一幕恰被一个叫“泥古”的泼皮无赖看到了，此人二十七八的年纪，刚摇摇晃晃地从赌场里面出来，便冲上去挡在穆乐前面，拦住一众妇人的攻击。因为他素来名声不好，妇女们避之不及，这才作罢。

泥古把狼狈的穆乐扶起来：“小兄弟，小兄弟，她们被我赶走了。你还好吧？没事吧？”

穆乐摇摇头。

泥古笑笑："我今天呀，手气好，刚在赌场赢了点钱，你肚子饿不饿？走，我带你去吃点东西吧？走，跟哥走。"

赵澜之对妓院这种地方并不陌生，此处是三教九流聚集之地，不少罪恶滔天的犯人都是在烟花之地落网的。这一天，他与属下孝虎一进来，就见里面一个桌子上，一个穿着蓝衫的胖子搂着两个姑娘正大吃大喝，摸搜嬉笑。

两人走到蓝衫胖子的桌子边坐下来。胖子看看他们，警惕道："这是我的姑娘，我的酒菜，两位我不认识，你们不是我的朋友。那边请吧。"

赵澜之笑笑："哎，周先生说的这是什么话，认识了不就能做朋友了吗？"

胖子惊讶："知道我姓周？"

赵澜之点头："还知道您手里有我要的东西。"

胖子道："哪一份？"

"紫金鼎。"

胖子喝了口酒，上下打量赵澜之："您是买家？"

赵澜之点头："没错，就是我。你带在身上了吧？"

胖子道："当然，飞鸽传书商量好了的。我这就给您拿出来！"

说罢，胖子便用宽袍大袖掩脸趴在桌上，整个人仿佛扣成一个乌龟壳的形状，可是眨个眼的工夫，那袍子下面就瘪下去了。赵澜之忽然发觉不妙，手掌一拍，那胖子的衣服塌陷了。

竟是想要遁走！

那胖子忽然从桌子下面飞身而出，赵澜之几步追上，用刀背将他击倒在地，那胖子犹在挣扎："谁知道你们是县衙的人，我还以为是要抢我的钱呢！我没谋财害命，凭什么要抓我！不服！不服！"

赵澜之在周礼贤身上搜出来一个小器皿，冷冷一笑："周礼贤，你没谋财害命？给盗墓贼销赃，简直丧尽天良！这不就是紫金鼎嘛！"

胖子滚在地上耍赖，高声大叫："什么周什么？不认识！那是泥葫芦！什么紫金鼎！"

赵澜之再不跟他理论，随手把酒泼在那器皿上，再用蜡烛烧，紫金鼎的真皮子露了出来，妓院里围观的看客哗然一片。

那叫作周礼贤的古董贩子再不能抵赖，只低下头认栽。赵澜之和孝虎正要羁押此人离开，二楼却翻下来一个赤裸上身的男子，正落在赵澜之脚边。

一穿着暴露的妓女冲到二楼栏杆前，捂着帕子惊呼：“哎哎，小兄弟，别跑啊！别往外跑呀！”

男子似乎极是害怕，双手掩着胸就要冲出门去。

赵澜之无比讶异：这不就是远安的小奴穆乐？

二十四

找到穆乐

天后寿诞在即，朝中官员皆是想方设法讨得天后欢心，堂堂的议政厅此时不商国事，却在为天后寿诞庆典绞尽脑汁。户部侍郎叶甫成递上的关于“十三县百姓请求减免苦役”的折子被再度退回，只好苦着张脸讪讪离去。

与忧国忧民的叶大人不同，叶大人那游手好闲的女儿叶远安此时正在集市上，与若干小孩围坐一圈，兴致勃勃地看一位独眼先生画画。

正在坊间巡查的赵澜之远远看见远安，嘴角不由自主地挂了笑，那尖尖的小脑袋，窄窄的小肩膀，还扮成一个小厮模样，真是自欺欺人呢！他刚要上前打趣她两句，远安却忽然腾地跳起来。

竟是有小贼盗了远安的钱袋。

只不过，这一切倒不需要赵澜之操心，以远安的功夫，应付小贼没有任何问题。只见她步伐灵敏，身形矫健，一下子便从后面飞脚踹倒小偷，狠狠摁在地上。她这人待自己人最亲，待坏人也最是心狠手辣，她抡圆了拳头，狞笑着通通砸到小贼身上，还嫌不尽兴似的仍要继续，可忽然间手就被人按住了。远安转头，竟是位只有一只眼睛的画家——薛菡。

“这位公子买过我的画儿，我一向觉得你是个良善之人，为何这般野蛮凶狠，出手就伤人？”

远安哪有耐心跟他废话，皱了眉头道：“你这画画的给我让开！说我出手伤人？是那小偷顺走了我的钱袋子！”

小偷站起身，回过头来，竟是个流着鼻血的小孩。

远安愣住了。

薛菡松了远安的手，转身问那小孩："偷人东西了？"

小偷点头。

薛菡道："给我。"

小偷自然是不肯的："我娘病了……"

薛菡压低了声音命令他："给我！"

小偷不甘心却不敢违抗，终于把钱袋子拿出来给了薛菡。薛菡还给远安，远安刚要去接，薛菡的手却闪了一下："公子，他偷了钱被你逮住还给你，可他还是个孩子，你把个小孩打得口鼻流血又该怎么办？"

远安心里面后悔，可面子上却拉硬："那你想怎么样？"

薛菡道："人不能白欺负，你把这孩子打成这样，让他还给你就好了！"

远安没有退路，众百姓在周围纷纷叫好，正是这剑拔弩张之际，赵澜之拨开众人走了进来。

"我离老远就看明白了，画画的薛先生，你是咬文嚼字懂道理的人，也是十三县来的难民的头头，我倒想问问你，小偷偷了东西让人逮着还回去了，这事儿就当没发生了？就当他没偷过东西了？新鲜呀！这孩子还小，偷东西犯了错，该打！这是他应得的教训！否则长大了就要杀人放火！怎么着？不然我把他带到衙门里给他些别的教训？"

薛菡眯眼打量赵澜之，冷声道："您是当官的，您说了算。"

赵澜之却忽然一笑，从怀中掏出一点儿银两交与那孩子："我是说，让这孩子赶快回家给他娘看病！怎么，不快去买药，还等什么？"

那孩子拿了银两转身就跑。薛菡哈哈一笑："赵捕头，你平时对我们这些人照顾有加，这面子我卖给你。"可是目光扫向远安时，又有几分冷淡，"只是这样欺负人的小子，以后可小心了，别再让我见着！"

远安自知理亏，等薛菡和看热闹的众人走了，才长舒一口气："幸好你来了……这些刁民……"

赵澜之打断她："不是刁民，都是些可怜人罢了。"

远安诧异："怎么说？"

"他们是最近进了洛阳城的游民。因为南方十三县修建水利，他们不得不背井离乡，而且每一家的男丁都被征召，只剩下妇女、小孩。无力维系生活，不得不四处流浪。偷你钱的那孩子我见过，原本是跟他娘在琉璃街那边卖粥的。那个画画的，是这些难民里面拿主意的。他们在街头做些小生意糊口，就算没有官文批准，我们都闭一只眼睛，得过且过了。总得让人活命，对不对？”

“唉，怪我冲动，谢谢你帮我解围。”远安也不是不通情理的人，听赵澜之这么一解释，也就对小贼和薛菡的事情释怀了，转而又关心起赵澜之的差事，“你最近可有什么新的案子？”

赵澜之道：“我的案子怕是没你多。”

“客气什么，你赵捕头维持治安，安抚游民，若非这么太平，我怎么敢在街头闲逛？”

“太平这话可不好说。”赵澜之无奈，“对了，你在鬼市收的那个小家奴，现在怎么样了？”

“别提了。”远安想起这件事就心烦，“知人知面不知心。那小孩不守规矩，早就让我赶出去了。怎么？你看到他了？”

赵澜之道：“说不准，那日我在妓馆见他在我眼前晃了一下就逃走了。”

远安立刻提高警惕：“你去妓馆？做什么？”

赵澜之一笑：“自然是办案。”

“哼，我就知道！这小子就是不规矩！否则他怎么能去那种地方！”

“可依我所见，明明就是那里的姑娘把他吓破了胆子，他逃都来不及呢！”

远安心事重重回了家，直奔地库里面天枢所在。那厮正把手里的药丸子喂到红猴子嘴里，红猴子早知道他的伎俩，张嘴又回吐在他脸上，沾着好些口水。

天枢擦了一把脸，摇头慨叹：“用畜生试药就是不行……哎，我说小孩，你有个小奴才，名叫什么乐的，怎么好几天没见了？”

远安闷声道：“让我赶出去了。”

“你这个蠢货，你不要了，把他送给我呀。我拿他试药！那天他吃了一颗，效果可好了。”

远安闻言，忽然想起赵澜之的话，联系这其间种种，觉得不大对劲，又看看那猴子，登时明白了什么，揪住天枢的领子问：“你给他吃你炼的药了？”

天枢不以为意："是又如何？"

远安有种不好的预感："吃进去什么样？"

"那药是管肾气的，吃下去之后……死人能还阳。"

远安："活人呢？"

天枢："活人变流氓……"

远安霎时愣住了，回想起来那天把穆乐赶走时候的情景，一下子明白了，正欲冲出去问个究竟，却恰好撞见那好死不死的奴才狗儿，正偷了丫鬟的内衣在手里摆弄。远安上前一把勾住狗儿的脖子："来呀，我要跟你聊一聊！"

狗儿吓破了胆，没多会儿便说了实话："小主子呀，大小姐，不是我，都是少爷安排的！"

始作俑者都在，眨个眼的工夫，叶府就被远安给闹了个底朝天，刚刚下朝的叶大人被他哭哭啼啼的老婆拉着往里走，到了大厅一看，奴才狗儿跪在一边哀号，地上放着肚兜、春宫图，还有一锭银子。

远宁少爷狼狈地躲闪着远安的拳脚。他姐姐虽被下人们拦着，却力大无比，身体横飞起来伸脚要去踹远宁。地上古玩花盆碎了一地，远宁尖叫哭喊，无比凄惨。老家人夏叔拦着远安好生规劝着："小主子呀，有什么话不能好好说呀？别打少爷呀……别打得那么狠呀！真打坏了，老爷回来你可怎么交代呀！"

远安一边拳打脚踢一边骂："不要脸的东西！指使小厮栽赃陷害我的奴才！逼得我把人赶了出去！我打死你！打死你！"

远宁哭着大骂狗儿："狗奴才，给你银子的时候眉开眼笑的，转头就把我给我卖了？"

狗儿也大哭："少爷别骂我！我是不小心让小主子给逮着了……"

远安哪管他们狗咬狗，抡圆了猛揍远宁。叶夫人哭哭啼啼地拉着叶大人进来："老爷快看看吧，他姐姐为了个小奴才要打死他，我是管不了了！"

"远安！"叶大人情急断喝，"你这是要干什么呀！"

远安见她父亲到了，到底收了手，仍死死盯着远宁。

叶夫人上前把远宁扶起来，用一根指头狠狠推他的脑袋："你这没有用的东西，天天被你姐姐欺负呀你！”

远安垂首站好，斜眼看叶夫人：“母亲假号什么？远宁没有用？他才会使阴谋诡计算计人呢！”

远宁满脸眼泪大鼻涕，狠狠抹了一把：“我没有！”

远安恶向胆边生，又捏紧了拳头：“我看你再说！”

叶大人怒了，几步走上来：“远安你住手！从小就在外面惹是生非，如今还要当着我的面打弟弟？你是不是有一天连你母亲也要打了？连我也要打了？出去！”

远安本来气不过，可转念一想，再找机会，趁人少，把远宁打开花也不是不行，便转头跑了。

叶大人指着远安的背影捶胸顿足：“这个孩子迟早要给我闯大祸的啊！”

南城的一间赌馆里，一张押大小的台子上，泼皮泥古已经盯着他对面的人很久了。那人没有胡须，面皮白嫩，身上织锦袍子，腰间有个鼓囊囊的钱袋，手里提着个小匣子，身后背着个瘦长的包裹。

这不男不女的家伙手气正旺，赢了不少，桌上的钱都被扫进了他的怀里。

泥古一直盯着那人，等那人终于赌得尽兴了，摇摇摆摆地离开了赌馆，泥古便牢牢跟在他后面。

而这时候的穆乐正在街头喂猫。小猫跟着他两天了，可他并不想收留它。他单纯的脑袋里最近明白的事情是，谁对谁好都不可信，都是假的，都是片刻就要翻脸的。

小猫还有块肉没吞下去，忽然熟食店水果铺的几个老板抄着棍棒从远处袭来，各自火冒三丈，骂骂咧咧：“哎，就那小孩！对！就他！来我们这里抢东西，回身钱就没了！揍他！”

穆乐一见便知不妙，这些日子，他跟着泥古，没少抢乡里乡亲的东西，若是被抓到了，后果将不堪设想。穆乐的脚蹬在墙上，想要跳走，可熟食店的老板却早有防备：“小心这小子会跳，别让他借着力！”

有人手疾眼快往墙上泼油，穆乐脚蹬上去就滑了下来，摔在地上。

众人一见层层叠叠地扑上去，一个压着一个摞在他身上。“逮着没？看准了压在最下面了！”

“咱们这体格能压死他！”

有个细微的声音断续传来：“我喘气好不舒服……”

众人这才意识到不对劲，纷纷起身，见最下面一个胖子扁躺在地上。“完了，这不是中药铺的李老板吗？昏过去了，赶快送郎中那儿去吧！”

“怎么又让那个小孩给跑了！”

众人只好把李老板送去就医，一时作鸟兽散。

而不远处的墙头上，远安与穆乐相对而坐，远安把铁骷髅手收在怀里，她正是用这个玩意儿在众人要飞身压住穆乐的片刻把他救上来的。

远安看着穆乐，穆乐看着她。

她见到他，是高兴的、庆幸的、亲切的，可是还没等她说话，他复又低下头去，那一瞬间鼻子尖红了，扁着嘴巴，一点儿都不高兴！

这孩子还在生气！远安也不知该如何开口，想了半天才终于找到话题：“那些人，为什么追着打你？”

穆乐不说话。

“你是不是不认识我了？”

穆乐听了这话，回头看看她：“远安。”

“那我问你话怎么不回答？那些人为什么追着打你？”

穆乐又是窒了好久：“不关你的事。”

远安气道：“几天没见着，还敢顶嘴了？”

穆乐不理她，这就要跳下去，被远安一把拽住：“你别走。我找了大半个洛阳城才找着你，要跟你好好说几句话呢。”

穆乐停住，却转过身不看她。

远安舔舔嘴巴：“跟我回府里去吧。啊？事情我都查清楚了，我知道，是别人……别人害的你。把你勾到后院丫鬟的浴室那里去，又在你睡觉的地方藏了那些乱七八糟的东西。还有地库里那个老家伙，用你试药，你那天也是糊涂了。唉，反正，反正这些事情都不能怪你，都是他们作弄的。你跟我回府去吧。啊？”

穆乐背朝着远安摇头。

“你放心吧，我惩罚他们了，他们再也不敢作弄你了。”

穆乐抬起头仿佛想了想，又低下头去，像是真的思考过了，说话还是断断续续的：“他们……作弄……我不怕。我怕你……你再打我。”

远安着急道：“那天是我不对。可你是我的奴才，我宁可自己打你，也不愿意别人行家法。不过再也不会这样了，我……我跟你保证，我不打你了……”

他终于回头看了看远安，肩膀瘦瘦硬硬的，脸蛋却像个圆苹果，深褐色的眼里浮现着那天的一幕，那反复出现在他噩梦里的一幕，远安用荆条抽他脸颊的那一幕！

穆乐摇摇头，跳下墙头，逃走了。

远安没有追上去，只是愣愣坐在原地。

天空打雷，乌云卷积。

二十五

杀人凶手

武后生辰的前夕，洛阳城下了一场声势浩大的暴雨。

洛阳县衙捕头赵澜之收到太监总管李成的消息，火速赶到宫中，直奔御书房，刚一进来，还未来得及寒暄，李成忽然一下子跪下了。

赵澜之大骇：“公公这是干什么？有什么话请说，见面就拜，这不是折杀我吗？”

李成面如土色：“澜之，昨日御书房被大雨侵袭，我们连夜整理画卷书籍，却发现有一幅登记在册的最为重要的画不见了。三日之后，天后寿诞。这次你若不救我，我恐怕真的老命难保了！”

赵澜之有种不祥的预感：“哪一幅？”

“澜之，你觐见天后的时候，一定注意过那一幅人物工笔，就是《蕉下图》，是天后最喜欢的一幅画，卷轴处有些磨损，我们正在修复，本想待天后寿诞之日将它重新悬挂出来。可一场大雨之后，它居然不见了呀！我不敢声张，没有办法，只好求助于你！你若不肯帮忙，不仅是我，御书房这几十个太监的小命可就没了！”

赵澜之知道，弄丢天后的画是一场何等的灾难，他沉吟良久：“公公莫要慌张，财物丢失无非两个可能，外贼或者内盗。大内守卫森严，不可能有人私自进出。那么……所有涉事太监，出入人等，公公是否都调查过了？”

李成道：“事情发生之后，我立即询问搜查，没有发现可疑之人。况且，如果真是出了内贼，那他人在此地，也摆脱不了干系呀。”

“公公所言极是，留在宫中的人断不可斗胆偷画，可是，近来可有御书房的太监告假出宫？”

李成想了想：“不曾有呀……”

有个小太监谨慎地提醒：“公公，您忘了曹毅？”

李成霍然想起：“确有一人在五日前告假出宫，他本是在这里负责维修桌椅书架的太监，从小跟在我身边，那日跟我说父母从老家来洛阳探望，涕泪横流说要出去见上一面，我便准了他的假。他本该昨日回来的……”

听了李成的话，赵澜之便有了头绪。御书房丢东西，事关重大，赵澜之不敢声张，只好亲自拿着画像寻找曹毅的下落，可惜整整一日都没有消息。

入夜时分，赵澜之回了县衙，仵作老杨手执酒壶正醉醺醺地往里走，险些撞在赵澜之身上。

老杨连忙道歉：“哟，赵头儿，对不住，对不住呀！”

“又喝醉了？”

老杨笑：“醉了好，醉了之后看死人不难看。”

赵澜之笑着扶起他，本来要走了，忽然想起什么。若是找不到那活的曹毅的消息，会不会是此人已经死了？便问道：“老杨，最近你可收了什么蹊跷的咸鱼？”

老杨摇头晃脑：“太蹊跷的倒是没有，不过昨天早上倒是收到了一条阉咸鱼。”

“听不明白了。”

老杨瞪大了眼睛：“一个尸体，一个阉人的尸体！他杀。刀伤。两处。一处在腹部却没有血，另一处在咽喉却没有多少血迹流出。不过你也别操心，凶手当场就抓住啦！现在正在牢里关着呢。”

话虽如此，可赵澜之还是跟着老杨跑到那所谓“阉咸鱼”的跟前，他拿出画像反复比对，那咸鱼不是曹毅又是谁？

真是踏破铁鞋无觅处，得来全不费工夫。

赵澜之便赶到牢房，想要会一会那杀人凶手，可定睛一看：这孩子脸庞黝黑，满脸委屈懵懂，不正是远安的小奴，那个曾经救过自己性命的穆乐？

衙役们见赵澜之进来赶紧施礼，赵澜之不露声色，上前问道："这是刚捕到的杀人嫌犯？"

衙役毕恭毕敬地说："正是。那个没名没姓的阉人就是他杀的。当时在客栈里，小二去送酒菜，正赶上他刚杀了人还没逃走，好几个老百姓上去给逮住了。您看，这就是凶器。"

赵澜之问："赃物呢？"

衙役答："尚没找到。"

赵澜之故意道："十有八九是有同伙。他留下来顶缸，同伙卷了财物走了。"

案子断破之前从不肯多言一句的赵大人怎么这么快就认定了案情？衙役们略略迟疑，又不敢多言，只好道："大人说的是。"

赵澜之抬头示意："继续问他话。"

衙役们转身向穆乐："小孩！赶快从实招来，你有同伙吗？姓甚名谁？"

穆乐想想："泥古。"

衙役一愣，气得脸通红，上去就是一顿拳打脚踢："敢骂我尼姑？兄弟们给我打，我看他能不能说实话！"

赵澜之暗笑。只见穆乐躲闪几下忽然发狠，虽然姿势笨拙，也没个招数，可是劲头威猛，一下子就推倒了众人，得了空就往外跑，衙役们飞出铁索，这才把他捆住。

刚吃了亏的衙役们心有余悸："想不到这小混蛋劲还挺大，果然是杀人犯的材料！"

一直没说话没动作的赵澜之从地上拾起一个物件儿，喝住众人："你们过来看看这个。"

穆乐一见，正是远安送给自己的刻着名字的腰牌，扯着铁链冲上去道："那是我的！"

赵澜之装模作样地把那腰牌握在手里摆弄："穆乐……叶府，哦，这是户部侍郎叶大人家的家奴。哼，兄弟们，我看这小子不能乱打，万一是个有背景的呢？你们拿着这腰牌去叶府问问。死的人没名没姓，咱们可别为了这个得罪权贵。你们说对不对？"

衙役旋即附和："大人说的是，说的是……"

赵澜之看看穆乐："你们给他些吃喝吧。"

穆乐死死看着赵澜之，却一声不吭。

穆乐被关了两天，百无聊赖，正在看蟑螂打架，却见衙役们推推搡搡带进来一个披头散发的家伙。

衙役们扔下那人便凑成一团去喝酒吃猪耳朵了，那看不清脸的家伙却摩挲地凑到自己身边，低声道："臭小孩！还认得你主子我不？"

穆乐吓了一跳，转头一看。那人摘了头上乱蓬蓬的假发，直眉竖眼，咬牙切齿地看着穆乐，那白白净净的脸，乌溜溜的眼睛，红彤彤的嘴巴……

"你……你……你怎么来了？怎么是你？"

远安捂住他的嘴："废话。不为了救你，我能这么干吗？别出声！"

穆乐不敢再动，远安观察四周，发现上面的窗子已经封上了。"洛阳县这帮衙役还不算吃干饭的，上次被我劫了狱，果然就此把牢房堵了个严实。"

但远安脑筋灵活，有的是办法。

牢房外，两个衙役正在吃喝，远安掏出一个小吹管，对着两人吹了两下，两粒小小的药丸便化在酒中，无形无影，衙役们饮下，旋即晕倒。

远安嘻嘻一笑，从怀中拿出个小镊子，把两只脚一折一折打开，变成长脚镊子，抓来衙役腰下别的钥匙，打开牢门和穆乐的手脚镣铐，两人换上衙役的衣服，便悄悄逃出牢笼，可万分凑巧，竟迎面遇上了赵澜之与孝虎等人！

真是冤家路窄！远安转身对穆乐低声道："低头！"

可就在两人与赵澜之擦身而过之时，孝虎却喝住他们："哎！见了大人都不打个招呼吗？"

远安只好转身，闷声道："请大人恕罪。我等二人刚刚进了衙门当差，上下的人还没认全呢。给大人请安。请安。"

赵澜之："刚来？"

远安："是！"

赵澜之："当的什么班？"

远安："伙夫。"

赵澜之：“对了，今晚上你菜做咸了啊。”

远安：“明白了，大人。明儿我少放盐。”

赵澜之：“去吧。”

远安松了一口气，暗中庆幸自己竟然没有被赵澜之认出来，未免夜长梦多，两人一出大牢便冲进陋巷狂奔逃命，跑了好久，回头看看，并无追兵。

两人停下来，远安弯腰大喘气，抬头看看穆乐。他特意跟她保持距离，稍稍侧了身扭头看着远安，月亮之下斜着一双圆眼睛，凸着一个圆下巴。远安自己累得够呛，他却气息平稳，喘气匀静，还不显出服气的样子，远安忽然之间气不打一处来，扑上去拎起穆乐的衣领子，就要打他的脸。

穆乐也不躲，直直看着她的眼睛，紧紧抿着嘴巴。

远安手到半空停下来，紧握的拳头只伸出一根指头，恨恨指着他的脸：“该！他们怎么就没弄死你？！”

穆乐扁嘴，下巴抽动，眼看就要哭。

“给我憋回去！”

穆乐生生憋了回去，眼圈却红了。

“怎么回事？！怎么就让人抓进大牢里面去了？怎么就闹上人命官司了？你怎么混的呀？你那天口口声声跟我说什么？不是快活吗？不是自在吗？不是不愿意跟我回府里面去吗？哦，原来你就想坐大牢呀？”

穆乐道：“没。没有。”

“那怎么回事？把话说清楚！”

穆乐憋了半天，终于哇的一声哭了：“骗了，被人给骗了！”

话说那日穆乐拒绝与远安回叶府，便失魂落魄地回了破庙，一回去便被泥古拉去了饭馆。

泥古指着自己在赌馆里面就盯上的那个白胖没胡子的男人对穆乐说：“就是他！晚上咱们跟他到客栈。你给我搭把手，我把他那个鼓鼓囊囊的包裹顺出来！”

“我……我不想再做这种事情了。”

泥古瞪他：“打退堂鼓了？兄弟，你这么做可不仗义！这些日子谁供你吃穿？谁带你去跟姑娘玩？虽没留下，可也见识到了吧？我这点事儿你不帮忙？”

穆乐心里面十分不快：“这是偷，是抢……我不想干。”

泥古转转眼睛：“什么偷啊，抢啊的，怪我没跟你说明白原委，这个人是我的仇人！我爹娘都是被他害死的！我见到了他恨不得抽他的筋，扒他的皮！我拿走他的钱那算什么？难道，难道我不够慈悲吗？”

穆乐哪知道他在撒谎，只觉得自己受了此人恩惠，又相信他确实有深仇大恨，只是取财而已，已经算是小惩大诫了，便就此应承下来。谁知那个雨夜，两人刚一进房间，忽然一道闪电，房间里面亮如白昼，泥古一紧张，二话不说上去就刺了白胖子一刀，那胖子都没来得及反抗就倒在了地上。

一见他下手杀人，穆乐霎时就手足无措，可就在此时，外面响起客栈小二的敲门声，泥古这就要跳窗而逃，临走前将刀塞到穆乐手中。

之后的事情出乎穆乐的意料，所有人都说他是杀人犯，他百口莫辩，要不是他的主人来救他，他就要不明不白地死在牢中了。

“原来是这样……”远安听了穆乐的话，震惊了一秒，就又轻松了，“算了，你先跟我回府。我先把你藏起来，省着官府的人找麻烦。”

她才不在乎什么人死了，什么人跑了呢，把穆乐给弄回来比什么都重要，比什么都好。

二人正要跑，却有一人从墙上飞身而下，挡在远安与穆乐面前，此人身材高大，一袭黑衣，瘦白的脸皮笑肉不笑。

“你这假伙夫，又在我眼皮子底下劫走人犯，还想往哪里走？！”

远安一愣，忽然嘻嘻笑了：“原来是赵捕头，竟被你看出来了，说得没错，又是我，又劫了人犯，话说你们这些人给朝廷办事还真不伶俐，怎么又让我得手了呀？”

赵澜之也笑：“别瞧不起人，姑娘你要是真的得手了，我在这里又干什么来了？”

远安想起自己得到穆乐深陷牢狱的消息正是因为洛阳县衙的人送了他腰牌来了府里，似乎明白了什么：“赵捕头，穆乐的腰牌是你差人送去给我的？是你故意给我通风报信让我营救穆乐的？刚才在衙门里面见面时，你一眼看出来是我，你是故意放我走的？”

赵澜之说：“想明白了？”

远安撇着嘴：“这些手段耍得好没意思，你究竟是想要干什么？”

赵澜之上前一步：“两个目的。若不是你，恐怕这个小孩不会跟人像刚才那样明明白白、老老实实地说话。我也没法掌握案情。另外，你知道死的那个人是谁吗？”

“是谁？”

赵澜之：“御书房太监曹公公。”

远安颇为震惊：“太监？太监怎么出宫来了？”

“此事事关大内机密，不能在明面上调查，不能让太多人知道。我故意让你把他带出来，就是要避人耳目。”

远安点点头：“原来如此。这么说，你也跟我一样相信穆乐并不是凶手了？”

赵澜之扫了一眼穆乐，冷冷一笑：“笨小孩。有心眼杀人，怎么会没心眼赶快逃跑？！”

穆乐听罢忽地站起来，跟赵澜之针锋相对：“谁，谁是笨小孩？！”

远安压住穆乐：“现在怎么办？”

赵澜之：“必须马上找到他说的那个泥古！他是杀人犯，我要他从曹公公手里拿走的东西！”

远安忽然兴奋了：“正好闲得膀子难受呢！你即使要避人耳目就不能带衙门里的帮手。我帮你！”

穆乐见她如此，也道：“我，也去。”

赵澜之无奈：“你们把办案子当作游戏了是吧？”

时不多久，身着男装的远安便来了妓院，手里转着两个大金球在老鸨眼前晃来晃去。

老鸨眼馋，向前探着身子：“您啊，有什么要求癖好，就跟我直说。我这儿的姑娘一准儿让小爷满意。”

远安一本正经地道：“我呢，是个专情的人，数月前来此地做生意，朋友带我来您这儿见了一个美女，名唤春花。请妈妈带春花姑娘出来与我相见。”

老鸨道：“大爷可真会看人，春花是我们这里的花魁来着。可是您来晚了一步，她呀，刚刚被从前的相好给赎出去了。”

远安看着老鸨就笑了：“妈妈，您这一行，我是知道的，姑娘那么多总得留个后手，对不对？不用您给我换人了，就请您明明白白地告诉我，怎么能找到春花，我手里这金球子就送给您玩。”

老鸨咧嘴笑了：“春花有头疼病，赎了身也跑不远，她每月初一、十五都得去城东百草堂配药。不行的话，爷就去那里等春花吧。”

老鸨说完就夺了远安手上的金球子，一咬，竟然碎了，敢情是个涂了金色的鸡蛋！

远安嘻嘻哈哈地笑起来，拍拍屁股便走了。

那春花正是泼皮泥古的相好，这小子从不做好事，却是个情种，拿了死人的白银，第一件事就是去了妓院把春花赎了出来。春花从小就有头疼病，这日又发作了，躺在床上正死去活来，泥古从外面进来：“药来了，药来了，我给你买回来了！”

泥古服侍着春花饮水服药，药灌下去，她似乎好了些，靠在他肩膀上道：“辛苦你了……”

泥古道：“春花你跟我又何必客气？你放心，我跟你说过的，我有钱了，你跟着我，我要你吃香喝辣的，我绝不会让你受苦。”

忽然一个声音从外面传来：“你那钱财，是好路上来的吗？！”

话音未落，赵澜之、远安、穆乐破门而入。

泥古大惊失色，指着他们：“你是谁？你是谁？”看到穆乐时一愣，“啊……怎么是你？”

赵澜之沉着脸，摁着刀柄：“你谋财害命，栽赃他人，但是躲得了初一躲不了十五！还用我废话吗？你从死者身上拿了什么，快点交出来！”

泥古抵赖：“大爷，你说的话我一句都听不懂。您是不是弄错了？什么死者啊？我不知道，我什么都不知道！”

穆乐气得眼睛发红，一步冲上来，狠狠揪住泥古的领子："你利用我！你杀了人！"

泥古几乎要被穆乐捏死，远安上来把穆乐拽开。

泥古摔在地上，横躺着，赵澜之用板凳压住他，自己坐在上面："我跟你就是斯斯文文地问话，他跟你可就不会这样了！"

泥古还不肯告饶："不知道……什么都不知道！"

床上的妓女春花见状大哭，翻滚着下床，从地砖下面暗藏的隔断里面拿出一大包银子，一边哭一边骂那泥古："舍命不舍财的东西！真要死了还怎么消受？"她跪在赵澜之脚边："大爷，大爷你饶了他吧，这是他偷出来的银两，我们用了几锭，其余的都在这里。都给您！"

赵澜之看了银子一眼，并不感兴趣："画儿呢？！他身上带的画儿呢？！"

泥古道："画儿？什么画？我不知道！银子都在那里了，你还想怎样？"

赵澜之冷笑，立起刀就要刺向泥古的眼睛。

泥古："没有呀！真的没有呀！"

赵澜之不收刀，那刀尖儿就要刺到泥古眼睛里面了，看得远安、穆乐也紧张起来。

泥古大叫："啊！我想起来了！我看见过，我看见过！"

赵澜之收刀，起身，泥古翻了个身就开始呕，惊恐和侥幸把他的胃给翻了个个儿。

赵澜之经验丰富，这种眼看要死的刺激下，别说逼问他日前发生的事情，就是他吃奶时候看见、听见的都能想起来。

"把刚才的话说清楚。"

泥古大口喘息着："大爷，我想起来了，我在赌场琢磨这人的时候，看见他身上的包袱里长长圆圆的，像是包着个画轴。可是我对那个不感兴趣，我就想要他的钱财！"

赵澜之："你杀了他那天，没见到那幅画？"

泥古摇头："没有！没有！绝没见到！您是好手段！我这条命都是您的了！我不敢撒谎！不敢了！"

赵澜之觉得差不多了，此人知道的恐怕也就是这些，他一手拿了银子，一手拽起泥古："走吧，去衙门里说话。"又走到远安和穆乐面前："谢你们帮忙，人犯我已经逮到，此后没有穆乐的事儿了。你把你的马奴带走吧。"

刚才的热闹却让远安意犹未尽："我说，赵捕头，你要找什么画儿？"

"跟你没关。"

"这话儿可就说远了，我还当咱们是搭档呢……"

赵澜之低头看着远安，她可真是好看、可爱，求人办事的时候蹙着眉毛嘟着嘴，团着肩膀，拱着两只手，贱贱的小模样。赵澜之看了她半天，想了半天，自己根本没法跟这人说不，可他又不肯就范，只是什么都没说，带着泥古兀自走了。

远安在后面收了求人办事的模样，霎时气得龇牙咧嘴，回头看穆乐，她恶形恶状："走吧！回去吧！我看你以后还敢再跑！"

二十六

远宁被抓

少年穆乐随他主子回了家，本以为她之前救了自己，得了道理，又竖着眉毛瞪着眼睛没好气，定是要好好收拾他一番了，谁知远安却拿了家里的药箱子给他包扎上药。两人坐在马厩里的干草上，远安卷起穆乐的袖子，手臂上有些之前擦破的伤口，远安用小棉棍蘸了些药粉，轻轻涂上去，为了看仔细伤口，眼睛都瞪成斗鸡眼了，再温柔地吹一吹……

穆乐就这样看着她，看着看着，心里面就觉得被她打、被人骗、被人冤枉扔进牢狱里面那些事都不是事了，都值得了。像是一条窄窄长长的路，这条路最终的目的就是走到跟她这么近的距离，看她的斗鸡眼和噘嘴巴，嗅到她那小孩子一样甜蜜的气味。

“哎？”

穆乐收回思绪：“怎么了？”

远安道：“我发觉你有点怪。几天不见，个子长了好大一截，还有这胳膊上、手背上，原本都有伤口，就算地库里面的老头儿配的外伤药再好用，也不至于一点儿红一点儿疤都没有呀。你怎么回事？”

穆乐的心思才不在自己身上：“不知道。”

远安仔仔细细地看他：“你不会……是个妖精吧？”

“嘶——”

远安叽叽咯咯地笑起来：“算了，是妖精也没事，是妖精也是我的奴才。”她说着拿出腰牌，“你收好了。不管怎么说，这事情起因还是在我，我跟你道歉。要不是那天我不分青红皂白给你赶了出去，不会有这么多的事端。你放心，我以后再也不会了。这个家里有我，谁也别想再欺负你。谁也别想再把你赶出去！”

穆乐从她手里拿回腰牌，看看她，羞怯地笑起来。

远安看着他也笑了，还不放心：“哦，对了，地库里那个老头子，他是个疯子，你不要再去见他。以后送饭就放在门口，别进门，离他远远的，听见了没？”

“嗯。”

他一副老实憨厚的样子、心无城府的样子、完全信赖她的样子，低着头，圆圆的下巴、睫毛绒绒，无比可爱的样子，以后绝不允许别人再欺负他！

洛阳县衙里，拿了泼皮泥古归案的赵澜之正与仵作老杨商量案情。老杨的结论让赵澜之颇为诧异：“你是说此人并非凶手？”

仵作道：“致命伤在死者的腹部，而并非案犯所说的咽喉部。赵大人，你看这里，并没有血迹，可见他捅这一刀的时候，人已经死了，血凝住了。而且，大人你看，咸鱼腹部的伤口，十分规整，一刀毙命，分明就是在毫无准备的情况下被捅死了。可见进过凶案现场的不止一个人。而真正杀死他的并不是您抓来的这个。”

赵澜之脑海中浮现出大雨之夜的作案现场：

黑暗的房间里，有相熟之人用大把的银两从太监曹毅手中换走了从宫里偷出来的画。

太监看到钱财高兴，那人趁其不备，将他捅死，摆好姿势坐在桌旁。

事情可能还没有办完，那个求财的泼皮泥古带着穆乐从窗子进了房间，行凶者听见动静，避开两人，跳窗离开。

赵澜之心里合计：所以在泥古和穆乐进入房间之前，太监曹毅已经被人杀害，从宫里偷出来的画被一并带走。可是为什么那些银两凶手并没有带走？所以不是为了钱……只是为了灭口，指使曹毅盗画之人必定是他认识的人！可惜呀，这一条线索又断了！我要再去哪里找那幅画呢？

远安好不容易把穆乐给找了回来，这边还没消停一日，他弟弟远宁少爷又出了状况。

这一日，穆乐正在喂马，远安在一旁笑嘻嘻地看着，狗儿忽然屁滚尿流地进来，一着急跪在远安脚下，把远安吓了一跳："狗奴才，干什么？慌慌张张的！我欠你饭吃啊！"

狗儿抹了一把脸："小主子，不好了！我这是要去给老爷、夫人报信，少爷他……"

"老爷、夫人今天去姑奶奶府上听戏去了！远宁怎么了？！"

狗儿道："少爷他被强人捉去了！说是今天晚上若不带着个宝物去那个锦云山罗天洞，他们就要了少爷的命！"

远安大惊，拎着狗儿的领子："你把话给我说清楚！"

狗儿哭道："少爷跟着朋友做生意，赔了钱，本想拿着个古玩器皿去还债，谁知道对方不当是好玩意儿，当场给砸碎了。拎走了少爷，吆喝着让我回来报信。小主子呀，就是我说的那个地方，赶快去吧，晚一刻，远宁少爷的小命就保不住了！"

远安在叶大人的书房里终于找到一件值钱的玩意儿，拎着就打算去把远宁赎回来，出门时，差点儿与迎面而来的穆乐撞在一起。

远安怒气冲冲："别碍我事儿！"

穆乐问："你去哪里？"

远安："出门救我弟！"

穆乐上前一步："我也去！"

远安一愣："关你什么事儿？"

穆乐道："不关我的事儿，可是你的事儿。你去哪儿，我就去哪儿。"

你去哪儿，我就去哪儿……这话实在是诚心实意、温柔好听，远安便努了努嘴巴："走吧。"

两人快马加鞭，没多久便行至锦云山，但见此处林深树密，凉气森森，暮色四合之时，密林边缘一处小径，似乎有人打着灯笼鱼贯而入。

远安向穆乐示意不要出声，两人牵马跟在后面。

没多时，两人行至一处水潭旁边，前面的灯火消失不见，只见一片黑暗。

远安诧异，低声说道："奇了怪了，刚才还看见那么多人过来，怎么追到跟前就没了？"

穆乐道："许是游水过去了。"

远安道："有可能。前不着村后不着店的地方，那些人必是去那罗天洞的。我先探一探这水有多深。"

远安上马迈入水潭之中，马向前走了几步，忽然停止不前。

远安夹马腹："走！"

马忽然嘶吼，前蹄扬起，一条水生巨蟒张开血盆大口直奔远安而来。

千钧一发，后面的穆乐飞身而起，抓起远安跳到岸上，两人大骇之下倒退了好几步。

巨蟒咬住远安的马，另有数条比之更粗更凶猛，弹起上前，将穆乐的马也一并卷起，拖入水中吞噬，只见血水翻滚。

远安大惊失色："好悬啊，险些就小命不保了。游水是过不去了，马还被吃了，我怎么去那罗天洞啊？"

话音未落，忽然一个灯笼无声无息地出现在他们身后，两人回头一看，黑暗里只有一双眼睛，盈盈然仿佛会发光。

远安刚才被水生大蟒吓了一跳，心脏提到嗓子眼，还没恢复原位，又见这个，霎时觉得汗毛全都立起来了："什么东西？这是谁的眼睛飞出来成精了？！"

黑魆魆的森林里一个低沉的女声传来，十分不屑："谁眼睛飞出来，你看好再说话！"

远安定睛一看，竟是个身材苗条的姑娘，只因她用黑色丝巾蒙着半张脸孔，又穿着一身黑色的衣裙，所以好像只有一双眼睛一般。

远安拍了拍胸口，对那姑娘道："你是谁呀？走路连个声音都没有……

那人回答："我是谁不重要，二位是要去罗天洞吗？

远安："你怎么知道？"

"这是第一次来？"

远安："对。"

那人轻蔑一笑："那就难怪不清楚情况了，这水潭是通往罗天洞的必经之路，可里面有好些水生巨蟒，无比凶悍，生人是过不去的。”

远安：“你可有办法？”

“我是熟客，可以渡你们穿过水潭。”

远安：“谁知道你是不是骗人的。”

那姑娘轻轻一笑，转身走到岸边，不搭理远安了。她晃动手里的灯笼，一艘小船缓缓驶来。

远安定睛一看，牵动小船的竟是两条巨蟒，之前无比凶悍的猛兽，竟给她拉船。

姑娘上船，停了停，回头问远安：“机会只有一次，过了就不再来了，上来吗？”

远安抓着穆乐的胳膊，一步跳上了船。黑衣蒙面的女郎转过身去，正中下怀，微微一笑。

她是明慧郡主。

远安当然不知道。

水潭上，烟气杳渺，小船缓缓前行。明慧沉默着，也在暗中观察着远安。远安的绑腿开了，穆乐看见，蹲下帮她系上，亲密而乖顺。

明慧斜睨着眼睛：“他是你的奴才吗？”

远安道：“是我家里的小厮。”

明慧道：“来这种地方都带着他，一定是得力的人。”

远安道：“这跟你没什么关系。”

明慧：“他让我想起我从前的一个奴才，他能为我做所有的事情。”

远安：“那怎么没跟在你身边？”

“因为他死了！他被别人害死了！”

此事不提罢了，说起姜忍之死，那是明慧的一道伤疤，仇人又在眼前，明慧难以自控，忽然转过头来，暴躁发怒：“你们让我想起了不开心的事情，我现在心情很不好，我不想再让你们留在我的船上！给我下去！你们都给我下去！”

明慧用船桨抽打，穆乐挡在远安前面，小船摇晃，远安几乎要跌入水中。水中的无数蟒蛇露出水面，眼睛闪烁，牙齿发光，等待着将要落水的食物。

远安求饶：“别别，小姐，有话好好说，有话好好说！你是要钱还是要什么东西，咱们商量商量，你这么赶我们下船，我们就进蟒蛇的肚子里去了呀！你看你，就算露了半张脸也是个好看的人，好看的人都善良，你可千万别赶我们下船啊。”

明慧闻言住手，仿佛被说服了，整理头发：“还有些眼力。我有个条件。既是去罗天洞，定是带了宝贝去贩卖。见着就是缘分，把你的宝贝拿出来我看看。”

远安道：“那是用来救我弟弟的，你不会抢了去吧？”

明慧不屑：“哼，你能有什么稀罕的玩意儿，值得我抢！我只是想看看而已。怎么着，还真想下船凉快凉快？”

远安不甘心，却又受制于人，只好从怀里拿出包袱，打开几折，拿给她看。

正是一把短剑。

明慧拿在手里掂量：“什么玩意儿？这么讲究？”

远安道：“你不识货，这可是我家传的好东西。你可认识这上面的字？这是高祖爷爷赏给我家太爷爷的东西！平时都被我爹爹小心翼翼收着，若不是为了救我弟弟，我才不敢请它出来呢。看完了，行了吧？还给我！”

小船忽然晃动几下，明慧把包袱包好还给了远安。

小船驶入山洞，缓慢停在一处石滩上，几个穿戴整齐的杂役在上面迎接。

远安朗声道：“你们听好，我们是来救我弟弟叶远宁公子的，快点带我们去！”

杂役闻言，恭恭敬敬：“这边请。”

明慧站在船上，却没动，远安与穆乐回头看看她，她冷冷一笑：“希望你有好运气。”

几个杂役沿着罗天洞中九曲回肠的小路，一直把远安与穆乐引进了一个丈八见方的洞室。霍阳正等在那里，也就是罗天洞的主簿，他随手打开一块大布，远安一眼看见远宁蒙着眼睛被关在一个大布后面的木头笼子里，原本白白胖胖的家伙满脖子满脸的伤，头上还有两个筋包。

远安心里一时半喜半悲。喜的是，她早就想这么揍远宁一顿，却总被家里大人阻挡而不得手；悲的是毕竟是自己的弟弟，自己从小打到大的弟弟，她可以打，别人不能打！远安霎时眼睛、鼻子都红了，扑上去：“远宁！”

远宁听出来是她的动静，大哭起来：“姐姐？！你来救我了？！快点把我弄出去啊！”

远安转头对霍阳道：“快，快把我弟弟放了！你们这里不是倒卖宝贝吗？喏，这是件货真价实、价值连城的好物件，拿去吧，快把我弟弟放出来！”

霍阳把小包袱拿出来放在手里捏了捏，感叹道：“姐弟情深，让人感动。可惜啊，叶大小姐你晚了一步。我说得明明白白，今晚之前你来救你弟弟出去，如今入夜已久，叶大小姐，你来晚了！”

“你想怎么样？！”

“我想怎么样很清楚啊，我要远宁公子的命！”

远安大怒，抽出腰上软剑顶在霍阳颈上：“你想要，我不答应！”

谁知那霍阳竟有些身手，扬起衣袖卷住了远安握剑的右手，远安只觉得里面灌了一阵凉风，手中的剑竟被攥到霍阳手里了。霍阳反刺向远安，远安跳了一步，躲开了他这一下子，却踩在了洞里地面的苔藓上，一下就滑倒了。

穆乐一见远安倒了，不由分说上前与霍阳动手，他只是力大，却没有招数，更不及霍阳动作迅速。穆乐只觉得他袖子乱动，自己眼前一花，霍阳已经出手，一剑刺中他的肩膀，把他钉在地上。

霍阳立起剑锋，就要杀穆乐，远安扑上前挡住。

远安：“住手！有话好好说！有话好好说！”

霍阳轻蔑地看看他们二人：“就你们这三脚猫的功夫，也敢上来跟我比画。”

远安行走江湖最明白一个道理，该服软的时候绝不拉硬，便道：“这位先生，我这家传宝贝已经拿来了，就算时间上晚了点，可也不是故意拖延。你是做生意的，总不至于这般故意难为人吧？要人性命对你究竟有什么好处？！”

霍阳轻轻一笑：“小姐说得没错，我是做生意的。做生意的也要讲规矩方圆，什么人都能赖账，那我的生意就没法做了。不过我看你护弟心切，勇气可嘉，这样吧，您这宝贝我不收，我们罗天洞晚市刚开，你要是能把你带来的东西兜售出去，我就放了你和你弟弟。如果你们运气不好，卖不出去，那就别怪我了，你们都得死在这里！”

锣声一响，罗天洞的拍卖厅晚市又开了。

宾客满座，熙熙攘攘，好几件漂亮罕见的宝贝都很快被人拍卖走了。远安也在看热闹，心里面就渐渐有了底，那些字画顽石根本没法跟自己手里的这个比。她越看越觉得救出弟弟有很大把握，等到她上场时，下面有人喊：“这位姑娘是个生面孔，请问你是来兜售什么东西的呀？”

远安一时没说话。

“哎哎，你不说，我们可没法买呀！”

远安这才道：“不是弟弟有难，我才不会将家中的宝贝拿出来卖！于我是万不得已，于各位可就是莫大的运气了！当年高祖皇帝打仗的时候，我祖爷爷随侍在侧，因我祖爷爷护主有功，高祖皇帝赏给我爷爷这柄短剑。真正削铁如泥，趋吉避凶！”

席间还真有行家：“高祖当年赏赐武将的礼物不多，我听说是有一柄短剑的。若是真品，那可是非同凡响，价值连城啊！”

有人唱和着：“是呀！姑娘，你说得热闹，不过这可不是乱吆喝瞎糊弄的地方，把你的短剑拿出来看看！”

远安一笑，朗声道：“谁糊弄了？！我让你们看看！”

远安猛然抽掉彩绸包袱皮，赫然把短剑高高举在手中。

远安：“这就是高祖御赐短剑！”

众人一愣，继而哄堂大笑。

远安纳闷，一看，哪里有什么御赐短剑，她手里拿着的是一根火腿！

电光石火之间，她忽然就想到了自己是在哪里着了道：“完了！我被那个蒙着半张脸的女人给害了！”

一定是在水潭上的时候被她调了包！

而此时，这种种事端的幕后黑手终于浮出水面。

“郡主，老周把你要的人带来了。”罗天洞中，霍阳对明慧郡主道。

“动手吧。”明慧郡主沉着脸，轻轻拍打着手里的扇子，她等这一天已经很久了，从姜忍死去的那一天，她就立誓要叶远安和赵澜之付出代价，那古董贩子周礼贤正是她为赵澜之设下的陷阱。待周礼贤在牢中吐出所谓的“实情”，赵澜之便会押着周礼贤来到此处，届时，她便安排将赵澜之和叶远安一并绞杀！

而算算时辰，一切计划都在有条不紊地进行着。

赵澜之尚不知自己中了埋伏，甚至还为自己撬开周礼贤的嘴感到些许愉悦。根据周礼贤的话，他知道了罗天洞就是售卖宝物的所在，也许会有天后失窃的画的线索，而越靠近罗天洞，他越有种不同寻常的预感。

来到罗天洞的入口，一处僻静的水潭边，他远远看见霍阳撑着一独木舟穿过迷雾慢行而来，远远地就朗声问道：“老周又来了？这回卖什么？”

周礼贤嘿嘿一笑：“人命！”

赵澜之一惊，却已经来不及，那霍阳飞身上岸，手执利刃割开周礼贤手上的绳索，两人划水离开。

赵澜之下令猛追，却遭到潜伏在水中的蟒蛇攻击，一时间惨叫连连，伤亡惨重。赵澜之一马当先，持刀与蟒蛇搏斗，渐渐发现诀窍，随即向众衙役大喊：“刺蟒蛇的眼睛！眼睛！”

众衙役听令各使兵器刺向蟒蛇的眼睛，总算将蟒蛇逼退，可站在罗天洞高处的霍阳怎么会放过他们？他一挥手，埋伏在树上的弓箭手万箭齐发，衙役们纷纷中箭落水。赵澜之执刀挡箭，单手攀上垂下来的藤条，荡到半空之中，飞刀杀死若干弓箭手。

两次激战令赵澜之体力消耗甚大，终于搁浅在罗天洞入口的沙滩上。他身上有伤，筋疲力尽，眼睁睁看着周礼贤与霍阳和几个手下过来。

“你算计好的，埋伏我。”

周礼贤大笑，一脚一脚地踢赵澜之：“赵捕头，赵大人，你也能上了我的当！我被你和你的手下逮着了，折腾得好惨啊！今天就是你的死期！”

可谁知赵澜之忽然挣扎着爬起来撂倒周礼贤，狠狠扼住对方的喉咙，摁在地上，咬牙切齿道：“我死也要死在你后面！”

周礼贤向霍阳求救，霍阳好整以暇，看他受罪，直到周礼贤翻白眼。

霍阳蹲下来，刀架在赵澜之脖子上。

“松手。”

赵澜之不松手，一意要弄死这个坑害了自己的小人。

霍阳：“松手！赵捕头是吧？你松手放了老周的命，他就是个喽啰，你跟他较劲干什么？！松手，咱俩商量商量。”

赵澜之听明白话里还有玄机，便渐渐松手，周礼贤滚到一边大口喘气。

霍阳自上而下看着赵澜之，带着些赞许：“你不错，你很不错。实不相瞒，我就是埋伏在这里算计你的，不除掉你，我的生意不好做！可是赵捕头，我佩服你，很少有人能像你一样活着穿过水潭，一直来到我罗天洞的门口。你来了，活着，那就是我的客。客人来我这里，都是要找东西的，赵捕头，你如此拼死冒险，我能知道你究竟是要找什么吗？”

赵澜之冷冷一笑：“不找什么，看看热闹。”

霍阳道：“你不说实话呀。那我就帮不了你了。”

赵澜之略略沉吟：“我要找一幅画。”

霍阳哈哈大笑：“让我想想，赵捕头你是官府里的人，却要找一幅画。那上面是不是一男一女在芭蕉树下面看书呀？”

赵澜之心里惊讶，暗想自己之前居然所料不错，问道：“莫非果然在你这里？那是宫里的东西，你们岂敢？！”

“什么宫里不宫里的东西，在我这里只有卖不卖得出去的东西。赵捕头，你要找的画儿就在我这里。今晚上晚市开了，罗天洞热闹非凡，赵捕头，你若是想找画儿，就看看自己有没有那个本事吧！”

罗天洞的晚市再次开启，霍阳一一向赵澜之介绍晚市的名贵珍宝，仿佛把他奉为上客一般：“赵捕头，你请看，这是陪葬汉武帝的冥器，他含在嘴里的明珠……那两个陶土小人儿，看到了吗？是当世高人空空儿用自己的血肉炼制而成的，镇宅消灾，无往不胜……赵捕头，您是兵器行家，这条打神鞭听说过没有？那是用九头蛇的皮攒制的，天下的武功大家无不向往……”

霍阳看看赵澜之，颇为得意：“怎么样，赵大人？您不谢谢我？不觉得开眼？您说我这里哪一件东西不比宫里的那幅画儿值钱啊？”

赵澜之皮笑肉不笑，冷冷怼道：“你们这是做了多少见不得光的买卖，又挖了多少别人家的坟啊？你竟不怕报应？”

霍阳夸张道：“赵捕头，你说得对呀。我有的时候确实害怕，还想要金盆洗手了呢！”

忽然席间有客人叫嚷：“哎，今天的东西就这么完了？说好的节目呢？”

霍阳上台向众人拱手：“各位，各位少安毋躁，我说话算话。今天的重头戏是一场非常有趣的表演。我们有请洛阳县衙捕头，赵澜之大人！”

众人好奇地观望，低声议论：“知道他，知道他，不久前，千端阁的案子不就是他破的吗？”

霍阳道：“赵大人是干探，大英雄，杀人如麻，绝不心慈手软。今儿我请他来，就是给大家表演一个他最擅长的项目——杀人！来人啊，把他们带上来！”

众人凛然一惊，继而拍手叫好，杀活人的节目，好刺激，好好看呀！

杂役们带上来三个人推到台子上，他们被绑得结结实实，用黑布蒙着脸，发出呜呜咋咋的声音，不能说话，许是嘴巴被堵住了。

霍阳将兵器呈上：“赵大人，您的刀。”

赵澜之道：“我的刀是用来杀作奸犯科的歹徒和坏人的！你们想看这个节目？长了几个胆子？”

霍阳打断：“大人！他们是盗墓贼，比那周礼贤还要可恶。你杀了他们就是为民除害！这绝不违反您的规矩！而且……”他压低了声音，像是对着赵澜之在念一个咒语，“您要是手起刀落，砍了他们的头，宫里的画儿，我就马上交还与你！绝不打诳语！”

赵澜之闻听此言，竟稍有犹豫：天后的寿诞在即，若再不把《蕉下图》寻回，太监们怕是不能保命呀！

霍阳还在逼迫：“赵大人，不想找到宫里的画儿了？你要是不杀他们，那么你们就一起去死！”

赵澜之执刀慢慢走向蒙着脸的人。他们挣扎着，扭动着，像是活鱼。

赵澜之忽然注意到了其中一人的鞋子，心里讶异，上去揭开那三人脸上的黑布，竟是远安、穆乐和鼻青脸肿不知名的受伤少年甲！

赵澜之大惊：“是你？！远安！你怎么在这儿啊？！”

赵澜之去了他们口中的杂物，远安叫道：“我……我来救弟弟，结果被人逮住了！”

观众们在下面叫嚣着：“赵捕头，杀人啊！我们等着看呢！”

杂役们上前要捕杀四人，赵澜之手起刀落，结果了几人。

观众们见真的杀人了，竟是无比兴奋，大声叫好。

霍阳拍手，一只巨大的笼子从上面扣下来，与下面的机关相合，把赵澜之、远安、穆乐、远宁四个人关在了里面！

霍阳道：“赵捕头，我给你机会了，是你自己不要！我就把你们喂了蟒蛇吧！”

笼子被吊了起来，霍阳道：“诸位客官，不要失望。人杀人说到底也没什么大不了的，天眼看亮了，我就请你们看水潭里的巨蟒吞活人吧！”众人疯狂叫好。

笼子里的远宁大哭着：“姐姐！姐姐啊！你不是会救我的吗？我们是不是真的要死了？！”

远安气急，冲着霍阳和外面的众人哇哇大叫：“我告诉你们，可一定要把我弄死了！弄不死我，我就把你们全都碎尸万段！”

天色渐亮，些许阳光穿过水潭上的薄雾，慢慢散下，罗天洞今夜的狂欢到了最高潮：装着四个人的笼子从悬崖上被缓缓降下，水潭里巨蟒等在那里，上蹿下跳，发出嘶嘶的叫声。

罗天洞的客人们把酒狂欢，等着看巨蟒吞人的场面！

更高处的洞穴里，是一个风景极佳、视野甚好的雅座，明慧郡主在给独眼龙薛菡敬茶，薛菡看着不远处的景象：“我认识那两个人。那个张牙舞爪的在市井上很嚣张，原来是个女孩子。可那个赵捕头，他是个好人。你为什么一定要杀掉他？”

明慧道：“这个人来到这里就是要找薛先生你要的那幅画，他盯上了就不会放过，我一定要除掉他，否则后患无穷。而且，我跟他，还有另一个人都有些私人过节。借着为您办事的机会，除掉他们！”

薛菡笑笑：“您的好意我领了。可我不要人命，我要那幅画。那幅天后的画，您帮我拿到了吧？”

明慧道：“我办事从来不会有差池。”

她拿出早就得手的画卷，薛菡接过，缓缓打开。

明慧：“薛先生，您要的就是这一幅吧？天后最钟爱的《蕉下图》，不时拿出来私下欣赏。薛先生，您怎么会知道天后有这样一幅画？您与天后有什么渊源吗？”

薛菡并不回答，只是深情地看着手里的画儿，耳边仿佛响起了一个男孩与一个女孩的欢声笑语。

二十七

远安脱困

装着赵澜之、远安、穆乐和远宁的木头笼子还在缓缓下降，仿佛钩着美味诱饵的鱼钩，无数巨蟒在下面的水潭里扑腾游动，发出“嘶嘶”的叫声，罗天洞的看客们一边喝酒一边大声叫好。

笼子里面已经乱成一团，鼻青脸肿的远宁哇哇大哭，穆乐在笼子里上蹿下跳想办法，赵澜之一把抓住远安，恨得咬牙切齿：“你怎么来这儿了？你怎么被人逮起来了？我不是让你在家待着，不许出来乱逛的吗？”

远安分辩道：“我是来救我弟弟！他被这儿的人坑了！”

远宁臭着脸：“救出去了吗！”

“你给我闭嘴，要不是你欠了人家的钱，我能落成这样？！”

赵澜之不想听两人吵架，便问道：“你那些飞檐走壁的家伙什儿呢？！”

远安快哭了：“全让人抢走了！”

而在他们吵成一团的当口，猴子一样的穆乐已经攀到笼子上方，抓住两根小树一般粗的木条，单凭借双臂之力将两根木条掰弯，轻轻一跳，蹿了出去。

霍阳冷笑：“快呀，快往下放！”

笼子降落的速度更快了，穆乐在上面把手给远安要把她先拽出来，远安却推远宁：“远宁！你先上去！”

远宁也不相让，被远安与赵澜之推了上去，被穆乐拉到笼子外面。

穆乐再向远安伸手，说时迟那时快，笼子已经落入水中，巨蟒在下面游来游去，穆乐一只手抓住上面的藤条，再去抓远安，远安一下够不着，赵澜之把她顶到外面。

巨蟒袭来，穆乐把远安负在背上，一手拽着远宁，牵动藤条，荡到高处，远安回头高喊："赵澜之！"

赵澜之在水中一边与巨蟒拼杀，一边回答："别管我，快走！"

穆乐带着两人，负重不支，没能在高处着力，藤条又荡了回来，眼见三人又要落水，赵澜之在下用掌力推动穆乐，穆乐负着远安与远宁脚踩浮木在水上飞走，跳入瀑布再不见踪影。

而赵澜之则是用尽力气，落入水中！

薛菡与明慧郡主在高处的洞室里也好好看了这一出恶斗，眼看着那四人落入蟒蛇潭中，再不能活命，明慧嘴角一丝狞笑。

"我说，佛珠我不能给你。"

忽然，薛菡轻轻说了句什么。明慧郡主以为自己听错了，明白过来霎时恼羞成怒："我已经帮你拿到画儿了！"

薛菡："你再帮我把它送回去！送到天后身边！否则你就别想得到佛珠。"

明慧咬牙切齿："我要是硬抢呢？"

薛菡无比从容，毫无畏惧："佛珠不可硬抢。再说了，一个人藏的地方一千个人都找不到！明慧郡主，我不告诉你，你找得到吗？"

明慧只觉得气血上涌，眼前这个独眼龙竟这般狡猾，要她冒着巨大的风险把《蕉下图》从宫中偷出，现在又要她冒险把画送回去！她是何等样人，竟这般一步一步被牵着走！明慧怒极反笑："你敢戏弄我？！你竟敢戏弄我！"

薛菡道："你可以不做！"

明慧恨恨地转身就走，未几停住脚步，背朝薛菡："你等着，我这就安排！你把佛珠准备好！还有，我告诉你，没人能这样戏弄我！你会为此付出代价的！"

薛菡轻轻一笑，全然无惧。

罗天洞的众宾客还在看着水潭里的热闹，明慧匆匆赶到，面色焦急。

霍阳心想：她很少在罗天洞的外客跟前露面，眼下任务完成，她不去国师那里领赏，来这里作甚？便上前道：“郡主，听您的吩咐，赵澜之、叶远安都被我结果了。”

“去，去把赵澜之给我救上来！我要活的！”

霍阳难以置信：“郡主，你开什么玩笑，你交代的事情我都做到了，怎么现在又出尔反尔？那下面都是巨蟒，你让我捞他上来，是要我也去送命吗？”

“你去是不去？”

霍阳也怒：“恕难从命！”

明慧反手一个耳光打在霍阳脸上：“你敢不听我的命令？你要坏了我的大事！”

“郡主！国师要我给你帮忙，可我不是你的奴才！”霍阳冷笑，转身就走，众杂役跟在后面。

明慧大急，一筹莫展，佛珠到手在即，可是薛菡的变故让她毫无防备，这个霍阳眼下竟起了反骨，不听她摆布。不不不，她还有一个机会，绝不能在这个时候放弃，明慧拿定了主意，纵身从悬崖落下，坠入水中！

因为她口中含着国师所赐的药物，水中的巨蟒纷纷避开。

明慧在墨绿色的潭水中看见了赵澜之下沉的身影，他一动不动，十有八九是已经闭气昏迷。一条巨蟒从水面上追踪而来，正要将他缠住，明慧奋力游水追上去，拉着赵澜之上了岸，又帮他复苏。赵澜之呕了好几口水，却仍是双目紧闭，没有醒来。

明慧着急，犹豫再三，终于打开赵澜之的嘴巴帮他度气呼吸。

过程当中，明慧闭上眼睛，心里犹是懊恼不已：从来没想过今天竟落到这般田地，自己竟与仇人嘴唇相触，如此接近。

等赵澜之悠悠醒转，眼前是一个姑娘的身影，那姑娘不是远安，却有似曾相识的感觉，她戴着面具，遮住了大半张脸。他想问对方是谁，却又觉得没必要深究。

倒是姑娘先开了口，解答了他的满腹疑问：“这里是我家，离罗天洞不远，你仍在锦云山中。我从小被火烧伤面颊，不能以真面目示人，请您原谅我的失礼。非得戴着面具跟您说话。”

虽不知此人善恶，但自己确实为对方所救，想到这里，那意识迷离之际口对口度气的一幕又浮上眼前，赵澜之脸颊发热，起身跪谢："是姑娘你将我从蟒蛇口中救出，赵某感激不尽，请受我一拜！"

女子看起来也颇为羞赧："赵大人言重了。救人一命，胜造七级浮屠。更何况，昨天晚上我也在罗天洞，看见那霍襄理逼迫您杀人自救，可是您不肯，我心中十分佩服。"

赵澜之抬起头来："姑娘昨晚上也在罗天洞？"

"正是。"

赵澜之低头沉吟。女子轻声笑笑："赵大人在想什么？赵大人心里一定在问，这个女子是谁？她怎么也会在罗天洞里？实不相瞒，我一直都是罗天洞的熟客，常去那里搜罗宝贝。"

赵澜之正色道："罗天洞盗墓掘坟，偷抢拐骗，投机倒把，做的不是什么好买卖。"

"您下一句就要说我助他销赃，也不是什么好人了，对不对？"

赵澜之道："您对我有救命之恩。这话我不能说，道理姑娘应该明白。"

"赵大人，人生在世若没有个爱好，那得多么无趣。罗天洞里的东西，不管它从前归谁，摆出来放在那里拍卖，那就是跟我们这些人有缘分。缘分是不可违背的，就像您与我会在此地见面，对不对？"

赵澜之笑笑："人人都有一套说辞吧，都会为自己开脱。我能不能问问，姑娘最近要去罗天洞找什么宝贝？"

女子转过身背朝赵澜之："我等了三天，是在等一幅画。罗天洞早就放出消息，那是天后最为钟爱的画，被他们用尽了手段终于弄来了。我志在必得！"

赵澜之闻言暗暗心惊。

女子道："今晚上开市，重头戏就是天后的那幅画！"

赵澜之思忖着，忽然起身跪拜。明慧赶快将他扶起："赵大人这是要干什么？"

"我请姑娘助我一臂之力，今晚上带我重回罗天洞！"

"您刚刚从罗天洞逃出，几乎命丧黄泉，不怕回去再交待在那里？"

赵澜之道："我是捕快，身临陷阱深渊乃寻常之事，这一次没死那就还是好汉一个，可是任务没有完成，就不能抽身而退。姑娘既是救了我，就请好人做到底，带我重回罗天洞。”

蒙面女郎明慧深深看着赵澜之，内心似乎颇有震动，转过身去：“赵捕头好好休息，您若是执意前往，我愿帮忙。只是晚上与我同去的时候，您需要乔装打扮一下！”

明慧转身就走，赵澜之看着她谜一样的背影。

他当然听不见她心里面的话：姜忍，姜忍，杀害你的仇人就在身边，可是我为了得到佛珠，却必须要留他性命，不能将他手刃为你报仇，我好恨，好恨啊！

水潭的另一边，瀑布之下，波浪翻滚。

远安破水而出，大口呼吸，随即大喊：“远宁！穆乐！”

穆乐在她旁边钻出水面，远宁远远伸出一只胖手来。

三个人爬上岸，全都筋疲力尽。

远安站起来，双腿还在发抖：“你们两个马上回家！”

穆乐挡住远安：“你呢？你去哪里？”

远安：“我去救赵澜之！”

穆乐抓住远安的手腕：“你去送死？！”

远安一见他那样子就明白了：“你干什么？你想拦着我？你滚！我不能把他留在那里！”

远宁才不管这两人又要干什么，在一旁大哭：“我要回家！我要回家！”

远安又要跳回水里，穆乐一个肩膀就把她顶了回去。远安着急，一头撞在穆乐下巴上。她那一下子用了大气力，穆乐只觉得脸上的骨头都好似要断了，可他仍是毫不让步。

远安还要再撞，却被他弹开，向后摔倒，撞在石头上，气力不济，昏了过去。

等到再醒来时，却发现自己身处叶家地库，睁眼竟是天枢那家伙。

“醒了没？”天枢看着她眉开眼笑。

“我这是在哪里？”

天枢指穆乐："小奴才把你跟你弟都背回家了。我刚给你瞧了伤，没什么大碍，休息一下也就好了。"

远安起身就要往外走，天枢拦在她前面："你往哪里去？"

远安："我要回罗天洞去救赵澜之！"

"你刚刚差点儿死在那里，还要回去？你是疯了吧？"

远安咆哮道："我才没疯。你知道什么？！那个人为了救我，自己掉进全是蟒蛇的水里了，我要去找他！我要把他捞出来。"

天枢："全是蟒蛇，还能捞出来？蟒蛇难道是和尚，吃素的不成？"

远安一下子瘫在地上，哇哇大哭："你是没看见啊！好惨啊，为了救我，赵澜之自己掉进去了。就算他剩下一根骨头我也要把他弄回来，找块风水宝地埋起来。弄个刚死的漂亮姑娘给他配个阴婚，给他烧好些个纸房子纸人纸马，送到那边去伺候他！我的个天啊！我算是欠了他大人情了！"

远安如同乡野老娘儿们一样拍腿大哭，天枢看着她表演，手里没有耽误给穆乐上药。

远安忽然想起什么，咬牙发狠："不对，我怎么忘了？我光去给他收尸有什么用？赵澜之不是白白死了吗？我要去给他报仇！报仇！"

天枢哈哈大笑："可逗死我了！你差点儿没被人整死，还要跑回去报仇？！果然吹牛不犯王法不上税啊！"

远安忽然想起来什么，差点儿没跪下来求天枢："老头儿，你肯定有办法，你这次一定得帮帮我！"说着，便把在罗天洞的遭遇讲给了天枢。

老家伙捻着胡子，眯着眼睛："哼，我当是个什么东西，不就是在山崖上凿个洞，借着山势地形闹腾吗？你早跟我说，也不至于这么狼狈！"

这时候还有心情废话？远安大怒："你还不快说？！"

天枢老神在在："给他放一把热热闹闹的大火，除了入口和出口，没有逃跑的通道。你啊，你不想杀人就眼看着他们往蟒蛇池子里面跳。你想杀人，就堵在口子那里，来一个你剁一个！"

远安恍然大悟。天枢继而道："放心，我给你准备火油、流星、燃烧粉，都是现成的！"

远安稍稍心安，此时方回头看着穆乐，温柔地问："刚从水里出来的时候，我要回去救他，你为什么不让我去？”

穆乐：“我怕你死。”

远安：“那现在怎么又不拦我了？”

穆乐仔细地看着她，眼睛像水波一样光亮：“你非得要去，我就不拦着你。我听你的。”

远安喃喃：“你都听我的？那好，我等会儿自己去，你不要跟着我了……”

“不行。”

“你身上有伤，在家养病。”

“不疼。”

远安说道：“你除了劲儿大，根本没什么招式拳脚，我怕你……你去了也是拖累我……”

“不，我不拖累你，我就在你旁边，我跟着你！”

远安拗不过他：“我记得那人砍伤了你的肩膀，你让我看看。”

穆乐把身上的带子拆下，露出伤口，远安惊呼：“怎么又是这样？你身上的伤口怎么总是这么快就好了？”

正巧天枢过来，丢过来两个包：“包里是火油和硫黄粉，只要撒上，他们全都得完蛋。但务必要小心，记得戴石棉面具，贴在脸上防止烟气呛入肺中……”正说着，也发现了穆乐异样的伤口，“哎？怎么才上了药，就快好了呀？定是我那金疮药疗效显著，或者是这个小孩皮肉不同寻常？来来，让我研究研究……”天枢说着便要上手摸穆乐，远安拉着穆乐就要走，天枢撇撇嘴，嘟囔道，“这就要走？翻脸就不认人啊？等等，带上这个！”说着，信手将一副绳索和弓形器具扔给二人。

远安一把接住：“谢了！回来请你喝酒！”

望着两人离去的背影，天枢略略担忧：“喝酒好呀，但还要看你们的命够不够大吧。”

远安与穆乐出门时却遇到了面色铁青的叶大人，远安猜得出，一定是后娘在背后又胡说八道了，只好垂着双手：“爹爹……”

叶大人怒气冲冲：“你身上背的、手里拿的都是些什么东西？你这些天做了什么？你带着这个小奴才，这是要到哪里去？还有远宁，他为什么满身伤口，哭哭啼啼？你跟我说实话，是不是你又打他了？”

远安分辩道：“远宁是他自己胆子小。他身上的伤不关我的事。爹爹，我……我要出去……”

叶大人：“出去？远安，你是女孩子，你是官宦家的大小姐，你多大年纪了？远宁的胆子小，你的胆子倒是很大嘛！你为人女儿，为人姐姐，你怎么可以这样放肆撒野，不服管教？我告诉你，哪里都不许去！现在给我回房间，默写《女训》《女则》！”

远安很坚决，叶大人气得抬手就要打她，被穆乐一把抓住手腕子。叶大人看着这个憨直少年，顿时又气又怒：“好啊！这个家里没有规矩了，女儿不服管教，奴才也敢跟我动手了？！”

远安赶紧低声命令穆乐放手，穆乐这才放开叶大人。

远安沉了一口气，认真地说：“爹爹，我是你女儿，你随便打我是可以的。可是如果我落入一个全是蟒蛇的水潭，你会拼了性命去救我吗？有个人会的。有个人为我送了命！我现在就要去给他收尸，报仇！”说罢便拉着穆乐转身就走。

二十八

物归原主

锦云山罗天洞的夜市准时开幕，赵澜之化装成随从，跟着蒙面女郎进了大厅，杂役将二人引入座位，端上水果美酒。女郎看向赵澜之："饮一杯吗？"

赵澜之按住酒杯口，没动。

蒙面女郎抿唇一笑："我还以为大英雄都有好酒量。"

赵澜之摇摇头："大英雄我不敢当。酒是好东西，可我只怕耽误了大事。事成之后，我愿与姑娘你痛饮几杯。"

正说着，一阵喧天锣声响起，象征着夜市正式开始。

霍阳令人手执画卷，将其缓缓展开，绢布上，一对年轻男女正在芭蕉树下赏画。

赵澜之睁大眼睛！那不是失窃的系着好多性命的《蕉下图》又是什么！霍阳慢条斯理地道："就是这一幅，天后最为钟爱的画卷《蕉下图》，每每凝神观看，爱不释手。底价三百金。"

一听说是天后的珍宝，下面的人竞拍得更加激烈了，从三百五十金直线飙升，竟叫到了六百金！赵澜之的心提到了嗓子眼，身边蒙面女郎却悠悠举起手中的象牙牌子，声音虽轻，现场却陷入沉寂。

霍阳拍拍掌："九百金！好阔气。"

没人再敢说话，霍阳这便落槌："天后名画，就是这位的了……"

正在这个时候，台下却忽然大乱！人群中有人惊呼："是火油！硫黄粉！"

赵澜之的目光望向纷乱处，竟是……赵澜之从座上站起，大喊道："远安！"

远安似乎听到了熟悉的声音，转过头见是他，大喜过望：“赵澜之！你没死啊？！”

霍阳大怒，着人就要将捣乱的远安和穆乐拿下。穆乐擦燃手中硝石，抛掷出去，之前被远安撒了火油和硫黄粉的地方瞬间火势熊熊，众人逃离，哀号声阵阵。

而混乱之中，赵澜之借机上前夺取画卷，蒙面女郎紧随其后，远安一见那女郎，霎时怒火中烧：“是你？是你把我的短剑换成火腿的！”

赵澜之挡在女郎身前：“远安！是这位姑娘把我从蟒蛇潭中救出来的！”

自己千辛万苦来救赵澜之，对方却挡在自己的仇人面前，远安登时火冒三丈，她失去了所有理智，挥剑大叫：“我不管！我要她的命！”

情势混乱，远安上前与女郎打成一团。两个貌美女子你来我往，打得难解难分，实在是令人赏心悦目的画面，旁人一时都停住了，静静在一旁看着。

远安怒意上脑，不管不顾地与女郎决斗，可是女郎却一边招架，一边暗中给霍阳递了个眼色。霍阳会意，便剑指赵澜之，却被一人拦在身前。

穆乐认真地看了看霍阳，然后指指自己，他没说话，意思已经很明白了：你的对手是我。

之前两人有过交手，小黑孩在霍阳面前毫无招架之力，可如今胆敢站在自己面前挑衅，令霍阳觉得备受侮辱：“小孩，你竟然还活着，就让我送你上西天吧！”

话音刚落，穆乐就欺身上来，两人近身杀成一团。

穆乐经验不足，起先不敌，身上、肩膀上吃了霍阳好几下，可是他每次受伤之后，迅速恢复，眼下更是矫健壮实，换作别人早就挂了。过程中，他只觉得霍阳那些之前让他看不明白的拳术套路越来越慢，及至最后，每次进击闪退都像是慢慢摇晃孩子睡觉的摇篮，他一只手就挡住了他的双拳！

穆乐发觉了自己的进步，心里高兴，难掩笑意。霍阳情急，犯了致命的错误，穆乐抓住他的空当，一拳击在他的胸膛上。

霍阳瞬间倒地，死不瞑目，口中喃喃：“不可能……”

与远安纠缠的女郎看着这一幕，心里恼恨，暗骂霍阳是个蠢货。

此间罗天洞中火势更烈，一根横梁倒下，赵澜之一把抓住远安，远安怔了怔，终于不再纠缠女郎：“这里到处都是我撒的火油和硫黄粉，咱们快走！”

赵澜之手执天后画卷，回身抓住明慧往外飞奔。

四人总算逃到洞口，穆乐放出弓弩绳索，背上远安先行。赵澜之回头，要带女郎一起走，谁知对方却后退一步。

火舌从身后的洞口翻卷上来，赵澜之赶紧拉住女郎：“姑娘快跟我走！”

女郎却甩开赵澜之的手，恨恨地道：“那幅画是我的！你利用我！你骗了我！”

“这幅画原本就属于天后，我若不将它物归原主，天后必然大怒，不知多少人命悬一线。”

眼见火势越来越旺，赵澜之只好对女郎揖手：“失礼了！”说罢，便抓着女郎攀上滑索。

两人顺着滑索穿过水潭，明慧鼻息间都是赵澜之温暖的体息，杏仁儿一般的味道，她有片刻的失神，却又瞬间让自己恢复理智。二人行至一半，正是水潭上方，明慧忽然挣脱开赵澜之，纵身跃下，投入山间密林。赵澜之来不及反应，只见她仰着头看着自己：“你欠我的！”

赵澜之大骇，却无力回天。

锦云山的蟒蛇潭边，劫后余生的赵澜之从绳索上下来，先一步抵达的远安激动相迎：“快让我看看你，真的是你吗？我还以为你死了呢！”

赵澜之看着远安，颇为无奈：“我掉到蟒蛇池中，本来死路一条，多亏了刚才那个姑娘，她把我救了出来。”

不提还好，一提起来，远安便恨得牙痒痒：“她救你？你知道她怎么对我的吗？我带着家传的宝贝来救弟弟，被她换成火腿！要不是她，我至于这么惨吗！她人呢？”说着，远安四处张望，找那女人的影子。

赵澜之面有失落：“滑到一半，跳下去了。”

远安冷哼一声，赵澜之回过神来：“你好不容易逃出去了，怎么又回来了？”

我来当然是为了你！可远安嘴上却漫不经心：“我？哦，没事，我回来看看。”

皇宫之内，百官正在为武后祝寿，音乐声起，烟花漫天，热闹无比。

武则天冷冷地看着高宗的眼睛在舞姬身上流连，并在这似幻似真的欢乐中抽身而退，回了自己的寝宫。

侍女上前请示：“宴会尚未结束，天后提前回宫，可是身子不舒服？国师送来的丸药，天后可要服用？”

武后冷冷一笑：“他送来的丹药……你就像往常一样，埋在太宗皇帝种的那株月桂下面吧。他的心意，我可从来不敢领受。”

“遵命。”侍女这就要退下，武后却叫住她：“你多大年纪了？”

女孩半屈下身体：“奴婢十四岁了。”

这掌管天下的女人轻轻叹息，眯着眼睛动情地感叹：“十四岁，多好的年龄啊。我也有过十四岁，肌肤也像你这么剔透这般好，那时候的我，不用操心家国大事，不用担心有人给我下毒，不用因自己丈夫的眼睛总是流连在别的女子身上而嫉妒。因为谁也没有我的青春美好。一个才华横溢的男子爱上了我，帮我画像，把我画得那么美，他把他自己也画了进去，那幅画儿我一直留着……哎？你们把它收到哪里去了？我怎么有日子没见着了？你去帮我拿来，我要再看看那幅永远也看不够的画儿。”

武后遣来的侍女来要那幅《蕉下图》，李成与众太监自知大祸临头，齐齐跪了下去，他缓缓摘下自己的帽子：“劳烦宫人带路，我这就去向天后禀明，那幅画儿……”

“公公——”正在这时，跑得上气不接下气的小太监赶到，李成看见他手里拿的画轴，由惊转喜，当即改口，“那幅画儿刚刚修好，幸好没误了天后懿旨……”

侍女感觉这太监前言不搭后语的，她哪里知道，赵澜之与远安、穆乐刚刚赶到宫里交付《焦下图》。

多亏了赵澜之啊。李成擦擦额角的冷汗，可他那颗心还没有回到原位上，却忽然发现画纸有些奇怪，刚想看一看，侍女却已经合上了匣子。

侍女离开后，李成越想越是不安，询问身边的小太监：“你们记不记得？

那幅画儿丢失之前，我们可有更换了裱纸？”

小太监摇头：“公公，记录上没有……”

老太监的脸霎时吓得没了血色：“如果不是我们换的，那裱纸的颜色怎么跟从前不太一样了？”

赵澜之将《蕉下图》的始末说与远安听：“幸好找到了，否则不知道多少人会为此送了性命。不过，此番确实凶险，若不是你赶来帮忙，还不知道眼下又是什么局面。我得好好谢你！”

远安听了心里暖洋洋的，这人看着面冷，其实心里倒是清明：“说哪里话，你又不是没帮过我。再说了，又不是我一个人，还有他呢！”

她说罢指了指穆乐。赵澜之对穆乐点点头：“小兄弟，谢谢你了。”

他只有两个字：“好说。”

他木着脸，也没什么话，对于一个家奴来说，这样跟主人的朋友讲话实在是没有规矩礼貌，可是他又在乎些什么呢？他眼里什么都没有，谁都没有，他做什么，去哪里，山高水深，命也能不要，都只是为了那个颜色鲜艳、长得好看的远安而已。

赵澜之倒也不是迂腐之人，并未细究穆乐的无礼：“几日不见，你的武艺居然进步这么大，真是让人刮目相看。还有，你们两个手里使的那些器具设备，难不成又是背后有高人指点帮忙？”

这个家伙又说起这个来了，远安转转眼睛，敷衍道：“有趣吧？我在杂耍艺人那里看到他们玩绳索玩得好，就弄来了。可惜手里不多了，赵捕头，你要是喜欢，赶明儿我给你也淘弄一副来。”说着，便见不远处自家的车马，“我和穆乐先走了，赵捕头，咱们回头见！”

望着远安离去的背影，赵澜之竟有些舍不得，一半是因为她的狡黠滑头，他总想把她后面的高人挖出来，却总是被她逃脱；另一半，他是留恋着她的有趣可爱和明亮的眼睛。

夜风吹过，赵澜之衣服上掉下一片羽毛，他拾起来，捏在手里，想起那罗天洞遭遇的女郎，羽毛是她面具上的装饰，他想起她坠入水潭的瞬间对自己说：“你欠我的！”

寝宫里，侍女们将刚刚被赵澜之暗中找回的画卷打开，武后执灯看画，悠悠然想起了过往。

二十年了，她也同眼前的这班姑娘一样，没有执掌天下予夺性命的权力，却有着无比美好的青春。她仿佛又看到那个扎着两只小角儿，小名儿叫作华姑的少女在芭蕉园追捕蝴蝶，蝴蝶落在蕉叶上，她眼看要得手了，一个少年在旁边一声咳嗽，蝴蝶飞走了——他坏了她的好事。

华姑扑了空，回头责备那少年："你这个人真是的，若不是咳嗽那一声，我就逮到那只燕尾蝶了！"

他有个白白净净的好看的脸，老老实实地作了个揖："敢问姑娘逮到了它，要做什么？"

"留着玩呗，放到罩子里，还能当灯影来看。"

"一只蝴蝶本来就生命短暂，尽着好时光看看天地，没多时就死了，姑娘你为何不给它这份自由和清净？"

华姑笑笑，不以为意，忽然扬起手，眼疾手快地抓住一只蝴蝶在手上把玩："又是一个来跟我讲慈悲的人，这话我从小啊听得太多都腻烦了。我只告诉你一件事，世间万物还有人与人之间，本就有强弱、高低、优劣、上下之分，强者支配弱者，上面的统治下面的，这是顺天法则。我生为人，就该喝酒吃肉，采撷花朵，玩弄虫豸，谁叫我是强者？你瞧，我啊，现在就要把它的翅膀弄下来！"

"别！"少年哀声恳求，"这样好不好，我给你画一只蝴蝶，画几只都行，肯定比那真的好看，你留着玩多好。你把它放了？"

华姑嗤笑："你画？我还会画呢？谁稀罕啊？"

"你等等——"少年说罢，便坐在地上画蝴蝶，寥寥几笔，一只鲜活的蝴蝶便跃然纸上。

"这画得可真好呀，好像能飞出来一样。"华姑松了手，那蝴蝶便姗姗飞走了。

华姑道："我听说教书薛先生家的三公子可会画画了，小名叫作阿菡的，可就是你？"

"正是我。薛菡。"

“我是武家的女儿。小名儿叫作华姑。”

少年有些羞怯：“我知道。我偷偷随你身后来这里的。”

华姑：“为什么？”

“想看看你的眼睛……”

两人没再说话，微笑起来看着对方晶莹透明的皮肤，看着上面颜色浅浅的汗毛，看着彼此那亮晶晶的眼睛，他们有了心照不宣的情意，就此再也不忘了。

武后每每打开这画卷，都会想起薛菡的眼睛，她并不知道，他其实离自己不远，只是身体苍老残破，剩下一只眼睛了……

她向来固执，却总是能为他改变主意，他们在蕉叶下看书，那场景变成了薛菡笔下的《蕉下图》，可是那个场景却永远只能保存在画里了。

武后至今还记得进宫那日，薛菡匆匆赶到，挤过众人，手持画卷来到她身边。

她从车里探出头来：“阿菡……”

“你这是……这是要进宫了？”

“嗯。”

他点点头：“人往高处走，水向低处流。你心怀高远，理应力争上游。我……我祝福你。”

“你也保重。”

他的眼神写满了不舍，最后却并没有挽留她，只是送给了她一幅画。

华姑懵懵懂懂的，并无悲伤，只是等车子穿过街巷、城郭、山野，她打开那幅《焦下图》，才忽然明白了什么，终于扣着嘴巴哭了起来。

二十年后的武后想起过往眼泪纵横。“当时的我在哭什么呢？我哭我逝去的青春年华，我哭我未卜的人生命运，我更哭的是，错过了一个心底无尘的爱我的年轻人……”

侍女在旁边安慰：“天后莫要伤神，那都是过去的事情了……”

武后轻轻拭泪：“唉，不知多少年了，不知道这个人后来是否娶妻生子，是否过得好，是否还在人世……”

只是话音没落，一阵罡风吹来，寝宫里所有的蜡烛都熄灭了。那幅尚未卷起的《蕉下图》在黑暗中竟显出了血红色的夜明线条，呈现出了另一番景象，武后一见，只觉得浑身冷汗，脊背发凉：图画之上，再没有和和睦睦的男孩女孩，只见山洪汹涌，尸横遍野，百姓哭号，人间炼狱！

二十九

武后遇险

“赵澜之！你好大胆子！”武后对着跪在台下的赵澜之大怒，“说！我的《蕉下图》是怎么被你们偷梁换柱的？”

赵澜之不敢隐瞒，便将事情原原本本和武后说了。武后怒气难消：“我要你立即把换画的人给我揪出来！否则我要你们全都给我死！”

危难当前，赵澜之仍保持了他惯常的冷静：“天后容禀，臣有听闻，有一种夜明的墨汁乃是用东海海龟的口涎制成，无光黑暗之中，呈现红色。依臣所见，原图与这夜明图画法、笔调有异曲同工之妙，只不过原图气氛温柔祥和，夜明图血腥诡异。可见是同一个画师不同心情所作。所以这幅画并非被人倒换，乃是在原作之上另行添加。”

难道是薛菡将这幅画盗出宫中，又加了几笔上去？武后暗自思忖。

“赵澜之，你继续说。”

赵澜之：“至于夜明图里的内容……臣怀疑是南方十三县灾民背井离乡的画面……”

“灾民？南方十三县？哀家在南方十三县兴建工事，是为了规划水利，造福当地，怎么会有灾民？”

赵澜之顿了顿：“恕臣直言，天后的政令可曾被官员们一五一十地执行？官员们的举措又是否真的是老百姓的愿景？臣在市井间巡查，如今洛阳城聚集了很多很多的灾民。他们流离失所，苦不堪言……”

武后闻言大怒：“怎么没有人跟我说？！怎么从来没有跟我说？！”

难道是薛菡画了这幅画，要告诉我这些事情？武后似乎明白了一些事情。

赵澜之叩首："天后请准臣一些时间，臣必然会将此事调查清楚！"

"不必了，不必了……"武后摆摆手，"你可知道，这城里某个地方，会不会有一大片的芭蕉林？"

穆乐正在喂马，嘴里碎碎道："吃吧，多吃点，长劲儿……火乐的托托……"

穆乐忽然愣住了，捂住嘴巴。刚刚他听到了什么？是谁在说奇怪的话？他自己吗？

身后飞来一块小石头，他没有回头就接住了。可远安依旧不罢休，一上来便和他过了几招，动作非常敏捷。

"干什么你？上来就打人。"穆乐有些不满。

远安亲热地勾住他的脖子："我考考你的功课。我问你，这世上谁对你最好？"

"你。"

"你最听谁的话？"

"你。"

"我是你什么人？"

穆乐不作声了。远安强调："我是你主子！"

这个小犊子还是不作声。每次都这样，这家伙怎么都不肯认她当主子，远安只好问些别的。

远安："地库的老头子教你功夫了？

"没有。"

"他又背着我给你灌药丸子了？"

"没有。"

"你在外面碰到什么高人了？教你拳脚了？"

"没有。"

远安好奇地问："那你怎么忽然就不一样了？你怎么变得这么厉害？还有昨天，罗天洞那个高手，之前还把咱俩整治得够呛，你怎么把他也给打败了？"

穆乐："不知道。就是会打了。原来看他的拳头快，我挨打。后来看着慢，一下一下地就都接得住了。”

远安仔仔细细地看着穆乐，相信了。其实他说什么她都信。

远安笑起来：“谅你也不敢跟我胡说。”

穆乐：“不胡说。不敢跟你胡说。”

远安刮着下巴：“那就奇了怪了。你怎么会突然之间变成比我也就差一点儿的高手了？我问你，你从前，我把你买回来之前，你到底是干什么的？”

这问题一下子就把穆乐给弄得头疼了，皱着眉头，想了半天：“都不记得了。”

远安：“仔细想想。”

穆乐：“仔细想想会头疼。”

远安放弃了这个话题，她可不想要他头疼，她可不想他任何一个地方疼，她早就打算了，要好好地待他。“那身上的伤呢？彻底好了没？有时候会不会疼？”

穆乐：“不疼。”

远安：“我看看吧。”

穆乐扒开上衣让远安瞧。两人原本就是两小无猜，一片坦荡，就是都没有留意叶夫人把叶大人拽来了。

叶夫人指着二人：“老爷呀，这位大小姐我是管不了了！你还说远宁不省心，你看看他姐姐，跟着家里的小厮这是在做什么？”

“太不像话了！这个小子我看到过！上次远安也是带着他出门！乱了套了！我要把他赶出去！赶出去！”叶大人也是怒了，手里拿着笤帚抽打穆乐，嘴里叫骂着，“好你个没规矩的小奴才，敢在这里勾引大小姐！我把你赶出去！你给我滚！滚！”

穆乐大惊，被叶大人追着打。远安上去拦：“爹！爹！你这是要干什么呀？！”

叶大人气得发抖：“这个奴才今天就走！我不想再看见他！”

“这是我的奴才！我不要他走！”

叶大人指着她的鼻子：“好啊你！我管不了你了！”

老头子又开始抽打远安。穆乐大急，护在远安前面，双手一扛，击飞了叶大人手里的笤帚：“别打远安！别打她！我走！”

穆乐转身要跑，远安蹦起来大叫：“我是你主子，你好大胆子，没我的命令，你敢跑？”

穆乐回头看着远安。

远安早就下定了决心，咬牙切齿的：“要走一起走！爹爹！你看着我碍眼，我也不留，免得你生气！”她抓着穆乐，蹿到叶夫人身边，脸对脸地问她：“那谁，看不顺眼是吧？看他也不顺眼是吧？！我告诉你，远宁的命是我们救的！两个你看不顺眼的人救的！我走！不是你得逞了，是我看着你也闹心！”

两人说走就走，出了叶府向西，找了个桥头坐下来，各自看看对方，都被叶大人那几下笤帚打得满身狼狈。

可是穆乐可看不到远安的狼狈，他喜欢着呢，弯弯的眉眼，抿着小嘴巴，搓着双手，心里面可是暖和。

远安看看他：“你这么看着我干什么？”

穆乐：“你为了我跑出来了？你不回去了？你不是糊弄我？”

远安道：“上次找你回来的时候就说过了，我以后再也不能把你赶走。你走了，我就跟着你一起走。”

穆乐喜不自胜，他想要碰碰远安，可是不敢，就是绞着指头，看着她笑，之前什么怀疑、怨气也都没了。

远安忽然道：“可惜啊，失策失策。”

“怎么了？”

“空着双手出来，也没带些钱财。肚子都饿了，可怎么办啊？”

“那你在这儿等着，我去讨钱给你。”

远安一把抓住他：“给我站住，成了什么了？难道你跟我这样子像是乞丐吗？”

话音没落，一个大婶从他们身边走过，留下一个酥饼。

远安呆住了：“……大婶！”

穆乐只当她嫌弃被人当成乞丐，这是要发作了。

远安理直气壮道：“我们两个人，给一个酥饼像话吗？”

大婶又扔下一个：“小叫花子，省着点吃！”

远安瞬间高兴了，对穆乐道："快点，快点，趁热！还是豆沙的呢！"

两人狼吞虎咽，酥饼碎了一身，几口就没了，远安擦擦嘴巴："酥饼虽好，可惜一咬就碎，几口吃完了。这样也不是办法呀，下一顿可怎么办？哎，我有个主意，咱们去找个熟人借些钱财，他不会不借给我的！"

马车在县衙门口停着，换了装的赵澜之从县衙里出来，隔着门帘低声向里面说话："天后，臣已查清，西郊十里处即有一大片芭蕉林。是否这就赶去，请天后示下。"

车子里的武后低声命令："这就走！"

赵澜之正要上马，远安一个箭步冲过来，身后跟着穆乐。

远安拦在他的马前，套近乎："我说，老赵！"

车子里面是当今天后，赵澜之不敢马虎："是你？远安？你要干什么？"

远安笑嘻嘻的，摊开一只手掌："我被爹爹从家里赶出来了，手里没钱，你借我一点儿可好？"

赵澜之着急把她支开，赶快应承："要钱？好，喏，我身上就这些，都给你。"

远安只觉得他面色紧张有异，心里面就起了疑心："你等等！你这么着急，这是要去哪里？干什么去？你这车子，上面是什么东西，什么人？"

赵澜之连忙道："不是给你钱了吗？你去忙吧，别妨碍我。"

远安眯着眼睛，轻轻一笑："我看你是又有了新买卖了！带上我吧？啊？咱不是说好了吗？我，还有穆乐，我们两个不错，能给你帮上忙的。"

眼见着她故技重施，又要胡搅蛮缠，赵澜之知道厉害，不得不恳求她："你……不是要钱吗？都给你钱了，你怎么还不快走？"

武后等得不耐烦了，竟自己掀了帘子："澜之，怎么还不启程？"

远安一步攀上了车子，套了个近乎："原来是个姐姐，我跟你们搭上一段路吧？若是有什么急事，也好照应照应。"

武后冷冷扫她一眼："陌生人不能上我的车。"

远安是大大咧咧满不在乎的："我叫远安，叶远安。这是我的家奴，名叫穆乐。我们跟赵澜之出生入死，很熟很熟。你既是赵澜之的朋友，那我们也是朋友。姐姐，你说是吧？”

赵澜之唯恐她犯了天颜，又急又气又得庇护：“天……夫人，这姑娘历来疯疯癫癫的，莫要听她胡说……”

旁边一个可听不了他说这话，穆乐霎时就不高兴了，上前维护着：“不胡说，远安从来不胡说！”

武后看看这俩人，不禁哑然失笑：“多少年没有人叫我姐姐了……上来吧，姑娘，咱们一起走一路。”

远安钻进车子，回头喊赵澜之：“愣着干什么？你倒是给穆乐找匹马呀！”

伴君如伴虎，这岂能儿戏？赵澜之气得咬牙：“这个找死的！”

事不宜迟，一行人疾驰而去，直向城外芭蕉林。

夜色渐深。车子上只有武后与远安。武后暗中端详着远安，见她收拾了一脸的嬉皮笑脸，还不时关切地掀开帘子向外面看，眼中满是少女怀春的情意。

“你喜欢他吧？”武后忽然问道。

这话可把远安给吓了一跳，嘴都不好使了：“谁谁谁？谁喜欢谁？”

武后冷冷一笑：“这车子外面还有谁？你一个当主子的，难道还能看上自己的奴才吗？我说你是喜欢赵澜之吧？非得黏着他。”

远安被人点中了心事，又从来不会掩饰，霎时神色不定，咬着嘴巴，嘴上依然不肯服输：“不可能啊，我烦死他了。这个人总是自以为聪明，自以为是大英雄，指挥别人做这做那，还做出一副我为你好的样子。姐姐，你不要取笑我了，我不知道多烦他呢。”

武后从鼻子里哼了一声：“姐姐？我女儿都比你大了，还叫我姐姐？你那样子我见得多了，你这是害了病，症状都在外面呢。”

远安想了一会儿，忽然笑了，一根指头指着武后：“你嫉妒了？难不成你也喜欢他？”

武后闻言大怒，她哪里被这等冒犯过？一把攥住远安的手指：“大胆！你小心我把你……”

“干什么？你能把我怎样？”

武则天不能露出身份，遂改口道：“我把你踢出去！”

远安只当这女人态度傲慢，说话奇怪，低头看看她手上的戒指，忽然一愣，霎时乖觉了：“别。是我不恭敬。我不开玩笑了。可我不喜欢赵澜之，您也不要开玩笑了。”

武后松开远安的手，冷冷地朝向外面看：“否认干什么？这个年纪爱上谁，难道不是再应该不过的事情吗？”

向前再行数里地，两骑一车终于赶到了城郊芭蕉林。

武后四处看看，幽幽喟叹：“很像，很像那幅画上的蕉林……”说罢便下令赵澜之等人留在原地，自己独身往芭蕉林深处走去，此处景象与少年家乡并无二致，晚风习习，吹动树叶，发出沙沙的声响，散发出迷人的气味，她仿佛看到年轻时候的华姑与薛菡，听到他们的欢声笑语，感觉到他们的身影在林间穿梭。

二十年后的华姑在这里轻声地呼唤着：“阿菡，是你吗？你在吗？你在这里吗？”

薛菡在一棵大树下现身，青衣白袍，身形瘦削，可他只有一只眼睛。

武后愣住了，如临梦境：“薛菡……阿菡，真的是你？”

“多少年了……天后还认得我？认得出来我？”

“认得的……可是，可是你的眼睛怎么了？你怎么会变成这样？”

薛菡是温柔的，温柔得有些虚弱：“可笑不可笑，一个画画的人，如今只剩下一只眼睛了……”

武后走过来：“让我看看你。走近一些，让我看看好吗？”

薛菡疾步走上前，情不自禁地抱住武后，轻轻抚摩着她的头发：“可你没有变，华姑，你还是那么漂亮，那么年轻。还有着那么美丽的眼睛。”

风吹来，蕉叶晃动。

月亮将两个人的影子投在地上，武后沉醉于与少年时代恋人重逢的欢喜里，她的精明与警觉都不见了。

风一直吹到蕉林外。

赵澜之还在教训远安：“你不能留在这里，现在就走！”

“我的腿长在我自己身上，你没有权力命令我。”远安指着赵澜之，“话说回来，你这人好没良心，我帮了你多少回，怎么有好买卖还背着我？”

赵澜之听了这话，那张从来皮笑肉不笑的脸到底破了功，立着眉毛瞪着眼睛大怒道：“买卖？！我最讨厌的就是你这副吊儿郎当、拿什么都当游戏的样子！你以为我是来干什么的？你以为那位夫人是什么人？”

远安翻了个白眼：“我怎么会不知道，她不就是……”

“奇怪。”穆乐忽然顶风嗅一嗅，露出讶异的神情，“有奇怪的味道。”

远安：“有什么味道，不就是芭蕉树叶子的味道嘛！”

赵澜之凝神看着穆乐：“你嗅到了什么？”

穆乐说：“铁器的味道，药材混着石头的味道，荤油的味道，还有，还有很多很多人的味道，很多很多人……”

他说得没错，蕉林中的确潜藏着随薛菡来的难民，他们从南方十三县来，失去亲人，背井离乡，他们在大城市洛阳苟延残喘，手里各执工具：有人手里拿着铁锤，有人拿着捣药用的石杵，有人拿着炸油条的签子……那些用来讨生活的工具，它们要被用来结果武后的性命。

糟糕！赵澜之转头进入密林查探。

远安从来没见过赵澜之如此这般乱了章法，随即快步跟上，穆乐也紧随其后。

不知灾难降临的武后还在与薛菡叙旧：“你送我的画儿我一直留着，每每拿出来端详。是你……想办法把它从宫中拿走的吗？”

“宫墙高大，不想方设法怎么才能又见到你？”

她仍是不解：“那幅夜明图是你后来画上的？那是什么意思？”

薛菡松开武则天，背向她：“天后陛下，你问我怎么会只剩下了一只眼睛？”

“你没有回答我，这究竟怎么回事？”

“你进宫之后，我为了寻找可以入画的风景四处云游，最后在南方一个有山有水的小县安家。开了一个画苑，教学生们画画，日子过得安全平静，直到有一天，官兵们带来……带来天后陛下的圣旨……”薛菡轻轻叹息，仿佛又回到了过去。南方乡野安静的生活有一天被打乱了。

官兵们宣读圣旨完毕，合上卷轴。

老村长难以置信：“官爷，圣旨上说的……说的是什么意思啊？我们祖祖辈辈住在这里，怎么能说拆就拆呀！”

官兵：“朝廷要在此地引水修坝，修建工事，你们全都给我搬走！”他随即指挥手下，“拆，拆，给我马上拆！这是天后的命令，管你什么祖祖辈辈住在这里！”

不肯离开家乡的村民与手执圣旨的官兵争执起来，小骚乱变成了大风波，有人叫骂，有人哭喊，有人放箭，有人拿着割草刀拼命，有人受伤，有人死亡……

薛菡就是为了保护一个跟自己学画的小孩被官兵刺中了眼睛。

大火蔓延。

所有不肯走的人、拆不掉的房，都被官兵一把火烧了个精光！

武后震惊：“你说的这些，可是真的？”

“不敢有一句谎言。官兵强拆村庄，抓捕壮丁，我因为伤了一只眼睛，得以逃脱苦役。与那些失去了儿子、丈夫、父亲或者失去了自己的某个肢体的灾民四处流浪，最终来到洛阳，来到了天后你每日临朝的地方。”

武后略略沉吟：“我下令修建工事，是为了引水灌溉良田，反复重申，不可强制迁徙，要就地安置移民，怎么会出现这些情况？”

薛菡苦涩地笑：“我只知道，当年那个扑蝶的华姑，那个跟我一起在芭蕉树下看书的女孩，如今主宰了整个天下，翻手为云，覆手为雨，多少百姓的性命被她操纵在手里……”

“我明白了……你要我出来，就是为了告诉我这件事情……”

薛菡笑笑：“也不全是。”

想起往事，他那残存的一只眼睛又变得深不见底了。脑海中满是负伤的老村长那句掷地有声的言语：“妖后不除，天下永无太平之日！”

薛菡摇摇头，整理了一下自己的情绪：“我不是为了告诉你这件事情，我告诉你这些事情，那些死掉的人也回不来了，老村长也活不了了，我的眼睛也回不来了。”薛菡忽然面露凶光，拔剑刺向武后，“妖后不除，天下永无太平之日！”

武后大惊，本能地躲闪，千钧一发之际，赵澜之赶到，迎上前去与薛菡斗在一起！

赵澜之认得这个在街头画画的先生，刀来剑往，他断喝道：“原来是你的阴谋，你利用这幅画引天后出宫，伺机行刺！”

薛菡镇定地微笑：“赵捕头，我早闻你武艺高强，我今日定要取妖后性命，你拦不住我！”

两人交手，因赵澜之之前连续作战，不得休息，养精蓄锐的薛菡占了上风。他视死如归，又艺高胆大，并不把赵澜之放在眼里：“除了研习画技，我以笔为剑，早已练成上乘武功，我说了，你拦不住我！”

赵澜之抵挡着薛菡：“天后快走！”

薛菡哪里肯让？一声高喝：“来人！报仇的时机到了！”

这时，隐藏在蕉林中的灾民纷纷出来，如同凶神恶煞一样扑向武后。

远安与穆乐恰恰赶到，与赵澜之一起拼命抵挡，带着武后突出重围，直冲到蕉林边缘。灾民们虽然不懂武功，招数笨拙，但是人数众多，饶是远安、穆乐、赵澜之三人再精通武艺，也只有招架之力。

打斗间，三人屡屡中招，也把灾民们伤了大半。

赵澜之看透了薛菡的套路，刺中其肩膀，负伤的薛菡被赵澜之一脚踹在地上，赵澜之举剑要再刺，武后伸手阻止：“慢！留他性命！”

薛菡狼狈受伤，看着武后，他咬牙笑了笑。

武后慢慢走近，蹲下身来：“我心怀天下苍生，从未想要荼毒百姓。”

薛菡却摇摇头，他自知命不将久，仍是一念孤行：“妖后不除，天下永无太平。”

武后震惊，与这旧日恋人有瞬间的僵持，就在这一刻，最后埋伏在树上的灾民忽然从上面落下大石头。

穆乐与赵澜之都来不及反应，只有远安离得近，她猛然上前，在大石击下的瞬间推开了武后，自己却被大石头击中后背！

这个原本硬朗朗的女孩忽然就像片脆弱的树叶一样倒在了地上。

身旁的穆乐、赵澜之、武后皆是大惊，穆乐迎身而上，发狂地杀死了最后下手的歹徒。

赵澜之连忙把远安抱了起来，轻轻唤她："远安你醒醒！"

武后轻轻地触她的额头："姑娘！"

赵澜之手指探向远安的鼻口，猛地收回来，难以置信——只一下，她已经断气了！

赵澜之大恸，满含热泪："远安！远安！"

穆乐扑上前，猛地抱住远安，看着她那鲜艳艳的脸苍白得没了血色，像是睡着了。他想把她叫醒，可又不敢大声。他觉得眼睛、鼻子又酸又热，他不知道自己满脸是泪，他把她紧紧抱住："远安！醒醒呀！远安！啊！啊！啊！"

赵澜之上前："松手！给她安静！她断气了……"

穆乐闻言猛地起身，仿佛一切的怨气有了冲撞的方向，他照着赵澜之就是一拳，目眦尽裂、凶狠无比："你！你断气！你断气！她不会！远安不会！"

穆乐猛然想起什么，他从怀中掏出一枚小药丸，正是在地库里面拾起的、自己吃过的那颗，那是天枢的灵药，会不会有用？穆乐抱起远安，将药丸推入她口中。

片刻，远安咳嗽一声，竟悠悠醒转，疼得龇牙咧嘴，却有力气说话："是谁，是谁给了我后背一下子？疼死我了！"

穆乐大喜，嘿嘿笑起来。远安这才注意到自己被穆乐抱在怀里，赶快挣脱开，给武则天下跪："天后可安好？"

武后蹲下看着远安："我没事。你知道我是天后？"

"看到您手上的戒指了。我爹爹曾说过，这世上只有天后佩戴凤凰戒指。"

武后点点头："远安姑娘，你救了我，可你没听见那些人说我的话？你不认为我是妖后？"

远安："我不认为您是……而且我知道，天后如果有什么闪失，这天下就像个酥饼一样碎了、乱了，到时候只怕会有更多的灾民。"

这话入了天后的耳朵和心，她赞许地点点头，将远安扶起来。

几个人这个时候才发现：薛菡不见了！

化装成灾民的明慧郡主把薛菡从他们眼皮子底下偷了出来，她背着他跑到一处无人的地方，怒问薛菡："我要的佛珠呢？"

薛菡奄奄一息，嘴巴翕动，长久没有出声："找吧，你若是找得到，我就把它给你……"

只是他刚说毕就断了气。

明慧无比恼恨，只好搜寻薛菡的全身，忽然像是想起什么，伸手打开独眼龙扣着的眼罩，发现了里面的佛珠。

佛珠流光溢彩，因为它换了主人。

三十

武后封赏

皇宫内，赵澜之下跪向武后禀报：“天后，臣与下属在芭蕉林四周的山野搜查，找到了叛民首领薛菡的尸体。想是曾被同党救出，却断气在路上了。”

武后的桌案上依旧是那幅《蕉下图》，大劫之后，她仍是从容镇定的：“澜之，这件事情拜托给你，他与我是故人，请将他好好安葬。还有那些背井离乡的闹事老百姓，给些安置的钱财，送他们回家去吧。”

武后让赵澜之退下，招来了几个官员，在他们面前缓缓踱步：“太祖有训，民为水，君为舟。水可载舟，亦可覆舟。我想问问列位大人，你们这些当官的，是什么？”

户部尚书答道：“臣等是君与民之间的桥梁与耳目，协助天子治理国家，安抚百姓。”

“道理不错，话说得也漂亮！可是我问你们，南方十三县强迁居民，以致百姓流离失所，怎么没有一个人禀告？！”

众官员惶恐发抖。武后把手里的卷宗扔在桌上：“我知道你们怎么想的，吃了巨额的俸禄，民情就与你们无关。不仅无关，还要欺上瞒下，对上面说天花乱坠的好话，对下面百般压榨！对不对？！”

众官员连忙磕头：“天后明鉴，臣等不敢！”

武后厉声：“不敢？来吧，来看看灾民的画，看看你们还有什么好说的！”

武后言毕将夜明图展开，众官员傻眼。武后不再多言，将眼前官员一一革职。

“户部侍郎叶甫成。”武后道。

“臣在——”叶大人知道自己也不会幸免于难，冷汗直冒。

谁知天后道：“哀家派人查过户部的登记文件，你确有上过替灾民请命的折子，可是被上司压下。叶大人，说真话不容易呀……从今日起你继任户部尚书，主理安抚十三县灾民的善后事宜！其余人下去吧，叶大人先留下。”

武后对叶大人语重心长地说：“叶大人，安抚灾民牵涉事务繁杂，不好干，希望你别辜负我。”公事吩咐完了，武后的声音柔和了一些，“给你加封官位，不仅仅是为了你的一道为灾民请命的折子，知道吗？”

叶大人眼珠子乱转，他又害怕了：“臣愚钝，还请天后明示。”

“升了你的官，还因为你有个好女儿。”

大出所料，平时小心谨慎的叶大人脱口而出：“啊？”

这时候，武后叫了一声，远安从后面探头探脑地出来：“天后。”

叶大人吓得瑟瑟发抖：“远安，你怎么会在宫里？”

武后道：“是呀，被你从家里赶走的姑娘怎么会在哀家这里？按说管孩子的事情是私事，我不该过问。可是叶大人，你的这个女儿勇敢、善良、明理，还舍身救了哀家的命，哀家今天就想做个和事佬，无论她做了什么，请她爹爹原谅这个女儿，带回家去，和气善待，好好教养。怎么样啊？叶大人。”

等叶大人应声，武后又转而对远安道：“从此之后你是我的朋友，希望你常来宫里参加宴会。希望你永远都是这么天真单纯。你那个小奴才管教得不错，好好待他。”

远安抬头，对武后一眨眼：“谢天后。”

武后握着她的手：“远安，还记得我跟你说过的话吗？你这个年纪，喜欢上什么人是最美好的事情，不要为此为难。我的话你好好想想吧。”

远安因为天后的一句话，瞬间成为府中的红人。叶大人待她更是比从前宽容许多，远安甚至都不太习惯。远安悠悠地和天枢、穆乐感叹着。天枢有些无奈，又看了一眼正在给猴子收拾屉屉的穆乐，凑近远安，低声道：“说起来我还想问你，这孩子蹊跷，你发现了没有？”

远安一听这话，霎时紧张起来，回头低声地说：“早就发现了。有一次被一刀砍到骨头了，血肉翻出来，伤口都吓死人了，结果眨巴眼的工夫，他就自己好了。”

天枢笑了笑，指着远安道：“你啊你，十有八九收回来一个妖精。”

远安大骇：“你说怎么办？”

天枢略略沉吟，从怀里拿出一颗药丸。谁知远安不知从哪里抽出一口锅，瞬间敲在天枢头上。天枢捂头倒地，远安痛骂道：“我一早就看出来了，又想拿穆乐试药，对不对？我告诉你，你做梦！他是我的奴才，他救了我的命，别说他不是，就真是个妖精，我也留着他，保护他！你还想拿他试药，我先给你弄伤！你拿你自己试吧！”

穆乐一见两人又动手了，连忙上来把住远安：“别打架！消消气！你手那么重，把这老头子打死了可怎么办？”又蹲下来质问被打得鼻青脸肿的天枢：“都怪你，你看你把她给气的，你干吗非得惹她？”

天枢捂头满地滚：“误会了……我不拿他试药。我是想……欧阳询他爹就是个大白猴子，所以此人天赋异禀，才华冠绝同代，拜了大官。这小孩不是妖精，他这么神通，弄不好以后就是个有大出息的，我不是想要帮你弄清楚嘛，咱们是不是也别耽误人家前程啊。远安，你怎么长得越来越漂亮，脾气也越来越大了呀？”

远安安静下来：“我是看你又想拿他试药，控制不住自己了。”

正在这时，外面来报赵澜之来了。远安一听“赵澜之”这名字，刚才还虎里虎气的，此时就如同个最正常的小姑娘一般立时红了脸，嘴硬着：“赵澜之，之前在芭蕉林对我那样一张臭脸，哼，他还敢来找我！”

她说罢整理了头发和衣服往外走，穆乐紧紧看着她，跟着出了门。

天枢擦干净脸上的血，含泪看着两人的背影道：“贱人。全是贱人。”

赵澜之在书房内等候远安，她进去前掀了帘子朝里面看看，正看见他端着茶研究，好好看的侧脸，她心里暗自欢喜，进去了却换了一张冷漠的脸：“原来是赵大人，有日子不见了，今日来找我，不知有何赐教。”

赵澜之温和地说：“远安，前天飞剑楼有鉴赏两汉时古兵器的聚会，怎么没见你呀？”

远安切了一声："谁告诉你我一定要去？"

"谁也没有告诉我，可是我以为能在那儿见着你呢。"

远安转转眼睛："哼，想去来着，后来改主意了。"

"为什么？"

远安回过身，看定他："不想碰见你。"

赵澜之倒是并不惊讶："能告诉我为什么吗？"

远安想想说明白了也好，我对你不太满意，藏着掖着没意思，便道："我问你，你这人，为什么变脸变得这么快？"

赵澜之："此话怎讲？"

远安道："咱们从头说起，千端阁的事儿，是谁帮你找到线索，破了案子的？罗天洞里，是不是咱们一起杀出重围的？天后的画儿，如果我不帮忙，就算赵大人你再大的本事，也不能那么快就给找回来。我说这些都对不对？"

赵澜之微微笑："都对。都在理。"

"那天，把画儿送回宫的那天，你是怎么跟我说的？你说谢谢我，对不对？我也说了，大人，我没有别的爱好，就喜欢凑个热闹，跟你破个案子，可是你呢？去芭蕉林那天，跟我鼻子不是鼻子，眼睛不是眼睛，就差拿鞋底子把我给打走了。你这不就是翻脸不认人吗？也太不够意思了。"

赵澜之略一思考，笑容仍在脸上："我问你，远安，你总想着跟我一起破案子，是为了什么？"

"为了玩儿。"

"不是像我一样，职责所在？"

"当然不是。"

"不是为了功名利禄？"

"不是。"

赵澜之："那我就不愿意你仅仅是为了玩儿，跟着我每每濒临险境，出生入死！那天，车上坐着天后，我们去芭蕉林见她的故人。之后发生的事情你也知道了，那些人是刺客，连天后都敢杀，你跟我的性命又怎么知道一定能保得住？就算不是如此，伴君如伴虎，天后的身边可是好待好玩的地方？有多少人丢了性命，单单只是因为知道得太多了？"

远安背过身去，听着赵澜之说话，却有些理解了：“你总是对的，总是有道理的，你说完了吗？”

“没有！”赵澜之猛地把远安的肩膀拧过来，面对自己，“你断气了你知道吗？！你死过一回你知道吗？！”

远安道：“那算什么呀，一时闭气了。”她说到这里，赶快打住了话头，心想可不能让他知道那药的来历，便道，“好在有我们家传的灵药，好在穆乐带在身上，吃了就好了。你瞧瞧我，现在还是活蹦乱跳的，不是很好吗？”

赵澜之都没等她说完：“如果没有那丸药呢？如果你没有活过来呢？远安，我告诉你，你要是有个三长两短，我永远永远不会原谅我自己。永远不会。”

四目相对，赵澜之的眼睛坦诚坚定，关键是特别好看，远安忍不住小高兴、小得意：“哎呀，你是双眼皮儿啊。”

赵澜之松开远安：“你能不能有点正形？”

远安笑嘻嘻的：“算了，看在你为我多少有点挂心的分儿上，我就原谅你对我一会儿好一会儿坏了。怎么，你今天来就是跟我说这个？”

“不，我来送你件东西。”赵澜之打开小匣子，里面是一个精致的小盆景。

远安不由得赞叹：“真精致啊。”

赵澜之道：“那天飞剑楼的聚会除了有古兵器，还有些新奇的玩意儿，我见了这个，就想要买来送你。喜欢吗？”

别说是个漂亮的小盆景，他现在就是送给她一块黄泥，她也能看出来好，当下拍手道：“喜欢！特别喜欢！”

“比起刀枪剑戟，还是这些东西适合女孩子，花草、琴棋书画。对不对，远安？”

这话倒是让远安有些犹豫，撇撇嘴，点点头，并不完全认同。

赵澜之的手搭在远安肩上。

穆乐牵着马在门前经过，看见这一幕，霎时火冒三丈，当下脱口而出：“大坏蛋！”

远安与赵澜之同时回过头来，诧异得很。

远安道：“穆乐？你说谁是大坏蛋？”

穆乐意识到自己失态了，拽了一下马的耳朵，心虚道：“你……你是大坏蛋，刚才喂你草不吃，现在来吃花，也……也不怕拉肚子……”

赵澜之哈哈一笑：“果然跟你说的一样，这小奴能跟马说话。”

远安也笑起来，手里拿着小盆景，偷瞄赵澜之。

穆乐见此扭头就走，滑了一跤。

三十一

情窦初开

当天夜里，远安在自己的房间里，手里摆弄着赵澜之送的小盆景，想着他那个白净好看的样子，嘴巴里像含了糖一样甜蜜蜜的。她这人义气，转转眼睛打定了主意：收了赵澜之这个，那我也该送他个礼物才好。

恰好第二天看见几个小丫鬟在玩插花，便心意一动，也要学，谁知丫鬟们一愣，纷纷掩着嘴巴笑起来。

远安不解："你们笑什么呀？我想学插花，哪里这么好笑？"

"小主子别怪我们唐突，刺绣啊、插花啊，这都是姑娘们的玩意儿，您从小舞枪弄棒，这哪里是您摆弄的呀。小主子莫不是有心上人了？！"

远安一听，跳起来："胡说八道什么？什么心上人？谁有心上人了？见了几次面，谁能喜欢上他呀？就因为他信手帮我几回……我这个人就是这脾气，我是收了他的小盆景当礼物，想回个礼。什么心上人啊？说谁喜欢赵澜之呢？"

远安越说越混乱，越说越混沌，不知怎么就把赵澜之的名字给说了出来，自己也吓了一跳，猛地捂住嘴巴，丫鬟们都愣住了。

远安气急败坏："你们太讨厌了，我去玩棒子了！"

远安往外走，被丫鬟拉住："小主子别急呀！听我说，真要想学插花，我们这些三脚猫的功夫可配不上教您。听说城西有个铃铛花房，有高手师傅会教插花，您还是去那里学吧。"

远安："不用你管了！"走了几步又回过头来，"叫什么？跟我再说一遍。”

丫鬟们笑起来：“铃铛花房！”

话说那个所在并不难找，就在南城一个巷子口，“铃铛花房”的牌匾高高悬挂。

第二日阳光甚好，远安从身上拿了些银两给穆乐，打发穆乐去玩，自己则是混进了铃铛花坊的课堂，跟女孩子一并坐好。

一位老师从外面进来，是个眉清目秀的女先生，那便是这里的主人家铃铛师父了。她样子挺好看，就是脸很严肃，她后面一个学生左手鲜血淋漓地从外面进来。

老师点点头：“又迟到了？自己扎完仙人掌了？”

女学生道：“是的，师父。”

老师道：“落座吧！”她语重心长，“同学们，莫怪老师对你们严格，今天教你们插花，以后还要教你们种花，这都是最精致的工作和艺术，绝不允许半点含糊。喏，今天有新同学来跟班上课，我们再重复一下关于插花最重要的内容——配色。还记得老师上次教的口诀吗？来，跟我一起——”

铃铛师父说罢，带着学生一起左右拍手唱口诀：“红配绿呀一出戏！黑配紫呀臭狗屎！黄配蓝呀赛貂蝉！灰配粉呀招人烦，招——人——烦！”

本来想在这里好好学习本领的远安看看四周，目瞪口呆。

此时穆乐正在外面闲逛，起初颇为无聊，但此处是闹市，不缺热闹，他溜达着看看杂耍游戏什么的，虽是一个人，可也渐渐高兴起来。

有个摊位在卖各种面具，有黑面有白鬼，有猫脸和老鹰头，穆乐摩摩挲挲的，手里拿着一个青面獠牙的面具，扣在脸上，摆摊的老板顺手拿起一面铜镜让他看。

穆乐就这样看着自己，青面獠牙的脸，凶神恶煞般。他愣了一下，瞬间，仿佛被一个巨大的力量从此地抽离，他来到沙场，四处尸横遍野，哀鸣遍地，忽然有骁勇顽强的敌人从远处骑马而来，手执大刀，直取他的项上人头。千钧一发之际，穆乐觉得这个躯壳像是自己的，又不是自己的，他快如闪电，手脚利落，一拳击出，残忍地穿透了敌人的身体。

他看见自己满是鲜血的手，听见一个陌生的声音：火乐的托托。

穆乐在那一瞬间又回到了眼下的世界，四处满是太平热闹。

穆乐大骇，后退几步，浑身是汗。

摊主诧异地问："喂，小哥，怎么了？唱戏的面具小孩子都不害怕，把你吓成这样了？"

穆乐摇头离开，没走几步，又回来，拿起刚才的面具："要这个！"

穆乐手里拿着面具，懵懂地走到桥上，对着下面的河水倒影，想起远安与天枢的话。

穆乐喃喃自语："我难道真是妖精吗？"

他又把面具戴在头上，耳边仿佛又出现了沙场上的吼叫与哀鸣，他原本就单纯不够用的心眼就更迷惑了："我到底是谁呀？我到底是谁……"

一个漂亮的姑娘从桥上过来，乌黑的头发，白皙的脸，杨柳细腰，身上是华丽的抹胸裙子，脖子上悬着透绿的项链——她是个快活的贵族少女，看上去似乎在四处找人，忽然就看见了戴着面具的穆乐。

她跑过来，一把摘去穆乐脸上的面具："我看你往哪里跑？！"

四目相对，少女还没见过这么俊俏的小男孩儿，黑白分明的大眼睛里全是水光，看着她，分明就是有点害怕，翘鼻梁，厚唇珠儿——这是谁家的呀？养得这么好？！

穆乐怔了一下，被那姑娘死死盯着，心里面又虚又怕，回过味来，连忙把面具抢回来："给我！那是我的！"

前后人多，女孩被撞了一下，忽然就折到桥下去了，穆乐一把拽住她的手，拉了上来，二人均是虚惊一场。

穆乐甩开女孩拽得死死的手，便听女孩笑嘻嘻地说："哎呀，可亏了你了，要不然非掉进水里不可。我说，你是不是唱游班那个叫作小白的角儿？"

穆乐摇头。

她不死心："那你是谁家的小孩呀，我好像是在哪里见过你呀？"

穆乐侧过身去，不想被她那样看着那样问，闷闷道："可是我没见过你。"

女孩笑笑："今日见了那就是缘分，你姓甚名谁告诉我，咱们交个朋友吧。"

穆乐刚要说话，想起来刚才远安教训他的话，牵着马转身就走："你管我是谁。谁跟你交朋友呀。我还有事。请让路！"

这俊俏又老实的小孩走了，女孩看着他的背影半晌没动，丫鬟们来到她身边等吩咐："小姐。"

女孩摇头笑笑，尽在掌握："给我跟上那个小男孩，别让他从眼睛里面跑出去。我呀，非得知道他是怎么回事！"

而这女孩便是南景王府的水月小姐，全洛阳第一好色女。

三十二

偶遇水月

远安果真没有摆弄花草的天赋，别人插的是花，她插得却一言难尽。

而穆乐好不容易甩开水月，在湖边喂马，谁知道身后传来一声暴喝：“小贼，哪里走？！”

几个人围上来，手指着穆乐：“说你呢！偷了我家小姐的马，跑这儿来了？！当我们拿不住你？！跟我们去见官！”

穆乐躲闪中不小心推了其中一人，围着他的丫鬟更加猖狂了：“这小子敢跟女孩动手！姐妹们挠死他！”

穆乐大惊失色，又不愿出手，只能抱着头脸吃了不少亏。

水月小姐一直在后面观看，直到穆乐被她手下的丫鬟欺负得跌在地上——她就出场了：“怎么回事呀？”

丫鬟们指着穆乐：“咱们家的马找着了，就是被这小贼偷的。”

穆乐被人诬陷，当下怒道：“胡说八道，这是远安的马，我喂的，不是你们的！”

水月小姐冷冷一笑：“还矢口否认呢。马是有灵性的东西，认得自己的主人，咱们也不用废话，看它跟谁走就行了。”

穆乐急于证明自己的清白，哪里知道她暗中有诈，便道：“好！它跟谁走就是谁的！”

水月胸有成竹，一回头，暗中在手上抹了蜂蜜，凑到马嘴旁边，马果然跟着她走了。

穆乐傻眼了，水月得意扬扬，暗中坏笑，丫鬟们又在旁边帮衬："怎么样，小贼？看你还想抵赖？"

穆乐很惊讶，自己喂得好好的马儿怎么就跟别人走了？又冷静下来，对着马儿说话，那声音有些神秘："忽而灰呦逗灰……"

本来跟着走的马儿忽然甩开了水月，转头走到穆乐身边来。

水月倒打一耙："你使了妖术！"

穆乐立着眉毛："哼，什么妖术，这就是我的马！听得懂我说话！你们走开！"

"慢着，你还没有回答我，你到底叫什么名字？"水月说着上来阻挡。穆乐烦躁极了，扬手要推开她的胳膊，却一不小心扫到水月脸上，水月的耳环掉在石头上，马蹄子上来踩碎了。水月咬着牙，气急败坏的样子："就算马跟着你走了，这耳环可是你给弄掉地下，踩碎的！你还敢抵赖！赔！"

穆乐赶快从怀里把远安给的所有银子都掏出来："给你，都给你，赔你耳环！"

"你这是打发叫花子呢？我这是翡翠耳环，你这点钱连个毛料都买不住。"水月气鼓鼓地说。这时水月的丫鬟们上来拉扯穆乐："走，跟我们见官去！"

穆乐大吼："不够的话，我回去取，后天此时此地再来找你。"

水月似乎是思考了一下："我且就信了你的话，后日此时此地，我在这里等你！"

穆乐以为自己逃过一劫，当下感激得要命，慌慌张张去找远安。远安刚好下课，见穆乐脸上都是抓痕，关切地问："谁欺负你了？！"

自己在外面闯祸可不能让她知道，穆乐支吾着："没有，是被猫给挠了。快走吧。"

远安狐疑地看看他，并不相信。

城西边上，南景王府里，老迈的南景王爷正昏睡在床上，一帘之隔，明慧郡主在外面探视，陪同她的是管家老王。

见老王爷这副光景，明慧郡主轻轻喟叹："还记得上次见到南景王的时候，他身体康健，神采奕奕，如今竟然病成这样……我带来的药你们要小心煎熬，及时奉上。相信南景王不日就会恢复健康。”

明慧说完，起身四处打量房间，天桥说过，第五颗佛珠就在这里，她当然不是来看那行将就木的老王爷的，她是来找珠子的。只是这房间里面没什么线索。

明慧问老王：“南景王如今家眷安在？”

“郡主有所不知，王爷家向来枝叶不盛，五年前的海上大火，世子与夫人都不幸遇难了，如今只留下孙女水月小姐与老王爷相依为命了。”

明慧道：“怎么没见水月呀？”

“小姐出门游玩，还没回来。”

明慧冷笑：“祖父病成这样，还有心出门游玩。瞧瞧你们家的这院子，当年多么繁华迤逦，皇上还曾借用招待群臣，如今疏于打理，荒废成这样了。我忽然想起来，我呀，想跟南景王借本书，你且带我去书房看看。”

老王迟疑：“王爷昏睡着，水月小姐还没回来，我一介家仆领您去，怕不恭敬。”

明慧微微一笑，摸出一锭纹银给老王：“老王呀，我不怪你，还有谁说你不恭敬？”

老王领悟，微笑，引着明慧往前走：“郡主跟我来。”

南景王府的书房也是一派黑魆魆破败的样子，到处是灰尘蛛网，明慧在书房里四处寻找，却一筹莫展，这偌大的王府庭院，我去哪里找那小小的一枚珠子？

明慧四处翻找，险些碰翻了花瓶，却不经意地看到地上几块活动的青砖，她走过去查探，发现下面竟是几个收纳书籍物事的隔断，可是打开后，里面也没什么异常，只好败兴而归。在门口遇到了水月，两人原本小时候一起玩耍过，可这次却也没打个招呼，水月小姐急匆匆地回了自己的房间，下人们只当是她身上的老毛病又犯了。

穆乐回去后，翻遍了自己的床铺行李，发现自己并无积蓄，情急之下只好摸进地库，请天枢帮忙。天枢却讥讽道：“蠢货！你想要借钱，找我干什么呀？直接去找你主子，你救过她的性命，她最心疼你了，你要什么她都给你！”

穆乐仿佛受到提醒，对啊，绕了那么大圈子，为什么不去找远安呢？远安是从来不会对他说不的。可他仔细想想，又不太情愿。

为什么呢，自己也不太知道。

此时，远安正在房间里跟几株花草较劲，怎么摆弄都不成个样子，终于耐性全失。可又想起赵澜之之前说的话：比起来刀枪剑戟，还是花草、琴棋书画适合女孩子。

他说话时的样子是那么好看，语气又是之前没有过的温柔，远安的一颗心呀，轻飘飘地荡起来，好像跟那些花花草草生的气也都散了。到底是为了让那个人高兴，远安又把摔在地上的花草给拾起来，却忽然在镜子里看见穆乐探头探脑地往里看。

远安回头：“是穆乐吗？进来！”

穆乐进来，远安见他手指头卷着衣角，眼神游移不定，样子十分不安，便问道：“找我何事？”

穆乐一张小脸霎时就红了，扭过头去，声音极轻：“借钱。”

远安道：“低眉顺眼的，我还当什么事情。原来是这事儿。拿去吧。”从抽屉里拿了零用钱，随手抓了一把塞进穆乐手里。

穆乐低头看看：“还有吗？”

远安一愣，又从柜子里拿了一锭银子出来，略有迟疑却还是给了他。

这下好了，债能还上了，不用去见官了，穆乐终于愁容舒展，放心地把银子揣起来。

远安道：“你跟我说，要钱是干什么？”

穆乐没说话。

远安转转眼睛，抓住他手臂：“是不是赌钱了？谁拐带你的？是不是远宁和狗儿？我去教训他俩去！”

穆乐连忙道：“没有，我没赌钱，是有别的用处。算了，还给你。我不跟你借了。”说罢把手里的钱全都放在桌上，转身就要出去。

“哎，你站住。我多问问你就不乐意了？算了算了，拿去吧，不用还。自己谨慎点，我总怕别人骗你。”

找远安借钱，仿佛把他所有力气都耗尽了，穆乐说完，拿回钱抬腿就跑，远安更加怀疑了。

老嬷嬷从外面进来，手里收拾着桌上的杯盘："这孩子奇奇怪怪的，今天跟老夏他们借了一圈的钱，到底是问到小主子您这里来了。难道是心里面有了什么人，想送姑娘礼物了？"

远安一愣：那敢情是好事儿。

这时，一声乌鸦的叫声传来，远安吓了一跳，开窗向外看看："这个季节，洛阳城里怎么会有乌鸦呢？真是怪事儿呀。"

三十三

洛阳谜案

月落日升，洛阳的又一天，城市这个角落的上空，乌鸦被尸体的血腥味引来，在低空盘旋乱飞。

这里昨夜发生了一起命案，捕快赵澜之正带人检查尸体，只见那依稀可辨的女性肉身一片血糊，一张皮从天灵盖开始直至指端脚尖都被人齐齐整整地揭了下去！

当即有新来的衙役呕吐，就连见过世面的孝虎也紧皱着眉毛，捂着鼻子，勉强压抑着反胃："大人，没见过这样的尸首……"

赵澜之低声道："太残忍了，一定要尽快找到这个案犯，将他绳之以法！"

"从哪里入手调查还请大人示下。"

赵澜之沉吟片刻："手段如此残忍，只有两个可能，仇杀或变态杀人。孝虎，你先回去核实最近是否有人报了失踪案件，确定死者身份，从她身边之人查起。再派人去访访看，这四周最近是不是来了些什么可疑人物。"

又有衙役带来乞丐，推到赵澜之面前："大人，昨天晚上案件发生的时候，这个人就在附近。他自称看见了事情的经过。"

乞丐眼神僵直，浑身颤抖，神经质地摆着手，嘶哑着声音道："那不是个人！那是个披着斗篷的鬼！来无影去无踪，飘着走的……而且，而且他还没有脸！"

远安虽按时去铃铛花房上课，然而不管怎么努力，手艺并无精进，她自觉不善此道，终于放弃，转而哀求铃铛老师替她插花，好让她借花献佛。铃铛老师耐不住恳求，只好答应了，远安拿着插花便往县衙奔。

只是等她到了洛阳县衙，却发觉气氛不对劲，众衙役忙忙碌碌低声私语，远安一打听，才知道出了大案。正巧赵澜之从命案现场回来，正与属下说话，抬头一见是她："远安？你怎么来了？"

远安满心好奇，想要和赵澜之一起办案，却被赵澜之一再拒绝，她叹口气，也知道他不愿意她掺和，只好揭过不提。赵澜之见她让步，也放缓声音："你找我有事情？"

远安摆摆手："没大事儿，前两天你送我一个小盆景，我想啊，来而不往非礼也，喏，这是我送给你的。"

赵澜之颇为欣喜，远安见他高兴，连忙补上一句："我……我亲手插的，还行吧？"

赵澜之点头："非常漂亮！远安，我非常喜欢，谢谢你！"

他这一句话霎时就让远安高兴极了，欢欢喜喜地走了。赵澜之看着她的背影，脸上有层微妙的爱慕的笑容。

穆乐前一日去湖边等待水月，水月却并没有出现，自己还赶上一场大雨，浑身淋得湿透，只好怏怏回府。但他心中牵挂着自己的债务，做事情也是心不在焉的，喂马都放错了马料，老夏却忽然说有人来找他。

穆乐回头吓了一跳，水月正看着他摇着扇子笑。他上前问水月姑娘："你来这儿干什么？"

水月仰着下巴："哼，你这个言而无信的小贼，说好了昨天在湖边见面，你还我耳环，我等你好几个时辰。我问你，你怎么没来？"

穆乐："我怎么没去？！也一直等着你来着。"

水月瞪圆了眼睛："胡说！还敢抵赖！昨天下雨，湖边有个老头穿蓑衣钓鱼，后来鱼线跟水草缠上，把他难为得够呛，我亲眼看见的。我肯定是去了！"

穆乐想想："是呀，我也看见那个老头了。我明白了，定是……定是我去树下避雨的时候，咱俩错过去了，互相没看见。你是怎么找到这里来的呀？"

"你自己的名牌丢了都不知道。我要是没拿到这个怎么知道来这里找你？！"

穆乐一见她拿了远安给自己的名牌，霎时急了：“还给我！”

水月一下子闪过：“少赖账！先把耳环还我！”

穆乐从身上摸出耳环：“给你！看好了，踩碎你一个，赔你一对儿！”

水月看看：“什么玩意儿！你这人忒没见识，根本比不上我那个！我那个是翠的，你这个是玉的，还说什么一对儿赔我一个！你这玩意儿十对不抵我那个！”

穆乐：“你胡说八道，你讹诈我！”

两人正闹得不可开交，远安回来了，见有个陌生女郎正难为自己家的小马奴：“这是怎么了？”

水月笑笑：“原来是远安妹妹，我名叫水月，南景王是我祖父。”

远安带着水月在府里逛了逛，两人虽是初次见面，却聊得颇为投机。那水月姑娘对远安最近研究的插花也有些研究，于是两人在花园池塘采了些荷花，水月拿着比量比量，煞有介事：“粉白色荷花格外清雅，不宜与别的花朵乱搭，只要配些绿叶子就好。”

远安道：“姐姐说得有理，教我插花的师父也是这么说的。”

丫鬟上了茶点，水月饮口茶看着远安：“女孩儿摆弄花艺，心里面总要想着一个人的。妹妹你此刻心里面想的是谁？”

远安霎时红了一张脸：“哪有，怎么会？”

水月道：“我父母走得早，祖父也不拘管我，自己玩玩逛逛，见识应该不少。只想跟妹妹进言一句，若是心里真的有谁，一盆插花可管不了什么大事儿，你应该改变自己。走，跟我来。”

远安半信半疑地任由水月摆布，没过一会儿，远安再照镜子，却有些不习惯了：“真好看，就是有些不像我自己了。”

“像不像你自己不要紧，关键是他喜欢。远安啊，我与你一见如故，今日就把我所有的绝学告诉你。男人最喜欢什么样的女人呢？要娇气、要嗲、要黏人，他走到哪里你就跟到哪里，像空气一样环绕着他。懂不懂？”

远安心领神会：“我以后就照你说的做！”

“告诉我，你心里面的那个人，不是你们自己府里的吧？”

“怎么可能？”

水月窃喜：那穆乐就是我的了！

两个女孩一见如故，直到傍晚才依依惜别，远安还把水月送到门口。等水月上了马车，穆乐忽然也蹿了进来。水月看着他笑，仿佛早就料到一般：“你好大胆子，竟敢上我的马车！”

穆乐可是慌慌张张、急赤白脸的：“这么长时间，你跟她说什么了？没乱说我的不好吧？”

水月看着他：“你那么在乎吗？你喜欢你主子？”

穆乐哪见过什么世面，掩藏已久的心事竟被她一句话给诈了出来，可他竟也没说不对，喃喃道：“胡说什么呀，怎么叫喜欢？”

水月紧追不舍：“就是心里总想着她，总想着跟她在一起。看见她，跟她在一起，你就高兴，就欢喜呗。”

穆乐想想，她说的这些症状，自己其实都有，就是总想着远安，就是总想跟她在一起，有她在了，他就自在。对呀，这不就是喜欢吗！他低头思忖，半天不说话。

水月见他这般，恨得牙齿发痒，咬牙道：“可惜了，她喜欢的却不是你。你就别惦记她了。”

穆乐一听这话，着急了：“怎么了？”

“她心里有别人呗。再说了，你是她的奴才，她怎么能看上你呢？”

穆乐纠正她：“我不是她的奴才。”

水月哈哈大笑：“那你以为你是什么？”

穆乐恼怒，立着眉毛，他也不知道那是远安常做的臭脸，自己这样子已经像足了她：“把我的名牌还给我，你快走吧！以后别让我再见到你！”

水月发狠，一脚把穆乐从车子上踹了下去：“小混账，知道怎么跟我好好说话以后，再来跟我要名牌吧！”

远安受了水月的点拨，深夜换了身衣服，又跑到洛阳县衙去找赵澜之。却听到赵澜之今夜布防去了，便拉着穆乐追过去。

而深夜的洛阳城，一个个子高高的女孩独自走在城东边的小巷子里，还不知道自己被人盯上了。

女孩忽然摔了一跤，倒在地上，哼哼唧唧地揉腿。黑色的影子欺上来，轻声低问："姑娘，你这是怎么了？扭到脚了？我给你揉一揉吧。"

女孩道："男女授受不亲，你怎么可以随便给人家揉脚呀？"

黑影子笑了："一回生两回就熟了！熟了就能亲了！"说完猛地扑上来，他脸上正戴着面具，狰狞恐怖。

说时迟，那时快，摔倒在地上的姑娘大吼一声："啊！淫贼哪里走！"

黑影子也吓了一跳，刚刚就觉得这姑娘太高大，说话声音太粗，怎么一转身就成了男的了？这怎么还有鬓角、胡须和喉结呀？！他也是大叫一声："啊！假姑娘！好恐怖！"

话说那假姑娘正是孝虎所扮的，是为了捉捕剥皮恶魔而来的。赵澜之早已经带人在旁边埋伏，机不可失，赵澜之断喝："上！"

可还未等衙役扑上去，有人却赶在了他们前面，正是远安与穆乐。

远安扑向黑影子恶魔，恶魔吓了一跳，连忙招架远安，两人纠斗两下，那黑影子竟钻入土中逃跑了！

远安要追，赵澜之却扑下来，抓住远安，恼怒非常："你来干什么？"

远安理直气壮："我来给你帮忙呀！"

话音未落，她脚下忽然塌陷，一转眼落入大坑之中！

原来那黑影子恶魔土遁离开，又杀了一个回马枪，刨了地道回来，趁远安不备，将其逮住，从赵澜之、穆乐和一众人跟前将她掠走！

黑影子恶魔背着远安在地道中一边刨一边飞奔，颇为得意扬扬："哈哈，谁能想到，被一个假姑娘骗了，却拿到一个真姑娘！咱说好了，既然是你自己找上门的，那今晚就是你来陪大爷了！"

远安不声不响却正中下怀，小心从腰上要拔出软剑，等待出手的时机。

穆乐伏在地上听，呼来赵澜之："在这边！"

众人沿着他指的方向追上去，几丈外，赵澜之正要施救，下面的沙土忽然如同泉水喷发，远安手执软剑把恶魔从地下挑了出来。那黑影子恶魔身体被远安抛在半空中，还要逃窜，赵澜之上前抓住他向地面撞去！

这一下下去，恶魔背后受伤，再不能逃窜了，倒在地上吐血，回头看着远安："想不到你……你长得这么好看，出手却这么狠毒！"

恶战之后，远安披头散发，但是无比兴奋："哈哈哈，怎么样？赵捕头，还成吧咱们？"

赵澜之心有余悸，冲上来看着远安，恼怒无比："谁跟你论咱们！我用你帮忙！"

"你跟谁说话这么大声！"

赵澜之："跟你，还没说完呐！谁让你过来的？谁让你来捣乱的？谁让你出手替我拿人的？我忍你很久了叶远安，我之前是怎么跟你说的？你是不是左耳朵听右耳朵出？你从来不把别人说的话当回事，对不对？！这是个揭人皮的恶魔，要是你有个好歹，我就……"

远安从来没见他发这么大火过，当下也不知道该怎么办了，分辩道："我只是……"

不远处的穆乐看着赵澜之对远安大吼大叫，霎时红了眼睛，二话不说，上来就推赵澜之，十分蛮横。赵澜之不愿与其纠缠，向后退了几步。

远安把穆乐拉开，挡在赵澜之前面，怒喝穆乐："你干什么？你疯了？！"

穆乐很生气："他敢对你大声说话！他敢对你喊？！我饶不了他！我要给他颜色看！"

远安扬起手里的马鞭："你再敢上来，你敢再碰他一下！"

穆乐愣住了，难以置信地看着远安。

远安手在发抖，马鞭往远处一扬："走！给我走！我不想看到你！我……现在不想看到你！"

穆乐气得咬牙，转身跑了。

赵澜之在远安身后，也震惊非常："远安……"

远安甩头，拿着剑俯身在地上刨，终于把她带来的小包裹给抛了出来，刚才跟恶魔大战，差点儿把这个最重要的东西弄没了。

远安狠狠地扔在赵澜之身上："我打扰你了，是吧赵捕头？你以为我是特意过来搅局的，是吧？我告诉你，不是！我就是赶上了！赶上了！我是来……

来给你送点吃的……”

远安转身就走。

赵澜之把包裹打开，里面是豆包，还热腾腾的呢。

赵澜之追上远安：“远安，你是给我送豆包来的？”

远安道：“今天嬷嬷做了豆包，我吃着好，就想给你送来些。你不识好人心！我后悔死了！”

她说完又要走，赵澜之连忙喊住她：“别走，我就一句话。”

“懒得听！”

她既这样说，赵澜之停住脚步，不追了。

她说懒得听，他就真不说了？远安其实此刻真是不知道该恨死自己还是恨死赵澜之，反正她的什么姿态、计策呀，就从来没在赵澜之这里好用过。

远安停住，转过身：“你倒是说呀！”

月色之下，市井之中，不远处还有孝虎等一大堆同僚假装不看，实际上眼珠子都要飞过来了。赵澜之觉得自己真是不知道从何说起，张张嘴巴，忽然……忽然就把远安抱在了怀里。

远安更蒙了。

她第一个反应是先反抗，可是他真是太好闻了，她舍不得把他推开。

她脑袋里忽然想起那日在宫中天后说的话：“远安，还记得我跟你说过的话吗？你这个年纪，喜欢上什么人是最美好的事情。不要为此为难。”

远安一下子醒悟了，忽然高兴了，快活了，掀着眉毛，心花怒放，转转眼睛，又想起水月告诉她的话……

赵澜之抱着远安，哪里知道她那么多反应、那么多的戏，忽然听见她说话的声音都变了，好像东市每天下午卖的糕，点了霜糖，甜到人喉咙里面、心里面：“你还敢不敢跟我说话那么大声了？你还吼我不吼了？！”

赵澜之话虽说得厉害，可是也温柔了声音：“你要是再这样玩，我还揍你呢。”

“可不管怎么，我都帮到你了，你都不跟我说谢谢呀？”

她这样，他还能怎么说呢？

“谢谢你，远安。不过以后可不许这样了。我担心……”

远安抬起头，赵澜之看看她的脸庞，整理发丝，拨开上面的泥巴，原来她今天这么不一样。

赵澜之轻轻地笑："眉毛修得细细的，脸上还涂了胭脂……你这是为了我？"

远安嘟着小小厚厚的嘴巴："你喜欢不？"

"喜欢。"

远安笑起来："那就行。你吃豆包吧，分给别人两个也行。我要回去了。"

洛阳城一派好月光之下，是他们长长的影子。

三十四

水月诡计

叶府马厩旁，刚被远安拿着马鞭子吼过的穆乐正趴在草垛子上生闷气：她又这样了！她又差点儿要揍他了！这人说什么都不算数！亏他还维护着她，不让赵澜之吼她！对她怎么好都没用！转头就换张脸！

穆乐越想越恼，猛地坐起来，一不小心把那日从街市上买的面具给抖了出来，自己下意识地拿起来看看，又蒙在脸上比画了一下，那一瞬间，仿佛又看见尸横遍野的沙场，自己手起刀落地杀人……他吓了一跳，出了一身冷汗，自己这是怎么了？！

忽然一个声音仿佛从别处传来，他跟着喃喃重复道："火乐的托托……"

穆乐头疼欲裂，甩手把面具扔在草垛子里。

这个时候，远安回来了，过来找穆乐。穆乐一见是她，心里面又是恨得紧，转身背朝她把自己埋在草垛子里。

话说刚才远安以为穆乐又跑了，听夏叔说他早就回来了，当时那一腔怒气烟消云散，推开柴房的门一看，穆乐果然好端端地躲在那里。远安笑嘻嘻地做小伏低："小孩儿，睡着了？"

穆乐不应。

远安故意说道："你若是睡着了，我便走了哦！"

穆乐立时坐起来："你才睡着了呢！"

远安笑着过来哄穆乐："我呀，跟你道歉。跟你说句对不起。"

穆乐看看她："为什么？"

"刚才我又凶你了。用马鞭子指着你呀。"

"我当你又要打我了。"

远安理直气壮地说："那是胡说！我早说过了，我不会再打你一下的。不过咱们也说好了，我怎么说你，你都不许一溜烟地真走。你今儿做对了，让你走，就是让你先回来。记得了？"

穆乐一见她那张笑脸，心里面的气就消了一半，听她说这番话，那一半气性也就跟着没了，低头道："嗯。"

远安瞧瞧他那乖乖的小样子，心里面也欢喜："我问你，你今天为什么扑上去打赵澜之呀？你呀，可真是自不量力，他武功那么好，你还敢跟他动手？他是让着你，他要不是让着你，你非得被揍够呛不可。"

穆乐抬头："那也不许他那样！"

远安不解："他哪样了？"

穆乐道："他跟你大声说话！他敢吼你！"

远安倒不在意："嘿，当时不是着急嘛，他是怕我出危险。我都不在乎，你在乎什么呀？"

穆乐的气性又回来了："就是不行！他那样就是不行！"

远安一根指头指着穆乐："哎哟，你还说别人，你不是也跟我喊呢！就你现在还跟我大声说话呢！小玩意儿，我是管不了你了呀！你看谁看得那么凶狠啊？怎么着，你还要打我呀？"

远安是插科打诨的。可她哪知道穆乐认了真，他气得怒目圆睁，恨恨地瞪着远安。只觉得自己好像有一肚子的什么话想跟她说，又说不出来，闷在眼睛里鼻子里，难受得要命，忽然眼圈一红，流下眼泪来，用袖子狠狠地擦掉了。

这一出远安可是弄不懂了，她诧异道："你最近怎么了？怎么这么奇怪呀？地库的老头子又给你吃药了？"

"没有！没有！我这是气的。"

远安仍好意劝哄着："哎，别生气了，我知道你对我忠心。后面那是什么？"

穆乐回头，以为远安看到了草垛子里面的面具，赶快抄起来，放进自己怀里。

远安看见的却是他放在身后的小首饰盒，那是他赔给水月姑娘的耳环，远安把首饰盒子抓在手上。

穆乐急了："给我！"

"我看看！"远安手快，打开一看就乐了，小猴子一样拍手，"明白了！你跟我说老实话，你从我手里借银子就是为了买这个？"

"嗯。"

远安："你这可是要给哪个姑娘的？"

穆乐想想，老实地说："嗯。"

远安道："难怪最近你跟变了个人似的。你这是心里面有人了，你才会这样的。"

穆乐嚅嚅："关你什么事……"

远安："废话，我是你主子！"

穆乐听了又怒，把远安抓起来推出门外："你走！你走！"他在里面啪地关了门。

远安的脸差点儿没被那门拍上，撇嘴道："这人真是，说翻脸就翻脸。我今天心情好，不跟你一般见识了。真把我惹急眼了，非哪天把你给赶走不可！"

外面的远安本是笑话，里面的穆乐却气得咬牙……

洛阳县衙里，赵澜之等人正在连夜审讯刚刚捕获的嫌犯。

那人脸上仍戴着凶神恶煞的面具，曾亲眼见过他杀人的乞丐过来相认，仔仔细细地看了半天却道："不是这人。"

赵澜之惊讶："你可看好了！"

乞丐道："不是这个……我见的那个没有这么高、这么大，不是这般身形。"

那人跳脚大叫："我早说什么来着？我没有杀人！怎么着？诬赖人啊？谁杀人了？我没有！你们当差的血口喷人！血口喷人！快把爷爷我放了！"

孝虎从外面进来，对着赵澜之耳语："大人，线人确认此人是城外的山贼，去年曾在洛阳城内打劫，总是戴着面具骚扰妇女，只是身上并无命案。”

也就在此时，西城的欢街外，马车经过，一个烟花女子被抛下来，男人们哈哈大笑扬长而去。女子站在街头大骂：“想占老娘的便宜，你们被猪油蒙了眼！都给我好好等着，再见着，我就揭了你们的皮！”

女子找到脱落的鞋子，一瘸一拐地离开，那穿着黑色斗篷的正主跟上了她。

女子听见后面的呼吸声，冷冷一笑，并没回头——她只当是自己的相好，又回头找她来道歉了，她是得意的、无知的，还不知道死到临头：“怎么着？又跟我玩这个把戏？想追老娘回去？我告诉你，我今夜没心情了，少来这套！”

斗篷人的手搭在女子肩膀上。

“哼！想要我原谅，也不是不行……明儿你就在西凤楼给我摆上三桌，认我当你干妈！”

斗篷人一笑。

这笑声她不熟悉……女子回过头来，一声尖叫响彻长空。

白日晃晃。烟花女子的头皮脸皮都被掀了下去，只剩下血肉模糊的脑袋，血腥气浓，蚊蝇乱飞。衙役们把她的脸盖上。四周百姓议论纷纷。

赵澜之心里自责：若非昨晚上错抓了凶嫌，也许这女子的命还能保住……

衙役们捕来一个男人，正是死者的相好，哭着跪在地上：“回禀大人，昨日我本来是接翠莲姑娘去听戏喝酒的，路上她忽然改了主意，说什么也不跟我去了，我就把她从车上放下来，让她自己回去了。不知道她怎么就遭了如此横祸！大人，大人！这件事情跟小人无关啊！小人有朋友作证！这事情绝不是小人所为！”

赵澜之垂眼看看他，不无鄙夷：“梁公子，我认得你，终日眷恋烟花柳巷，风流情债无数，谅你也没这个杀人的胆量和手段。押他下去吧！每日去县衙报告行踪！”

男人被带走。

赵澜之眉头紧锁：“孝虎，传我的命令，贴出公告，城内有残忍凶犯出没，专事迫害女子，从今日起，各家各户年轻女眷尽量不要在天黑以后出门！”

转眼告示贴出，恐怖的传闻被坐实，洛阳城有女孩子的家里各自都看紧了，关严了门窗，日头一斜，再不见女子上街：这可不是闹着玩的，那是剥人皮的怪物呀！

可就是有人不信邪，茶馆里，水月姑娘拿着铜镜照着自己美丽的脸——她今天的妆容画得格外漂亮，她在等人呢。

帘子一掀，穆乐从外面进来，圆脸的小孩子，明亮的眼睛闪烁不定，身上是粗布衣服，看到谁都像是有点怕似的——哎呀，她看他真是怎么都觉得可爱。

水月笑眯眯地指着椅子让他坐下："我当你不会来呢。"

"你找我什么事？"

水月："来，喝茶、吃果子。我问你，你主子可带你来过这种地方？"

穆乐摇头："没有。我也不觉得这儿哪里好。"

水月嗤了一声："哪里好？不比在臭烘烘的马厩里面喂马好？别嘴硬。对我也别那么多疑心，我又不会吃了你。"

穆乐仍是警觉的："你总找我到底想干什么？"

水月看了穆乐良久，像是真的在仔细思考这个问题："我想跟你做朋友，跟你学学怎么跟马儿说话。你要是跟了我，跟我去我府里，我会好好待你，不会把你当奴才。不会像你们家主子远安那样对你。"

他打断她："远安待我也好！"

"跟对待他们家的鸟儿、狗儿、马儿一样！"

"你胡说八道！"

水月正中下怀："打个赌吧！"

"怎么赌？"

"有一日我从朋友手里要了只小鸟，我一张嘴，他就同意了，他根本就不把那小玩意儿放在眼里。若我从远安手里能把你要过来，那就说明她不把你当回事，你就跟了我，行不行？"

穆乐抬腿要走："好没意思！"

"哼，你怕了，你知道远安一定会把你给我的。"

穆乐迟疑了。

水月的话让他想起来之前，远安挡在赵澜之面前，用马鞭子指着他的情景；她盛气凌人地告诉他“我是你主子”的情景；她用荆条打他的情景……

他不确定了，也许眼前这个女的说得对，远安就是把他当成小动物，说给就能给出去的。

穆乐发狠：“打赌就打赌！”

他转身要走，水月断喝：“站住！”

水月把穆乐的名牌扔给他。

过了一日，水月又来找远安玩了，两人本来都是自来熟，只不过一个毫无心机，一个步步为营。水月帮远安化妆，手段精妙，远安十分满意：“谢谢水月姐姐，你教我的办法真管用。”

水月挤挤眼睛：“你这是成功了？那个人，究竟是谁呀？”

远安从来坦坦荡荡，也藏不住什么话：“不瞒姐姐，那人是洛阳县衙的捕快赵澜之大人。”

“妹妹真是好眼光。赵大人我早有耳闻，他可是个大英雄！”

远安拱手：“哎呀，都不知道要怎么谢谢你。”

她这话正中了水月的心思：“远安，你要是真的有心谢我，我确实想要跟你讨要一件礼物呢。”

“姐姐看看我有什么东西，喜欢了尽管拿去。我的就是你的！”

水月道：“不是一个东西，是个人！”

远安愣住，转转眼睛，背过身去，水月姑娘要跟她要一个人？

远安仿佛意识到了什么，终于有了些防备：“姐姐是跟我要个奴才？是哪一个？”

“给你喂马的那个小家奴穆乐。妹妹要是愿意谢我，就把他给了我吧。”

远安霎时满脸嫌弃：“他？他可淘气、可不好管了。我们府里那么多小厮，姐姐怎么就看中这个最叛逆的了。你小心啊，真要了过去，不听你的，还闹腾，可够你受的。”

水月可不吃她那一套：“远安妹妹你心怀坦荡，连心上人是谁这件事都告诉我了，那我也不瞒你。实际上，我与穆乐早已心有灵犀。这样说，你懂吧？”

远安吓了一跳：“姐姐说哪里话，你是南景王爷的嫡亲孙女，是贵族小姐。穆乐就是我家的奴才、马童，你怎么能跟他心有灵犀？”

水月道：“妹妹此言我不同意。别说我祖父病重，父母不在，我的日子我自己做主，就算真的有父母管制，我既然跟他彼此倾心，也顾不得别的了。”

远安一听，好嘛，我直，你比我更直，直得都不要脸了，当下道：“姐姐既这样说，那穆乐对你也是情有独钟了？”

水月笑笑：“几天前，他非要送我一对耳环，我知道那是他给我的定情之物，绝不肯要。不，不是不肯，是不能。我告诉他，我若是不能从你这里把他赎回来、要回来，我就绝不收他送的耳环。”她看看远安，步步紧逼，“明说了吧，我与他之间，就是你一句话的事。这人，你是给我还是不给我？怎么不说话？你刚才怎么说，你的就是我的，真较真起来，就舍不得了？”

远安沉吟良久，想起来之前穆乐借钱，自己又在柴房里翻出耳环的事情，原来如此，原来如此，原来他有心上人了……

穆乐正给马喂草，远安拉着水月疾步而来。

穆乐看着她们，一时没主意了。

远安：“手里东西放下，我且问你几句话。”

穆乐：“哦。”

远安：“你与水月小姐早已相识？”

穆乐：“嗯。”

远安：“你跟我借钱买的耳环，是要送给她的？”

“嗯。是。”

远安一听：“你，你与她……”

水月连忙抢道：“告诉远安，你是怎么在桥头搭救了我，把我拽上来。你是怎么冒雨在湖边等我。你跟我又是怎样在茶馆谈心的。”

穆乐糊涂了，脑筋不够用了，自己似乎跟她又不是那么一回事，可水月所言又似乎一句不假，他也不知道该怎么说了。

远安：“水月小姐所说的都是真的？”

穆乐："嗯，都是真的。"

远安还要再给他机会："没有假话？"

穆乐哪里明白："没有假话。"

远安沉吟，点点头，看来水月说的是实情，她又像是松了一口气，穆乐虽然单纯，但这一番也没被人骗，他自己也都承认，她着急也没什么用，于是淡定说道："我欠她人情，她既然跟我讨要你，我就把你给了她吧！"

穆乐惊讶地抬头看她："你真要把我给她了？"

远安看着他的眼睛："嗯！"

穆乐沉吟片刻，心想果然没错，她把我也就当作小猫小狗，心里面霎时冷了，抬头道："好！好！"

水月道："怎么样，穆乐？我说的吧，只要我要，你主子就会把你给我。她这人大方，这些事情啊、人啊的，她都不放在心上。"

穆乐紧紧地看着远安，仍是重复道："好！好！"

水月道："去收拾一下东西，跟我走吧。"

穆乐咬了咬嘴巴："我在这儿什么都没有！哦，对，这个还给你！"

他把手里的名牌扔给远安，转身就往外跑。

水月对远安笑笑："谢谢你了，妹妹，咱们回头见。"

水月正要抽身而退，远安叫道："慢！"

水月回头看看："还有什么？"

远安正色道："水月姐姐，你听我说句话。你教我化妆梳头，发嗲做姑娘，我谢谢你，也从心底里当你是朋友，可你没当我是朋友，你来我这里就是冲着穆乐的。早跟我说明白你二人心有灵犀，我必然全心祝福，可是你跟我耍了心眼，从此以后，咱们不是朋友了！你跟我耍心眼可以，可是你得好好对他！我给他当了一时的主子，可已决定一辈子都护着这个人。穆乐要是在你处受了一点儿委屈，我都不会让你好过！我说到做到！"

水月旋即冷笑："你放心，我待他肯定比你好！"

远安手里攥着穆乐的名牌，负气独自站了好久，仍是难以置信：这小孩竟真有了心上人，真跟人走了？怎么他也没跟我交代一声呀？早说一声，我是不是还可以备些礼物？也不至于这么闪我一下呀……

她心里面有些酸酸的感觉，自己也说不清楚，这样想呀想呀，忽然想通了、接受了，她娘亲死的时候，她不也接受了吗？她后妈来了，生了小弟，亲爹爹变成后爹爹了，她不也接受了吗？她一天到晚把他们整得够呛，他们不也都接受了吗？所以，过日子还不就是这样，哪能什么事都跟你商量呀？自己想通就行了。

反正还有赵澜之。

三十五

水月秘密

暮色中的南景王府。

明慧郡主在水月房间四处翻找，总算发现了水月枕头的端倪。这长方形的枕头芯里面竟是个抽屉，明慧拉开抽屉，里面是个精致的盒子，打开看，里面竟是小手指甲大小，数十颗黑色的药丸，香气奇异。

明慧暗忖："这是什么丹药？水月年纪轻轻，看上去精神健旺，为何要服用丹药？"

这时老王在外面报信，说是水月回来了，明慧郡主这才匆匆忙忙出来，恰好与水月迎面相逢。两人擦身而过时，明慧却忽然看到了穆乐，心中暗暗吃惊。

等到天色渐黑，南景王府点上了好些红色灯笼，趁着月色，竟有几分喜气。

豪华舒适的房间里，小厮们正殷勤地伺候穆乐，穆乐左右躲闪不成，被扒光了上衣，终于受不了了："你们都走开！"

小厮们可不答应："小姐让我们来伺候您的！您别客气了！"

这时水月从外面进来，抬眼看看，命令小厮们道："你们都下去吧！"

房间里瞬间只剩下他们二人，穆乐直言："我不喜欢这儿！"

"那你喜欢哪儿？！你喜欢那个臭烘烘的马厩？你愿意住那个破茅草房？你想就那样天天看着远安，是不是？贱骨头！你就自己做梦吧！她才不把你当回事呢！要不然你怎么到我的手上了？"

穆乐皱着眉头，喃喃自语："是呀，你说得对，她并不把我当回事，否则怎么会把我给了出去？"

水月接近了他，轻轻捧着穆乐的下巴，转过他的脸，吐气如兰："她只当你是个东西、是个奴才、是个玩意儿。只有我是真的，真的喜欢你，对你好。那天在桥上遇见你，我就忘不了你了。"

她说着就要凑过来亲吻穆乐，穆乐忽然回过神来，一把推开她的脸。

水月别着脸，歪着嘴，还在坚持，穆乐用手勉力支开她。

水月回头又要扑上来亲他，穆乐却吓得牙齿打架，手指着水月的脸，哆哆嗦嗦地说道："你的脸！你是不是个妖精？你变化了？吓死人了！"

水月大骇，对着铜镜子一看，只见自己五官移位，口眼歪斜，她连忙捂住脸："我没事！我很好！我不是妖精！我没有变化！我有点累，小时候的毛病犯了。你吃点喝点睡觉吧！"

色心暴起的水月忽然就这样夺路而逃，穆乐惊魂未定，吓得龇牙咧嘴，浑身是汗。

水月狼狈地回了自己的房间，从枕头芯子里找到小盒子，可里面空空如也——她的药丸被明慧拿走了。

水月大骇："啊？我的药呢？！"

老王从外面进来，水月捂着脸说话，气急败坏："谁进了我的房间？有人偷了我的东西！"

老王欲盖弥彰："主人，您是短了什么，我这就把家里人都叫出来，一一查看。"

她这样子怎么见人？水月一只手揪住老王的领子："明慧郡主是不是来我房间偷过东西？！你给她把风放哨？！"

老王指天抢地："天地良心啊，明慧郡主每次都是来给老王爷送药的，怎么会、怎么会进您的房间呀小姐！"

水月大哭，把房间里的东西砸了半数，擦了眼泪咬牙发狠："完了，我的药没了！我的好日子要没了！"

华灯花草，宾客盈门，这是郭将军府上的夜游会。

远安擦了水粉胭脂，穿着华丽衣裙——她是精心打扮过的，正与几位相熟的朋友说话，赵澜之赶到，从马上下来。

远安回头，朗声朗气地叫他："赵澜之。"

赵澜之拱手施礼："远安。"

两人那夜几乎表明了彼此心意，此时相见甚欢，只是人多，他们不能过多表现，便走到一棵树下说话。

远安道："没想到你能来。"

赵澜之点头："待不了多久，等会儿还要去巡逻。"

远安纳罕："人犯不是抓到了吗？你还要忙什么？"

"我没同你讲呢，抓到的经过人证指认，不是真正的杀人犯。前天深夜，就在我们伏击的同时，又有女子在本城别处遇害了。我已命人发布公告，告诫百姓家中女眷不可在夜晚独自出行。我知道郭将军府有晚宴聚会，特意赶来告诫众人。等会儿这儿的聚会结束，你回家一定要加倍小心。"

远安跃跃欲试："我巴不得跟凶犯过过招呢……"

赵澜之摇头："又说傻话了。刚才在门口，我看见你的马车，可总跟着你的那个小奴穆乐却不在。"

远安听他提起穆乐，不由得讪讪然，转过身道："我把他打发走了，他眼下跟了别的主子。"

"打发走了？去哪儿了？"

远安哼了一声："是呀。我原本不知，其实他早与南景王府的水月姑娘交好，水月姑娘专门来跟我讨要他，我干脆成人之美，将他送人了。"

赵澜之摇头："可惜呀，可惜，我眼见着，这小奴对你忠心耿耿，可惜送给别人了。"

此言不假，远安默然低头，一瞬间仿佛又想起穆乐的种种好处来。

赵澜之从后面把远安头发上的一片树叶拿掉，远安转过身来，赵澜之仔细端详她的脸："上次见面，已经发觉你有些不同。"

"哦？哪里不同？"

赵澜之笑笑："说不好，样子、讲话、举手投足似乎都有些不一样了。从前像个小男孩，现在像个大姑娘了。”

“那你喜欢哪个？”

赵澜之道：“眼前这个。因为从前的那个，我总担心惹祸。现在的这个，我放心。”

有人敲响铜锣，众宾客不再聊天，将女主人围在中央，听她道：“各位请看，这是南诏国贡品兰花，十分少见，是花中极品。我们玩一个游戏好不好，我这里准备了些花草藤萝，哪位小姐插出来的花艺最美，我就把这盆兰花送给她。”

众人应和道：“好！好！同意！”

女主人知道远安是天后的红人，便道：“叶家大小姐，我听人说你最近勤奋研究花艺，也让我们见识见识怎么样？”

“不不……”

赵澜之低声鼓励：“你送我的花插得那么漂亮，上去跟她们比试比试！”

远安心虚，又得糊弄赵澜之：“我不想招人嫉妒。”

“来吧，远安，莫要扫兴。”

明慧郡主早在一旁看穿了远安，明里解围，实则讥讽：“插花原本就不是那么简单易学的技艺，哪能上了几节课就成了高手的？我们不要难为远安了。”

远安最吃这个了，霎时就被明慧激将：“我可能就是高手呢！”

她一步蹿过去，反抢在众人前面。

参赛的女孩们各显其能，远安却一筹莫展，等到众人看到了远安的插花，有人甚至没忍住，当即哄笑起来。

“远安小姐的插花还真是……别致呀！”

赵澜之不解地问远安：“你怎么不扎那天送给我的那种款式？你一定能赢她们的呀！”

远安还得撒谎：“我想尝试一点新玩意儿，谁知道，这帮人看不懂……算了。”

远处几个多嘴女看着她还在低声议论、嘲笑，挑衅地看着她。

远安越过赵澜之的肩膀看了个真切，她这人最好面子，当即怒气丛生，控制不住了，她看看自己手里插的花：“澜之你且在这里等我，我忽然想起来，这盆插花我可以送别人当作礼物！”

远安说走就走。赵澜之刚要追上去，被几个男客人拦住，只得任由远安去了。

远安头脑发热，气势汹汹地穿过草坪，长裙绊脚，她嫌麻烦一下子撕掉了裙边。

她假装淑女许久，早就已经按捺不住了，有人在高声议论她，一句一句，都听得清清楚楚：

“我偏不喜欢奉承别人，那叶家远安小姐的爹爹最近得到擢升。听说天后也跟她有些交情，可是你瞧她，笨手笨脚的，真是让人笑话。”

“就是嘛，这个样子还来参加这样的赏花宴会，逗死人了！”

“我也不喜欢她刚才看我那凶狠的眼睛，真是粗鲁，我们以后都不要理她！”

三人说着话路过假山，远安忽然跳出来。将三人拉进就近的假山洞中，不一会儿，洞中便传来了姑娘的惨叫声。

远安面色狰狞，正狠狠地把蜈蚣、蜘蛛放到她们的脸上和嘴里，叫嚣着：“你们很喜欢说别人的是非，对不对？你们很看不上我，对不对？”

正折磨得众人起劲儿，忽然听到一个熟悉的声音：“远安！你在干什么？！”

远安吓了一大跳，腾地站起来：“赵澜之？你……你怎么来了？”

赵澜之上前，赶快把小姐们扶起来，看向远安：“你知不知道你差点儿害死人？怎么可以这么对待同伴？！”

远安忍不住道：“因为我就是这样的人！我不想再装淑女了！我告诉你，赵澜之，我根本不会插花，我根本没有学会！我送你的那盆是老师帮我弄的！我这人就这样，这么野蛮！我跟她们不一样，我不是你喜欢的这种小姐！我做不到！我本来就是个腰缠软剑，行侠仗义的人！我不受委屈！别人对我好，我会报答！别人说我坏话，不行，我都要还回去！我就这样，我不想装了！”

她说完转身要走。

赵澜之叫她："远安！你去哪里？回来！"

远安才不听他的，越走越快，跑起来，谁知脚下发滑，摔了个狗啃屎，她爬起来又跑了。

赵澜之在郭将军府门口为宾客送行，忽然看到一辆车子，眉头皱了皱，便对孝虎说："你上去说一声，路面上不安稳，请她走大路。"

明慧郡主微笑着谢过孝虎，然后缓缓靠在车厢上，不愿回想的事情如今又进了脑海：自己为得到佛珠，不得不把赵澜之救回，口对口的呼吸……罗天洞蟒蛇潭上方的绳索上，赵澜之单手拽着戴着面具的她，她却纵身跃下山崖……

早该忘了的！早该忘了的！

如今想起这些做什么？！

明慧懊恼无比，强迫自己收回心绪，这时候才发现车子里哪里不对："什么味道？"

忽然，一滴红色的液体从上面滴在她手背上，她猛然抬头，只见一个血肉模糊的头颅正悬在车子顶上，嘴巴张开着，露出白森森的牙齿！

那人忽然袭下来，两人纠斗在一起，车子剧烈晃动，明慧这就要喊外面的车夫，却被斗篷人堵住了嘴巴。两人对峙，明慧注意到了那人蓝色的眼睛！

这时，车子忽然停住了，一个人从外面猛地打开车帘子。

竟然是赵澜之！

原来他早就发现明慧的车子蹊跷，一直暗中尾随，忽然察觉里面有响动，冲过来营救却只见——明慧郡主安然倚在车子里，身上披着毯子，仿佛刚才打了个盹儿，被他惊动了，缓缓睁开眼睛："是谁呀？"

赵澜之谨慎地立即从外面放下了帘子："给郡主请安。捕头赵澜之，刚从后面见郡主车子晃动猛烈，唯恐郡主出意外。特来查看。"

"我很好，没什么意外。"明慧郡主从容地说。

车子重新上路，明慧透过小窗看见赵澜之没再追来，这才舒了一口气，她把盖在身上的毯子拿开，一个身着斗篷的怪物藏在里面，阴笑地对明慧郡主说："郡主，还是这么聪明，没有向衙门的捕头告发我。难道不怕我就这么杀了你，揭了你的皮，像我之前对所有人做的那样？”

“因为我觉得你像我的一个故人。”

夜深人静，穆乐思来想去，觉得还是和水月说明白的好，他不想留在这里。便从自己房间出来，向王府深处摸索。忽然，静夜里传出断断续续的哭声，穆乐动动耳朵，循着哭声而去。来到一扇窗前，从窗缝向里面看去，竟是水月在哭。

“我早知道会是如此！我又不是真的小姐，又何必贪婪这层皮囊。我要最后化一次妆，让他看见我最好看的样子，然后我就此生无憾了！”水月喃喃自语，说完便揭掉了自己身上的整张人皮，将那皮囊挂在架子上。又取来胭脂水粉，开始画皮，“眉毛、胭脂、唇膏……可惜没有那些丹药，这张皮再也贴不到我身上……”

穆乐大骇，吓得向后一退，却碰倒了花盆。

“谁？”水月听到动静，拿把剪刀迅速抵在穆乐脖子上，“是你？你竟敢偷偷窥伺！现在你知道我的秘密了，我要宰了你！”

穆乐：“想不到你竟然是个怪物！”

血肉人听了这话，却是一愣，眼中泛出泪花：“你忘了我从前的样子了？我是小可啊。火乐的托托……”

穆乐惊讶：“你怎么会知道？”

三十六

剥皮大案

遇见远安之前的事情，穆乐其实都忘得差不多了。

他蹲在那里，看着这个浑身血肉模糊的小可一边哭一边和他讲过去的事，那些被打碎的画面重组，一一回到他的眼前：

自己被人贩子迷倒，还像牲口一样被拴在地上。他躺在地上喃喃自语：火乐的托托。十五岁的女孩小可用手捧来水，涂在自己的嘴巴上。可自己却一把推开小可，跳起来就要往外跑，只是被脚下铁链绊住，还惊动了人贩子，被暴打一顿，还停了吃食。小可扑上来救他，还将自己私藏的窝头分给他吃……

街市上，自己被人贩子当成货物一样贩卖，小可递给他一把锋利的石刀，两人一起跑，却被人贩子包围起来。小可本想牺牲自己成全他，他最终于心不忍，索性跑回来与小可共患难，两个人一起遭受人贩子的毒打，也就是这时候，小可被水月买走了。

血肉模糊的小可用力摇晃着穆乐："我说的这些你都记得吗？我说过要来找你的，我们说过不再做奴才，所以我才把你从远安那里带走。"

穆乐看着她，仍是不解："可是，你怎么会变成这个样子了？"

小可空洞的眼睛里充满了怨恨："就因为我不想当奴才。"

小可以为自己被水月小姐买回来当奴才，可是水月却待她宛如姐妹，她就这样被精心照料数日。直至肌肤渐丰，气色丰沛，水月小姐把她带去了书房地下的密室，喂给她一杯茶……从此她就成了水月，而水月，就成了她。

“你们以为我因祸得福了？殊不知，我才出了狼窝，又入虎口。我只有定期服用那铃铛花房的药丸，才能保持容貌，否则便会五官移位，丑陋不堪。那水月小姐蛇蝎心肠，研究邪术，自己走火入魔，甚至计划好了害死要将她远嫁的叔叔和婶婶！我呢，被换了皮，就是她给自己准备好的替身。她呢，换成了我的样子，留在景王府过好日子了！”

穆乐看看小可：“你没让她得逞？”

“我当然不会！我只是将计就计，以其人之道还治其人之身而已！那天，我披着水月小姐的皮被景王世子与夫人送去海外……”小可陷入了回忆，她清楚地记得，船上突发大火，火势熊熊，人人逃生无望……

水月提着火油桶，企图将叔叔婶婶、世子夫妇通通烧死，小可却忽然出现，打晕了水月，她本想换回皮囊，却又舍不得南景王府的财富，于是准备一把火烧了水月，对方却跳进了海里……“我没有别的办法，只能裹着水月小姐的皮囊回到王府。老王爷常年卧床不起，家丁人情冷漠，直到现在也没有人发现穿帮。可是天知道我有多后悔！可是不能哭啊我，眼泪是咸的，流到皮肉上，像刀割一样！都怪我，都怪我贪心，换了水月小姐的皮囊，每日如果不服丹药，不仔细化妆就会穿帮，都是我自己的贪心害了我！”

穆乐皱着眉毛看她：“那些洛阳城里被杀的姑娘，是不是你？”

小可指着房间里晾着的皮囊啜泣道：“我杀了她们又能有什么用呢？当然不是我！我知道水月回来了，她回来了，她曾经来找过我。”

长久以来的秘密和痛苦终于有人听，小可捂着脸痛哭起来。

穆乐叹口气：“你把水滴在我嘴巴上，你给我吃了个窝头。你曾想把我从人贩子那里救出去。小可，你是好人，我相信你说的话。我怎么做，才能帮你？”

与此同时，明慧郡主被真正的水月带去了一个脏兮兮的地洞，洞里挂着数张人脸面皮，或依旧鲜血淋淋，或开始腐烂变形，或已经干燥僵硬，形状可怕。明慧讽刺道：“谁能想到，南景王府的水月小姐竟落得这副田地？”

话音刚落，便飞来一把匕首，被明慧巧妙躲开了。

水月冷声道：“我要你来帮忙，不是要你来笑话我！你就不怕我像揭下这些脸皮一样，把你的脸皮也揭下来？”

明慧：“就凭你？我们从小一起玩，总是我赢你，对不对？别求我，我没有好心。更别威胁我，水月，我最不吃这一套了。想要我帮你，帮你找回自己的皮囊，就说说你能为我做什么。我们看看有没有生意可做。”

“我都看见了。你鬼鬼祟祟出入我家南景王府好几回，每个房间你都摸过，是想找什么？我知道南景王府的每一个角落，我能帮你找到你要的东西。是不是一颗小珠子？”水月将手指捏成环形，“珠子上面有很多乱七八糟、无法识别的符号。”

明慧暗暗惊讶：“你还知道些什么？”

水月笑了笑：“这么说，你是愿意和我做生意了？”

夜深人静，铃铛老师把放着祖传丹药的盒子藏在柜子里，忽然听到什么动静，便跑到前厅，却看见一个人在教室里练习插花。

她心下生疑，抄了棒子过去，看清了却啼笑皆非，在这里用功的竟然是那个最没有天赋的学生——叶远安小姐。

“叶大小姐，这么晚了，你怎么来教室插花？”

远安摇摇头：“铃铛师父你说得对，那天我就不应该拿你给我插的花去骗人。”

铃铛老师走近了：“你本来就不是摆弄这种东西的姑娘，为何一定要强迫自己？”

远安道：“其实……是为了讨一个人喜欢。”

“可是你这样不能做自己，弄得自己难受不舒服，但维持不了多久。就像蒙了一层画皮，到头来只怕还是弄巧成拙，徒留狼狈。”

远安点头：“你说得有理。可是……我做自己他就喜欢了？”

铃铛老师道：“至少你是真实的。你自己不累，你自己喜欢。”

远安思忖很久，起身给铃铛老师作了个长揖：“铃铛老师说得对，我本来就是喜欢舞刀弄枪的女孩子，这些东西我实在不喜欢，也就搞不定，不如干脆不玩。虽然在你这儿我实在没学到什么插花的手艺，但是你今天说的道理让我豁然开朗了，我谢谢你。我以后不来学什么插花了，可是你永远是我师父。”

远安说罢便起身告辞，只是牵马时却有种不祥的预感，马儿发出嘶鸣，她随之向上看去，一个戴着面具的人蹲在墙头，那张面具，远安是认识的。

“穆乐？是你？你怎么在这儿？你是来找我的吗？”

墙上的穆乐却并没回答，忽然转身纵身离开。

远安大失所望：“别走！你不认得我了？怎么见了面还不说句话？”

她抬脚就要追上去，此时铃铛花房内却忽然乱作一团，远安不明就里急往花房里面去，抓住一人问：“怎么了？怎么突然乱套了。”

那家丁回答：“是师父，师父她被人给害了！”

接到报案，捕头赵澜之带着一众手下赶到现场。

铃铛老师的家人跪地陈情：“原本好好的，忽然听见师父喊，来人！来人！我们冲进来就见到这般光景了。”

满地鲜血，不见尸体。凶手这次的手段竟与之前不同。赵澜之略略沉吟：“不一样的手段。不一定是同一人所为。管家，你师父的房里可丢失了什么东西？”

“回禀大人，财物不曾丢失，只是我家主人收藏药丸的匣子不见了。”

“药丸……”

管家道：“是的，是被宫中管制的秘药。实不相瞒，刚刚去世的铃铛师父的太爷爷，原本是宫内给高宗伺候花草的御花园花匠。太爷爷本人除了伺候花草的手艺高超，还喜欢研究将植物入药，根据后宫嫔妃的需要，研制出可以美容驻颜的良药。惹祸的药丸最初可是被嫔妃无比推崇，她们服用这种丹药，从而让自己能够容光焕发，得到天子的垂爱。

“只是忽然之间，一个颇为得宠的妃子因为服用过量七孔流血而死。皇上龙颜大怒，本欲将我家老太爷斩首，却又念及他多年效劳天子有功，此番又是无心之罪，便将他贬出宫门。

“老太爷爷出宫之后，为求生计就开了这间铃铛花房，专事养植花草，传授花艺，以前那些研制丹药的工作再不敢碰。他本想将那个引来杀身之祸的药方毁掉，可是无意中却发现这药丸能够再植断骨，有融合血肉的功效，太爷爷终究不忍将配方毁掉，要求儿孙们世代保守这个药方，除非万不得已，才能用此药救人，否则绝不可外传！”

赵澜之道：“你说你家师父祖传的这个丹药果真有这等功效？”

“原本我也不信，数年前，我曾亲眼见铃铛师父用她的丸药救了一个被恶犬咬伤的女孩，那女孩本来血肉模糊，服药之后肌肤恢复如初，全然好了……”

赵澜之有些惊讶，又问道：“今天晚上，你们可曾留意是否有闲杂人等出入？”

一家丁忽然道：“刚才我听到锣声正要进来的时候看见叶大小姐叶远安了。她进来看见满屋鲜血，转身就跑了。”

“你说谁？叶远安？”

家丁道：“是呀，叶大小姐跟师父学了几节插花课。是师父的学生。”

穆乐从铃铛花房偷出药物，便交给了小可，小可将药丸吞下。远安却忽然夺门而入，一刹那，她看见水月皮囊里的小可渐渐复原的过程。

“怎么回事？她的脸怎么了？”

小可走到镜子前，看着自己恢复了的容貌，发狂大笑，回头看看穆乐：“谢谢你帮我找来丹药，要不然我就完了！”她又看向远安，目露凶光，“但她发现了我的秘密，她不能活在这个世上，托托，你……你快帮我杀了她！”

说话间，远安看见穆乐手里的丹药，立时明白了：“刚才我看到的真的是你？是你从铃铛花房偷来丹药，给她治病？你把铃铛老师怎么了？”

穆乐错愕，他只偷了丹药，并未做别的事情。小可大叫：“还不杀了她？你忘了吗？你答应过我的，你会帮我做所有的事情！我现在要你杀了叶远安！”

远安大怒，上前要和小可厮打，小可却忽然跳开，按动床头的机关，远安脚下一空，落入深深的陷阱。穆乐见状，也毫不犹豫地纵身跃下，抓住远安要往上跳，可墙壁石头光滑，穆乐几次三番地滑了下来。

小可在上方狞笑：“叶大小姐你好大胆子，到了我的地方还想跟我来这套？托托，你怎么了？你跳下去是要救她吗？你变了，你从前多么勇敢叛逆，你现在真的要给这个大小姐卖命当奴才？你杀了她，你就还是我的朋友，我们一起享尽荣华富贵。你要是不肯杀她，哈哈，这个陷阱与沙井相连，你们两个就一起被我活埋！”

话音刚落，陷阱四周开始泻下细沙。

“托托，杀了她！杀了她我就放梯子救你上来！托托，杀了她！”

穆乐猛然回头，抓住了远安的肩膀。

远安气得够呛：“你干什么？你要杀死我？”

穆乐忽然把远安扛过肩头，自己在沙子里陷得更深。远安明白了，一时间热泪涌上来，从上面抓住穆乐的手：“你跟我说实话，你真的不知道铃铛老师的下落？”

“不知道！”

远安道：“我信！我不信别人也信你！”

穆乐道：“那就好！我往上跳，你往下踩着我，自己……自己蹦出去！”

远安着急：“说什么蠢话！要走一起走！要死一起死！你把我放下来，穆乐，你快把我放下来！”

小可终究动了恻隐之心，终于按动机关，陷阱口缓缓打开，深陷沙子中的远安与穆乐在里面险些断气，狼狈不堪。

小可放下绳子，两人爬了上来。远安一口气缓过来，打个滚就掐住了小可的脖子，穆乐哀求远安：“她是小可，她不是坏人！”

穆乐便把自己所知的前因后果跟远安讲了一遍，远安恍然大悟：“我明白了，这是计中计。”说罢，她从地上捡起一根乌鸦的羽毛，“我知道在哪里能够找到水月姑娘了。”

三人策马来到乱葬岗，水月阴森的声音传来：“你们居然找到这里来了，不容易呀。”

小可道：“水月小姐，你杀人害命，做尽了伤天害理的事情。我劝你伏法吧！”

水月大笑：“要我伏法？我杀人害命？别开玩笑了，这些事情都是你做的，跟我没有一点的关系。你们不想看看那些姑娘被揭下来的面皮？你们不想找到那个铃铛老师？如果想的话，那就跟我过来。”

三人小心谨慎地跟在水月后面，经过一株老松的时候，水月忽然不见了。

小可上前几步，却觉得脚下一软，瞬间坠入了一个丈八深井，头磕在石头上，立时晕了过去。

远安要上前营救，却不小心踩中绳索被吊了起来，她身体晃荡，头撞在树上，心里再有不甘，还是晕了过去。

穆乐要去救远安，却被水月从后面用木棍击中了头，穆乐只觉得头上剧痛，可是他身体骨骼硬朗，重击之下却没倒，支撑着转过身来。幸好明慧出手撒了药粉，穆乐才终于倒下。

昏迷的三人被水月和明慧郡主挪到暗洞里，放在一个巨大的黑色石头上，水月与明慧郡主看着他们，扬扬得意。

水月道："我知道你想要找的那颗珠子。少年时我在祖父的房里见过它，上面都是密密麻麻的符号，我喜欢摆弄这些玩意儿，就把那些符号抄了下来，研究了好多年，也没什么进展。不过还是明白了其中一小部分的含义。那就是换人皮！"

明慧郡主道："我只听过移魂换皮的传说，从来没有亲眼见过。难道真有此法？"

水月道："当然！明慧郡主，我今天就让你见识见识。小可，你终于该把我的皮还给我了！"

水月再不多言，当下给小可去皮脱肉，将那副皮囊贴在自己身上，动作熟练，却无比恐怖。明慧看着，总算明白国师为何要收齐三藏佛珠了，这些珠子果然大有乾坤。

水月换回了自己的皮，想要杀人灭口，却遭到明慧阻拦："你杀了他们，谁来替你顶罪？洛阳县衙的捕头又怎会停止追踪？最后不还是查到你的头上？"

"你是说……"

明慧道："留下他们，就留在这里，这个血肉模糊的小可就是杀人犯，而远安和这个小奴就是她的帮凶。而你，回南景王府，安安稳稳地做你的小姐！"

水月转转眼睛："可是他们岂能轻易认罪？"

明慧道："你忘了我们的证人了？"

洛阳城的凶残大案总算落下帷幕，县衙外面的百姓围了几层，议论纷纷：

“大家都知道了吗？杀人剥皮的凶手在乱葬岗被逮住了，那是个没有皮的怪物，专门害小姑娘！可她不是一个人，她还有两个帮手！”

有好事的连忙问道：“谁呀？谁呀？”

“就是户部尚书叶大人的女儿叶远安和她的小奴才！如今县衙老爷把那个怪物判了死刑，可是两个帮手仍然没有定罪，这不是官官相护吗？”

县衙门口乱成了一锅粥，百姓们纷纷叫嚷着严惩远安和穆乐，鼓动者转身来到了车子外面，对着窗子里面的水月和明慧说：“我照您的吩咐，把话都说了。”

三十七

又生毒计

深牢大狱，暗无天日。

捕头赵澜之进了牢房，支走了几个看守的衙役，走到远安面前："案情查清，人证物证俱全，杀人的正是那个怪物小可！她如今已经被关入死牢。而你和穆乐是她的帮手！听见外面的声音了吗？"

外面有百姓的呼声传来，远安却并不知情："他们在喊什么？"

赵澜之道："这是外面的百姓要求严惩坑害女孩们的凶手和帮凶。要求县令不要官官相护，要求给你判刑！你听懂了吗？"

远安恼怒，忽然又笑了，指甲抓着栏杆，挖出了痕迹："你信吗？你信我是帮凶？"

赵澜之摇头："我信不信有什么用，认定一个人是否有罪，要看证据！你还不承认自己错了吗？"

"我哪里错了？"

"我早就告诉你，不要多管闲事。你不听，到底还是把自己卷进这起事件里。远安，我确定你不会杀人害命，我可以放你走！可是你得跟我保证，你会接受教训，不再做这样的蠢事！"

远安略略沉吟："要是我承认我错了，你会放了我？"

"会。"

"会放了穆乐吗？会放了那个连皮都没有了又被人栽赃陷害的小可吗？"

赵澜之摇头："不会。铃铛花房的房梁上有穆乐的脚印。证人指证了你说的那个小可。”

远安还想讨价还价：“我承认我错了，你也不会放了他们？”

赵澜之道：“可我会放了你。”

远安笑笑：“不。我没错。赵大人，我做不了你想要的那种女孩儿。送你的那个漂亮的插花也不是我做的，我这人从前这样，现在这样，以后也这样。你不肯放我就拉倒。”

赵澜之皱眉恼怒：“冥顽不化！”

他转身就走，剩下远安回到牢房的深处，穆乐坐在黑暗的墙角：“他都说放了你，你怎么不走？”

“不乐意。”

“是因为我？”

“因为我是你主子。不能护着你，我还有什么用？”

穆乐：“我原本好像不叫这个名字。小可说的，我叫托托。”

远安才不愿意听这个：“你是我家的穆乐。”

“那你还把我送人了……”远安听了这话心里不高兴：我想着救你，你却在这个时候翻小账了？她刚要修理他，却见他眼波一转，当下她心软了，竟看着他出神。

远安的事情传到了武后耳朵里，弹劾叶家的奏折都收到了好几封，要不是武则天力保，恐怕叶大人的乌纱也要保不住了，前些日子还喜气洋洋的府里现在愁云弥漫。

好在叶家还算有些权势，准许外人探望。这一日，夏叔亲自给远安送来了吃食，远安和穆乐狼吞虎咽，只是吃到最后却发现有些不对劲，便震惊地看着夏叔。夏叔悄悄道：“这是地库里那位让我带给你的。”

每到危难之际，天枢一出手，远安总能化险为夷。这次也不例外，她在天枢的帮助下，带着小可、穆乐两人逃出大牢，一路来到河边渡口，远远有客船驶来，做这些都是在深夜里做偷渡勾当的，江湖里最不缺卖命的，只要川资够数，他们绝不追究别的事情。那高大的船夫站在船头招呼：“要去哪里？”

远安朗声答道：“最远的地方。”

穆乐与小可跳上船，回身再去看远安，她却在岸上没动。

穆乐着急：“干什么？你怎么不上来？”

远安摇摇头，“我爹爹母亲弟弟都在这里，我这么走了，他们就完了。不仅爹爹的乌纱帽保不住，全家都得株连。我不能走！”

穆乐难以置信：“你怎么骗人呀？你不走干吗要逃出来？！”

“为了让你和小可走！你看看她，皮都没有了，买个馒头都能吓死人，以后她自己没法过活！你快带着她走吧！别废话了！快走快走！”她一边说一边推搡穆乐，“船家快开船！”

这突来的变故把穆乐给弄得愣住了，他与小可站在船头看着远安，看着她越来越远，越来越小。

远安起先笑嘻嘻的，也一直看着穆乐的脸。她忽然就难过了，笑容收了回去，眉眼都垂了下去。

穆乐忽然跳入水中，破开波涛，爬回岸，一直冲到远安身边，气得哆嗦：“原来怎么说来着？你去哪儿我就去哪儿！要走一起走，要留一起留，要死一起死！”

远安大恸，眼泪夺眶而出，手指头指着穆乐：“我看我是管不了你了！让你走你不走，刚才那锭银子我是白费了！打水漂了！”

穆乐大吼：“谁让你骗人！谁让你又把我送人了！”

客船回到岸边，小可跑上岸，冲到两人旁边：“我也不走！我没杀人，没做伤天害理的事，凭什么我要逃走？！我不服！”

她这话都在理，远安略略沉吟，忽然醒悟了，咬牙发狠：“对呀，我们没做坏事，为什么要逃？！南景王府的水月才是坏人！必须把她绳之以法！”

小可道：“找她去！马上找她去！以命抵命！”

远安一把抓住她：“别冲动！否则又像上次一样中埋伏，被栽赃陷害！此人狡猾凶狠，弄不好背后还有高人相助。我们再去找她，必须小心行事！”她转转眼睛，“这一次，我一定要让你原形毕露！”

流连病榻良久的南景王终于断了气，王府里搭了灵堂，和尚道士在念经超度。来吊唁的人们却稀稀落落，披麻戴孝的水月姑娘见此情景颇为不满。

捕头赵澜之从外面进来，上香拜谒，水月起身相迎：“之前的事情，真是麻烦赵捕头了。”

赵澜之摆手：“区区小事何足挂齿。水月姑娘原本也是被人污蔑的，案子审结，还您清白，坏人明日正法。也是我的职责所在。”

水月点头欠身。赵澜之低头扫视，注意到她面上虽有哀色但是敷着胭脂，孝服里面掩着颜色鲜艳的衣服。

水月道：“来人啊，引赵捕头去后堂休息。”

仆人引着赵澜之往后面走，忽然一个小道横着蹿出，抢在他前面，撞在赵澜之身上。

仆人喝道：“你这道童，怎么不看好脚下路，惊了官爷！”

小道连忙道歉：“对不住！对不住！师父差我去拿那些偷跑出去的师兄弟，我着急呀。”

小道抬头，只见她弯弯的眉毛，黑黑的眼睛，红嘟嘟的嘴巴，不是远安却是哪个？

远安扭身就走，直向外面。

赵澜之回头吩咐家仆：“回去告诉水月姑娘，我衙门里还有事，先行告辞了。”

他随后便追了出来。

话说那仆人将话回了水月，她咬牙愤愤：“果然人走茶凉，祖父过世，我不能世袭爵位，家产又所剩无多。来拜谒的人那么少，一个小小的洛阳县衙捕快也敢如此敷衍！哼！”

另一边赵澜之跟着远安穿过街巷，进了一家小茶馆。

隐蔽之处，远安安然落座，回头看看赵澜之，示意他坐在对面。

赵澜之忽然笑了，饮茶：“明明跑了怎么不跑远，又回来作甚？”

远安道：“回来是为了真相。为了把坏人抓出来！”

“我就知道会在这里找到你。”

远安道：“我也知道能在这里等到你！你办了那么多的案子，你该有直觉凶手就是水月，对不对？”

赵澜之道：“我办了多年的案子，所以更加相信证据。说水月小姐是剥人皮的凶手，没有证据，没法定案。”

远安道：“害人上瘾，她一定会露出马脚。你得帮我！赵澜之！”

赵澜之看着她：“这件事情你们别想翻案！求我也没有用！你是逃跑了的匪，我是要逮捕你们的官！你没有资格跟我谈条件！”

远安大怒：“你真是顽固不化！”

她推了茶就走，赵澜之低喝：“坐那儿别动！”

远安不听，赵澜之抓住远安，刀抵在远安的脖子上：“带我去，把那两个人找出来！”

“我要是不呢？！”

赵澜之刀刃往下摁，远安颈上出血。

赵澜之威胁道：“我没开玩笑。把他们交出来！要不然把你小命儿拿来！”

远安转头，忽然红了眼睛，甜甜贱贱地说：“你讨厌……”

赵澜之也为难，刀刃却怎么也压不下去了……

之后不久，洛阳城的老百姓议论说，洛阳县衙的赵捕头真真是个大英雄，他把那逃狱的剥皮怪物逮了回来，按时正法！

当刽子手手起刀落，小可人头落地。人们的欢呼声更高了。

一直在车上观察的明慧郡主放下了窗帘，心中的大石终于落地，她来到南景王府时，府中下人因为久久未发月钱已经散了大半。水月明显心情不佳，见明慧来了满是不耐烦，只带她去了一个幽暗的房间里，从柜子的深处拿出佛珠，佛珠精光湛然，无比璀璨，明慧霎时眼睛发亮，想要碰一碰，水月却猛地合上了手掌。

明慧沉着脸：“给我。”

水月答得倒也干脆：“不行。”

明慧冷冷看她：“我这人说到底是个死心眼，答应别人的事我都会做到。别人答应我的，也必须如此。从前啊，有个人骗我，后来他死了，死得很惨。水月，你也要像他一样吗？”

“听着好可怕……不过，这珠子不是一般的珠子吧？明慧郡主，我不知道它的来历，可是两头都有洞，想是原本穿在线上的。看大小，是和尚手上戴的念珠。佛家的东西，我不施舍你，你不能要。没错吧？明慧郡主，我死了倒无所谓，可要是我死之前，把这玩意儿毁了，你说你会不会失望呀？”

明慧知道她狡猾无耻，还是让了一步：“你想怎么样？”

水月道：“再帮我做一件事情。”

“干什么？”

“我不想再当现在的水月了。我想做别人！有更高的地位，更大的权势，而不是这个连爵位都承袭不了的穷小姐！我还想要换皮！”

深宫之中，武后从外面进来，皇帝李治正与国师天桥说话，见她进来，皇帝道：“媚娘你来得正好，国师正有事情启奏。”

武后与国师素来不睦，只是皇帝在此，总要应酬，便和颜道：“国师今日前来，不知又有何赐教？”

天桥道：“臣听闻天帝天后要将九公主嫁去南诏国，可是确有其事？”

武后道：“有。后日启程。南方边境终日交战，百姓苦不堪言，如今南诏国换了新君，祈求和亲。我欲将九公主嫁给他，成就良缘，给百姓安定，这是好事。国师觉得有何不妥？”

“天后，南诏国进犯我领土，骚扰我边民，与我大唐不共戴天。臣以为如今虽更换新君，正是局势不稳的时期，大唐更应把握良机，一举将其歼灭！”

武后微微一笑：“有国师操劳，是皇上与我之幸。只是事关政事，非典礼祭祀敬天祈福之事，本不该劳烦国师，我能应付。对国家或者百姓来讲，和平总比战争好。此事我主意已定，就请国师不必再挂念了。”

天桥施礼退下，待他走后，皇帝道：“媚娘啊，无论如何，天桥是本朝国师，你当对他以礼相待。刚才说的话，太硬朗了些，太蛮横了些。”

武后道：“臣妾刚才说话，态度确实有些不周，冲撞了皇上，请皇上恕罪。只是天桥国师当年保护三藏法师法体立下大功，后又献计献策于先帝，制造工事武器助我大唐击败突厥。臣妾总感觉，国师本该有悲天悯人之心，可他比一般武将更热衷于兵事。臣妾不能苟同。况且与南诏国和亲一事，皇上与我心意已定。天桥国师此番话说多了，手伸长了。臣妾不得不如此回应。”

皇宫中，即将启程远嫁的九公主在梳妆，武后站在她身后微微含笑："你此去路途虽远，但听闻南诏国新君是个风姿俊朗、温柔儒雅的年轻人，一个女人一生里最重要的事情莫过于找到一个理想的丈夫，这是你的造化与运气。"

九公主道："谢天后成全。"

宫人通报，明慧郡主带着水月从外面进来，给武后与九公主施礼。

明慧道："启禀天后，这位就是我跟您提过的南景王的孙女水月姑娘。"

武后仔细打量水月，满意地点头："看上去就是一个美丽灵秀的女孩儿。你祖父的事情，莫要埋怨我和皇上，南景王已经世袭三代，世子去世得早，你是女孩儿，年纪还小，不能承袭爵位。明慧保荐你，说你知书达礼，又通晓南诏国的语言，我请你护送九公主去那里，差事办得好，回来之后我自然会好好封赏。"

水月连忙谢恩："水月一定尽职尽责，照顾好九公主，完成差事。绝不辜负天后重托。"

三十八

巧施妙计

九公主远嫁，高宗与武后亲自送行，鼓乐齐鸣，百姓围观，九公主叩谢天恩，登上车辇。

车队在官道上浩荡前行，九公主打开小窗，对骑马的水月说："自己在车上好闷，水月姐姐，你来车上陪我说说话好不好？"

水月随即下马，上了车子，与九公主隔着小桌相对而坐。

九公主道："我与水月姐姐一见如故，今日我告诉你一个秘密。我平时顽皮叛逆，常去市井上游逛，跟民间艺人学过戏法。你想不想看看我的手段？"

"好呀，公主让我见识见识。"

九公主把一块手帕在手里旋转，打开竟飞出一只白鸽，九公主把白鸽抱在怀里，得意地说："怎么样？我这手法还不错吧？"

水月鼓掌："果然精彩！"她随即又摇摇头，"可惜呀，那手帕只是障眼法，我知道真正的机关在公主您的袖子里面。鸽子早就藏在里面了，对吧？"

九公主哈哈笑："竟被你识破了。"

"公主呀，您学到的这些实际上都是空有热闹的小玩意儿。我也会魔术，不过比公主您玩得大。公主有没有兴趣看看呀？"

说着，水月从怀里拿出一个固体的香料，放在灯火上加热，固体熔化，起了袅袅烟气。

她开始解开自己的发髻，从头顶揭下头皮、脸皮，一个血肉模糊的人从皮囊里面跳脱出来，又将自己的皮囊如同折叠衣服一般好好地放在旁边。

九公主看得目瞪口呆：“水月姐姐这是在做什么呀？”

那没了皮的怪物水月道：“我把自己的皮脱了下来。这就是我的真身呀！”

九公主道：“这样比起来，果然我的是小戏法呀。”

水月道：“这算什么呀，我还可以把九公主您的皮揭下来，我们两个换过来，就好了。”

血肉人水月哈哈一笑，把九公主的手拿过来，划了一刀，皮肉豁开，血流出来。

“这香料起了作用，眼下公主感觉不到任何疼痛。不过这里面可不仅仅有止痛、让你迷糊的香料，还有最重要的成分丹砂。我会从你的头顶，头发里面开一个足够大的口子，将这些丹砂灌入你的头顶。丹砂沉重，会迅速地沿着你的皮肤和血肉之间的缝隙滑下，将它们整齐地分离。我轻轻一拽，你的肉体就会从你的皮囊里面跳脱出来了。一点儿都不疼！完完整整的一张皮就脱下来了！公主敬请放心，我手下有准儿，这不是我第一次玩这个戏法了。”

九公主忽然摆手：“这不是戏法，你要害我！你想要我的皮，你要变成九公主！”

水月凶相毕露：“现在才明白？太晚了！你逃不了了！”

她上来就要割开九公主的头顶，九公主挣扎着放出白鸽。

情况有变，两人忽然凭空出现，突入车辇，车盖掀开，曝光于日光之下。正是赵澜之与穆乐！

没有皮的怪物水月大惊失色：“啊？！赵澜之？！你怎么在这里？”

赵澜之冷冷一笑：“不在这里，怎么看到你换皮的表演？！”

穆乐赶紧上前将九公主扶起：“怎么了你？怎么动不了了？”

九公主道：“没事。就是吸入了她的一些迷药，有些手脚发软。等什么，还不快把这个坏蛋逮住？！”

水月大惊失色：“你是谁？你不是九公主？”

哪里是什么九公主，当然是有主角光环护体，永不失败的叶远安阁下！

水月道：“那……那小可呢？”

小可自然是被赵澜之暗暗救下。原来，赵澜之为了救远安，不惜去找武后，武后怜其真情，便打算助远安等人一臂之力，于是众人合伙设了这个局。

而明慧在山崖上已经得知真相，却不能轻言放弃，她必须夺回水月！便下定了决心，一不做二不休。

赵澜之与穆乐带来的人本已捉到水月，忽然山上有大量刺客袭来。

赵澜之反应过来，当即命令穆乐："不好！有埋伏！小孩，带着你主子快走！"

远安之前吸入了水月的麻药，手脚发软，非常着急："赵澜之！"

赵澜之大叫："你们快走！"

穆乐将远安负在肩上，厮杀着要突出重围。

刺客众多，赵澜之掩护两人，飞箭袭来，赵澜之中箭，身体被射得飞起来钉在树上，刺客举刀就要刺向赵澜之。

与此同时，穆乐身后负着的远安被人扯下，摔在地上。刺客举刀刺向穆乐，远安挣扎着起来扑上去挡住了穆乐，远安肩膀中了一刀倒在地上，刺客拔刀又刺。

赵澜之、远安陷入了生死存亡的片刻，也就在这一片刻，穆乐忽然红了眼睛，天地在他视野里仿佛忽然定格，所有人、所有动作、所有发生的事情在他眼中都变得无比缓慢，鼻息间的血腥气息让他又一次看到了尸横遍野的沙场，一个人身披铠甲浴血拼杀，勇猛无敌。

所有人都是缓慢的、迟钝的，只有那个人是迅速的、凶狠的。

那人回过头来，穆乐看见，那是他自己的脸！

这一个空间里的穆乐，面临着同样的局面，所有人缓慢的动作里，赵澜之与远安生死片刻间，唯有他动作奇快，在刺刀刺向远安的瞬间，将她从地上平行拽走，同时杀死了刺客。

穆乐转身飞出长刀，刀在空中旋转，削掉了刺客的脑袋，赵澜之被救！

也就在这一瞬间，远安的小马奴穆乐变成了勇猛无比的战士，在赵澜之与远安的注视下残忍地杀死了所有的刺客——只在一瞬间！

杀手穆乐完成了自己的活计，上前把赵澜之钉在树上的箭尖砍掉，赵澜之倒在地上。

穆乐走到跟前从地上抱起远安，轻轻碰了碰她肩膀上的伤口。

远安龇牙咧嘴："不疼！我什么事儿都没有！这些人都是你杀的？你什么时候……什么时候学了这些？"

穆乐皱眉思考着，忽然过电一般痛苦，那些眼前的异象全部消失了，他一下子昏厥过去！

远安把他紧紧抱住："穆乐！你快醒过来！"

穆乐喃喃："火乐的托托……"

生死劫后的远安满脸是泪："不是，你不是什么火乐的托托，你是穆乐。我家的小厮穆乐。我是你主子远安，穆乐，快醒过来！"

穆乐缓缓睁开眼睛。

南景王府的水月姑娘正在山野中慌忙逃命，她的皮囊如今没了，只剩下一身血肉。

忽然，她被突袭来的软鞭子卷住了脚踝，鞭子扬起，力大无比，水月滚下山崖，浑身血肉擦过岩石泥土，疼得要命。

明慧高高在上地看着她："我早告诉过你，能做回自己，你本该满足，怎么样？服不服？到底死在自己的贪心上了。"

水月从口中吐出佛珠，呈给明慧："明慧郡主，这颗珠子我一直随身带着。现在给你，请你无论如何都要救我一命呀！"

明慧忽然用尖刀刺入水月的身体，你当我不长记性？你当我是善男信女？！"

天地苍茫，一片血色。

水月的尸身不久之后被赵澜之派出的手下找到了。

话说案情终结，包扎好伤口的赵澜之与远安不敢怠慢，立即进宫向武后禀告。

武后对远安语重心长地说："我知道你心里还在埋怨澜之，只是这事情确实蹊跷，他又是个只相信证据和自己眼睛的捕快，你让他怎么办呢？九公主这件事情，也算是我配合，给你洗刷冤屈，我就在这里跟你讨个人情，你就谅解他吧。话说回来，他怎样阻挠，不也是为你的安全考虑吗？"

“远安明白了。”她便回身给赵澜之作了长揖，“赵捕头，我谢了天后，也谢谢你愿意最后帮我做局。我也原谅你自以为是、顽固不化，替我瞎操心。”

赵澜之发窘：“你……你老实点，不要这般手舞足蹈的，肩膀上还有伤呢！”

远安更是嬉皮笑脸：“不疼！”

武后摇头微笑：“到底是年轻人，怎么闹腾都可爱。对了，那些后来袭击你们的杀手知道是什么来头吗？”

赵澜之道：“启禀天后，杀手全部毙命，没能留下活口。”

远安沉吟着：“小的倒有些主意。水月设计陷害我，所有机关情节不像是她一人所为，定有同伙。当我们做局反击的时候，还未等故意召她进宫，此人却已经找到门路，主动觐见于您。九公主远嫁南诏国，车队秘密前行，知道路线的人本就不多，究竟是谁布置了埋伏？所有这些疑点汇集在一起，恐怕查出那个人是谁并不困难。”

赵澜之闻言思考，仿佛受到了些启发，远安所言，全部指向一人，可是并没有确凿的证据，他不敢在武后跟前妄言。

武后听了远安的话，沉吟片刻：“可惜刺客已经全部身亡，此事不能再往下追究了。眼下最棘手的问题是，设下陷阱引诱水月出来的事情是假，可是南诏国求和亲是真。真正的九公主并不愿前往，我要派谁去呢？”

说到这个，远安转了转眼睛：“天后，关于这事儿，我还有个主意……”

远安征得了天后亲准，小可要替九公主去南诏国和亲了。

临行之前，远安嘱咐小可：“路途很远，你一路上一定要小心。这下好了，你不再当奴隶了。你被授了大唐公主的封号，去南诏国当王妃。”

小可道：“远安小姐，谢谢你！也谢谢你，托托。如果没有你们，我恐怕连命都没有了。”

穆乐只是木着脸，摇摇头。

远安知道两人有些体己的话要说，便道：“你们说话，我去那边看看。”

小可看了看远处的远安与赵澜之站在一起：“托托，有个秘密，我得告诉你。”

穆乐：“什么秘密？”

“远安小姐……她……她心里有你！远安小姐若是真把你当奴才，会舍了自己的命救你？会因为你，舍了自己的命救我？这就叫作心意！那天夜里在河边，我们在船上，她在岸上，我看得明明白白！只可惜……恐怕连她自己也不知道呢。”

穆乐道：“你别胡说了，快走吧！”

小可抢着说：“那个赵捕头，你要是找机会把他除掉了，远安就是你的了！”

送行回来的三个人经过街市，刚刚经历了生死，此时的平静让人格外珍惜。

穆乐在前面牵马，远安与赵澜之并肩走在后面。

赵澜之从马鞍上拿出一个小包裹，展开，里面是远安的插花。

“这个……这个不是已经砸碎了吗？”

赵澜之道：“我给收拢起来，还原了。差不多还是原来的样子吧？”

远安想笑，点点头：“差不多吧。”

赵澜之道：“远安，水月这件事情让我明白一件事，人还是当自己好，不能画上一层别人的皮。你如果不去冒险、不去闯祸、不去打架，你就不是远安了。那我……我喜欢的……不会是这样的女孩儿。所以我，我想从此之后，你愿意做什么就做什么，你愿意把花插成，”他笑起来，“插成这样，也随便你……”

远安听他这话真是高兴极了，赵澜之执起她的手，她将他反握住。

穆乐回头看见了，愤愤然又转过身来，兀自又走到卖面具的摊位前。

拿起一个面具，眼前仿佛又浮现起自己身着铠甲杀敌的样子。

赵澜之道：“远安，这孩子武艺进步惊人，是你身后的高人教的？”

远安心想他说的定是天枢，十分戒备：“……什么呀，我身后哪有什么高人？再说他……他那点三脚猫的功夫还谈得上什么武艺精进，你是不是案子办得多了，看谁都是坏人啊？”

赵澜之笑笑：“不是怀疑，是爱才。他那可不是三脚猫的功夫。他救了我们好几回了。我倒想跟你商量一件事情，让一个能力非凡的人埋没在自己身边，总是委屈了他，前两日郭将军跟我说要找些身手好的人去军中效力，机会不错，我想举荐这孩子，你怎么想？”

远安转转眼睛，略略沉吟：“我看还是算了吧。这人太野性，怕是只听我的，你还想调他去军中，得了吧，可别找麻烦！”

“好吧！无论如何，他的事情你说了算。因为你是他的主子，他是你的奴才！”

“嗯。”

赵澜之又道：“刚才你在天后面前说的话，我有些不太明白。远安，你是怀疑谁了吗？”

远安刮着下巴：“小可曾跟我说过，有一个人在事发前经常出入南景王府，然后她的丹药就不见了。也是这个人将水月姑娘引荐来当九公主的随侍女官的。我们几个被锁在密室里的时候，我迷迷糊糊的，不知道是自己的梦，还是真的看见了。那个人就是明慧郡主。”

赵澜之暗暗震惊，果然如此！

远安道：“也许是我过于敏感。也许是我讨厌她那个高贵端庄的样子，所以才会注意到她的身上。所以，刚才天后有意维护，让不再深究的时候，我没有再坚持。”

赵澜之心想这姑娘果然还不傻，还能读懂天颜：“你也看出来天后是有意维护，不想深究了？明慧郡主是国师高徒，天后与国师之间关系错综复杂，彼此制约。天后是有其用意的。”

远安道：“但愿不是她。”

赵澜之笑笑，回身上马。

远安跟在后面：“你去哪里？”

“先去县衙跟老爷复命。之后还要去看一位朋友，今天是他的生辰。”

赵澜之与远安分别后，来到姜忍坟前，带了果酒祭品，一一摆上，自斟一杯道：“姜忍，今天是你的生日，咱们好久没有好好喝一杯了。我瞧你这坟上干净，想是也有朋友常来看望吧？来，这杯酒，我敬你。”

一个人出现在赵澜之的身后，黑色的裙袂随风轻摆，赵澜之起身，拱手施礼：“明慧郡主。”

“赵捕头。在姜忍的坟前见到你，可真是让人意外。”

“郡主可能有所不知，我与姜忍一同在军中效力，是要好的朋友。”

明慧站起身，面向赵澜之：“是吗？这个我确实不知道，我就记得，是你杀了他。”

赵澜之并无愧色：“形势危急，在您大婚的典礼上，他想用毒药害死所有的人。”

明慧道：“是呀。我知道。可是所谓道不同不相为谋，既然一个是执法的捕头，一个是害人的罪犯，你杀了他是职责所在。赵捕头，你又来看望姜忍干什么？你就不能让他清净清净吗？啊？”

赵澜之低下头，心里面是复杂的、痛苦的感情：“谁愿意亲手杀死一个要好的朋友呢？”

明慧冷笑：“真的不愿意？可是这样你才能立功呀。哦，我忘了，赵捕头，您是不是又立功了？您捉住了那个剥人皮的水月小姐，保护了九公主，天后怎么赏赐您呀？”

赵澜之沉吟良久：“姜忍生前对郡主忠心耿耿，我杀了他，您心里如何恨我，我全盘接受，无话可说。只是我赵澜之办案执法，抓捕坏人，问心无愧。说起来南景王府水月姑娘的事情，我倒是想问问郡主，您与她有些什么交情？”

“怎么？怀疑我？”

赵澜之道：“不敢。只是据我所知，水月成为九公主远嫁的随侍女官，正是郡主您推荐的。”

明慧笑笑，将酒洒在姜忍坟前，转身看着赵澜之：“没错。只是我没有赵捕头的神通，不知道与我从小长大的好朋友，竟是杀人犯。这确实是我的错。来抓我吧，扔我进大牢！”

赵澜之僵住没动。

“不抓？那我可走了。”明慧转身就走。

此人分明与剥皮怪物一案难脱干系，但是缺乏证据，她态度嚣张，这倒让赵澜之踯躅为难起来。片刻，忽然腥风骤起，猛兽长吟，一只斑斓金睛的大虫咆哮着蹿出丛林！

两人都是悚然心惊，早就听说这一带有虎为患，谁承想被他们遭遇了！

大虫扑向明慧郡主，明慧下意识地闪躲，有心从怀中抽出皮鞭却又迟疑了，一边躲闪，一边心里计较：可惜赵澜之就在后面，我不能施展！否则岂不就露馅了！

她迟疑的瞬间，脚下发滑绊倒，她本来武功高强，但是顾虑太多，不能施展，此时跌倒更处于劣势。猛虎就要扑向明慧的片刻，赵澜之忽然从树上吊下，握住明慧的手臂把她拉了起来。

他在上，她在下，这个情景似曾相识，赵澜之忽然想起来了：

罗天洞外蟒蛇潭上，蒙了假面，扮作常客的明慧被赵澜之拽着手臂，也是这般向上看。

只是那时候，她要设计脱身，临走时假意道："你欠我的——"

旋即坠入悬崖！

同样的情势，赵澜之认出了那双眼睛，喃喃道："你究竟是谁？！"

猛虎就在下面，眼看就要扑上来压住明慧，忽然四个白衣小童非跳非走轻飘飘地出现了，他们是国师座下童子。

为首两人轻轻摆动拂尘，口中念念有词，那猛虎就再也动弹不得，不一时竟似猫咪般乖觉，轻巧而去。

小童立起单掌，对明慧道："明慧郡主，国师有请。"

国师何等威严，赵澜之不能多问，在无比震惊与怀疑中看着明慧郡主被那四个小童带走了。

三十九

少年认亲

远安与穆乐欠了天枢人情，便带了满桌的酒菜来找他。天枢也不客气，大块吃肉大口喝酒，还用筷子点着穆乐的鼻子："听说这小孩又立了大功？"

穆乐嘴里叼着鸡腿儿，摇头："没……"

"怎么没？你救了我的命，你杀了很多刺客，你自己不记得了？"

穆乐说实话："记不太清。眼里看见的是别处，别的人。"他这时想起来什么，对天枢道："老师父，我想请教你一个词。你可听过'火乐的托托'？"

天枢略略沉吟，远安、穆乐见他表情肃穆，越发觉得此事重要，半晌之后，天枢道："切，没听说过。真把我当作神仙了？！"

三人兴致极高，不一会儿就空瓶满桌，天枢最先倒下，穆乐与远安将他安顿好，便离开地库，去了花园。月光甚好，两人慢悠悠地闲聊："这老家伙人不错，这回咱们能脱险可多亏了他。"

"嗯。"

远安看看穆乐："你也是。"

穆乐看看她："我也是什么？"

远安道："我这人别的没有。对我好的，对我坏的，我都会记住。你们对我都很好，我都会报答你们！"

穆乐摇摇头，看见远安的绑腿带子开了，蹲下来帮她系好。

远安："你又救了我，我怎么帮你？这样好不好，我找人帮你打听小可说的那个'火乐的托托'到底是怎么回事？"

穆乐道：“那是我自己的事儿。我自己去打听。”

远安：“那……那让我帮你做点什么吧。你可有什么愿望，我帮你达成？”

“有。”

远安：“说！”

穆乐仔仔细细地看了半天远安：“不告诉你。特别不能告诉你。”

远安愣住了。

月光之下，远安凝视着穆乐的眼睛，那明亮的黑葡萄一般的眼睛，竟不知道该说些什么了。

地库里，睡得迷糊的天枢一口气不顺畅，忽然从睡梦中惊醒，他一下子坐了起来，紧紧握住自己手腕上的两颗佛珠。他拿起腕子上的两颗佛珠观看，猛地摘下来想要把它们扔入火中毁掉。

忽然又迟疑了。

回忆袭来，像一只大手把天枢又捉回了十几年前，那不堪回首的过去……

三藏法师将九星佛珠的秘密告诉了两个最信赖的随侍弟子，佛珠上镌刻着无数奇怪法门，其中就有换肤之术。天枢与天桥彼此看看，颇为震惊。

天枢道：“师父，既然那佛珠上记载了如此邪恶的换肤之术，且远不仅仅如此，那留它在世上又有何用？为何您不肯将它毁了？”

三藏道：“为师怎能没有想过将它毁掉。可是佛珠能被毁掉，那些奇门异术散落在各地就没有传承之人了吗？况且法术本身只是智慧与经验的结晶，它们没有善恶之分，有善恶的是应用之人。这些法术为恶人所用会伤人害命，为善良之人所用能救死扶伤，趋利避害。你们说是不是？”

“师父，师父……”

回忆总是不为他所控，他又想起了三藏圆寂，慈恩寺大火的当夜。同门争夺佛珠，不惜你死我活，九星佛珠散落一地，那邪恶的光芒，师兄弟们的哀号……

天枢痛苦地闭上眼睛：“想不到这三藏佛珠上的法术竟在洛阳城的市井里现身了：罢，来与去都是缘分。这两颗佛珠既是师父留给我的，我就把它们留在身边吧。”

就在天枢回忆自己的恩师三藏和十几年前慈恩寺大火的时候，明慧郡主在寻找着下一颗佛珠。

它在哪里？

远离洛阳的山野乡间，十五的集市上，一个贩卖各式牵线玩偶的摊位吸引了很多小孩子围观，那些栩栩如生的玩偶是摊主亲手所制。她看上去四十岁出头的样子，名叫玉婶，面容清秀，态度和气，鬓角有白发。她一边在手里面扎制着新的玩偶，一边跟身边的小孩子们说话："买一个回家去吗？我做的玩偶活灵活现，可好玩了！"

小孩拿起一个牵线玩偶，不会摆弄，瘫在桌子上。

玉婶和气地说："不是那样玩，你看，像这样把手指头插在里面，它就听话了。"

玩偶被她摆弄着有了生气，小孩子们拍手笑，烧饼铺家的小孩儿凑了钱给玉婶，讪讪然："玉婶，便宜点卖给我们吧。"

玉婶点一点，收下钱，把玩偶给他："我家欢哥儿再去你爹铺子里吃烧饼的时候，让你爹算便宜点啊！"

"玉婶儿最好了！"小孩子们拿着玩偶快乐地走了。

天阴了，要下雨，玉婶着急忙慌地赶快把玩偶、布匹、针线等收起来。

有个少年过来帮忙收拾，玉婶认识他，是儿子的同学："谢谢你呀，小六，学堂下学了？"

小六道："师父今天会友，学堂没有课啊，玉婶。"

玉婶讶异："啊？可是我家欢哥儿一早就出门了呀。他怎么又撒谎了？"

玉婶跑回租住的茅屋，空无一人，她翻箱倒柜，攒的银子也没了："这孩子真的跑了？老天爷啊，我这是造了什么孽？"

于是她想起几天前发生的事情：

儿子欢哥儿十四岁了，家境清贫，却是少爷做派，他会因为一顿饭没有肉腥而大发雷霆："你跟我说过我爹的事儿。我不该吃成这样、穿成这样！我应该是个公子！我不想跟你混成这样！"

玉婶起身，一个耳光打在欢哥儿脸上："你抱怨什么？我是短了你吃穿，还是没供你念书？我让你跟着我风吹日晒地去摆摊儿了吗？跟你说你爹，是想你知道你不是没有来源的孩子！但是我告诉你，你现在过的就是你该过的日子！你不是什么大少爷！”

玉婶擦了眼泪，心想也许就是在自己打他时，欢哥儿下定决心离家出走。为娘的还在责怪自己，却发现榻子下面压着封信，打开，是欢哥儿的笔迹：“娘，我走了。我要去洛阳找我爹！你们的信物我也拿走了！你说得不对，我就是大少爷。我不信我会一辈子过这种日子！”

欢哥儿因为不愿意过贫穷的日子离开了家，而富有的孩子也没幸福到哪里去。

远宁又因为欠下赌债跟远安借钱了，只是借了钱依然冥顽不灵，又跑到赌场去赌。这时，一个衣衫褴褛、面目猥琐的少年也混在赌场的人群里，鬼鬼祟祟地不时四处看看，趁人不备伸手就去抓桌上的散碎银子。远宁一眼瞧见，大喝道：“哎呀！哪里来的小偷啊！”

众人逮住那少年，围成一圈，连踹带踢。他只捂着头、脸、肚子：“莫打！我没偷钱啊！你们误会了！”

远宁上来，一把把他薅起来，从他怀里掏出不少散碎银两等物，远宁狞笑：“还说不是！这还有筹码呢！这还有玉石色子呢！”

众人拳脚相加。

那少年捂脸惨叫，随即被扔出了赌馆。

远宁拍拍手，转头又要进去玩了。

那少年愤愤然：“等我找到我爹，当了大少爷，我一定回来找你，我要让你后悔！”

可是那少年并未如愿找到自己的爹爹，而是四处抢食偷食，甚至还要与狗夺食，颠沛流离了些时日，忽然看到饭庄招人，便前去应聘了。

饭庄里面缺人手缺得紧，勉强用了他，可那少年却被人玩弄设计，撞上了叶夫人，一个伺候不周又被赶了出去。这少年一个人蜷缩在街头，冻得哆哆嗦嗦，终于想起来自己的亲娘玉婶了，但他依然没放弃，他来洛阳，一定要找到自己的亲爹——叶大人。

这一日叶大人刚下朝，回府的路上，车子却忽然急停。

一个少年猛地跪下来，满脸是泪："爹爹，你让我找得好苦呀！我是你跟小玉的孩子呀！"

叶大人愣住了，仔仔细细地看着欢哥儿那张满是污垢的脸，也不知道是心理使然还是怎的，那张脸竟奇迹一般与他记忆中小玉美丽的脸重合在了一起！

当朝大将郭将军府中，明慧正与自己的姨母，也就是将军夫人说话，表妹雪兰从外面进来。

明慧便亲热地说："果然是要当新娘子的人了，气色这么好，比从前更漂亮了！"

雪兰害羞："姐姐编派我呢！"

两个人拉着手笑起来。

郭夫人道："越大越没有规矩了，从外面回来，衣服没换就来见你姐姐？换衣服去！"

雪兰做了个鬼脸，连忙去换衣服。

明慧笑了笑，又问道："我说的那样的珠子，姨娘可曾在府里见过？"

"从没见过呀。"

"会不会在姨丈身边，是他背着姨娘珍藏的物件儿？"

夫人冷笑："我嫁他的时候，你姨丈可不是现在的郭大将军，他什么都没有！将军府里什么不是我置办下的？别说一粒珠子，就是一粒米也是你姨娘我掌管的。明慧你放心，你不是要那颗珠子吗？我仔细留意着。找到了，我一定送给你！"

明慧搂着夫人："父王与娘亲过世之后，就是姨娘带着我和哥哥。姨娘最疼爱我了，从小就是这样。"

夫人看着明慧，隐隐又发愁："你是既成熟又聪明的孩子，要是雪兰有你的一半，我就放心多了。"

"我知道姨娘的心思，您其实不必如此。姨丈虽然偶有风流韵事，可连个妾室也没有纳下，这份家产现在是您的，以后就是雪兰的。雪兰又与郑国公世子联姻，将来衣食无忧，没有人能威胁到她的地位。您要是实在不放心，这不还有我呢？不论遇到什么问题，我都不会袖手旁观！”

“明慧呀，有你这句话，姨娘这颗心就放下了！”

明慧郡主来到郭将军府中寻珠不成，只好怏怏离去，离开时却遇到了郭将军与赵澜之。

赵澜之先向明慧郡主打招呼，明慧强压怒火：“赵捕头，想不到在这儿也能见到您。”

郭将军诧异道：“明慧也认识澜之？”

明慧道：“聪明勇敢的洛阳县衙干探赵捕头，那么出风头，洛阳城谁人不晓？”

赵澜之听出此言不善：“郡主过奖了。”

明慧不肯罢休：“谁在褒奖您？我可没有。您是天后的红人，我可没有那个资格褒奖您。”

气氛骤然有些尴尬，还是郭夫人出来打圆场道：“老爷，我送明慧出门回王府，你引澜之去坐坐吧。”

明慧转身就走，赵澜之转而对郭将军道：“澜之失礼，我与明慧郡主有些误会。今日难得一见，想要把话说个清楚，我过些日子再来拜访可好？”

四十 苦苦相逼

“郡主请留步！”赵澜之一直跟在明慧后面，一直到将军府门口才叫住她。

明慧视而不见，只是对将军夫人说：“姨娘，我说的事情请您留意了。”

“放心。”郭夫人应承，又看看赵澜之，“赵捕头有话跟你说呢。”

明慧郡主却直接上车，催促马车离开。赵澜之只好策马追去，一路随着明慧郡主的马车。

明慧向窗外看了看，对车夫厉声道：“把赵澜之甩掉！”

车夫虽是犯难，却也勉强加了一鞭子，谁料却撞翻了过路小贩的篮子，里面物事横飞，竟装着好多条丈八的蛇！

马儿最是怕蛇，当即受惊，嘶鸣疯跑，车夫也被狠狠甩在地上。赵澜之一见明慧的车子遇险，当即飞身而出，跃至明慧马上，提缰绳夹马腹，马儿这才立身而起，缓缓停下了。

明慧郡主从里面出来，脸色苍白：“上次给姜忍上坟的时候，是老虎，这一次是受惊的马，赵捕头又救了我。”

“客气什么，郡主的好功夫我不是没领教过。你才是高人！”

车夫追上来：“郡主没事吧？你要是有个三长两短，奴才的脑袋也保不住了！”

明慧有所避讳，只好上前低声质问赵澜之：“你到底要干什么？”

赵澜之面沉如水：“只是想问郡主一件事情。”

两人走到街巷的偏僻处说话。

明慧郡主道："我说过了，我与水月姑娘从小交好，是我引荐她去给九公主当随侍女官没错，可我并不知道她的什么勾当。赵捕头，这事儿你找不到我头上，真要有证据，就把我抓到大牢里面去！"

赵澜之道："不是这件事情。"

"那你还想知道什么？"

赵澜之一字一句："那个将我从蟒蛇潭里救出来的，那个挣脱我的手掉到下面山野里去的姑娘，是不是你？！"

"哈哈，我当要问我什么。我真不知道你在说什么。什么乱七八糟的蟒蛇潭？什么从你手里掉到山野里面去？你不是发大梦了吧？这样一副心智，你跟那个愚蠢的叶远安还真是绝配，你们真应该一起死在蟒蛇潭！对不起，我要走了！"

赵澜之断喝："站住！"

"还要干什么？"

赵澜之走上来："我几时说过远安也去了罗天洞和蟒蛇潭？明慧郡主你见着她了？"

"赵捕头别拿这个诈我！"

赵澜之道："我从不使诈，我只相信证据和真相。明慧郡主，如果我找到你不法行为的证据，我一定会亲手逮住你！"

"然后呢？杀了我？"

"有这个可能。"

明慧郡主冷笑，她根本就不把他放在眼里。

谁知赵澜之道："不过姜忍的事情是我欠你。蟒蛇潭的事情我也欠你。如果你死在我手里，我也自当以死谢你！"

明慧郡主狠狠地盯着赵澜之："谁胜谁负还不一定！也许是你死我活！"

赵澜之跟明慧问话的时候，叶府里面可是翻了天。

欢哥儿被远宁、穆乐、叶夫人分别用手脚钳制住，正所谓冤家路窄，想不到众人竟在此时此刻、此景此地相遇。叶大人连忙道："快停手！欢哥儿是我的儿子，你们不许对他无礼！"

叶夫人难以置信："老爷莫不是在说笑吧？"

叶大人沉默，叶夫人看看眉目与叶大人有几分相似的欢哥儿，又看看叶大人那心虚的脸，忽然一口气上不来晕了过去。等到被抬到自己房间里灌了药，清醒过来后，叶夫人号啕大哭。远安在一旁狠狠地道："这一定是个骗子！远宁！你怎么一点儿也不生气？"

远宁道："气有什么办法？"

远安："当然是审他啊！"

半日未过，叶家大厅又开始乱了。

欢哥儿面不改色："爹爹认识我娘的时候，他没在外地，是在先帝跟前伺候的小吏。我娘名叫小玉，是宫里最好的彩戏师。我娘说他二人认识的时候，爹爹鼻子右侧有颗红痣。"

远安以为抓住了他的把柄："胡说，爹爹脸上从来没有痣！"

叶大人怯怯道："有的，后来长着长着就没了，留了个白色的印子……"

欢哥儿跪在叶大人脚边："如今我知道你官运亨通，身体康健就好了，孩儿我……我还是走吧！"

叶大人气得发抖："夫人，我当年对你也是有情有义，你如今为何对这个孩子苦苦相逼？远宁你这个不学无术的东西，四书五经你读通了几章？轮得着你对兄长如此叫嚣？远安你不要以为……你不要以为有天后赏识，你在这个家里就可以为所欲为，一手遮天！无论如何，我还是你的爹爹，我还是这个家的老爷！还有你，小奴才，主子们的事情，轮不着你插嘴！"

欢哥儿乘胜追击："爹爹莫要因为我与家人们失了和气。我走不走，有一件事情，必须搞清楚，我究竟是不是爹爹的亲生骨肉！我要在你们面前跟爹爹滴血认亲！"

不一时，下人拿了小碗进来，叶大人与欢哥儿割破手指，两滴血液滴在小碗里，竟真的溶在一起。

叶大人老泪纵横："你就是我的儿子，是叶府的大公子，你先在府中管事历练，过些日子，爹爹定要在朝中为你谋个职位！你就是爹爹的希望和依靠！从今日起，你就留在府里管理账房！"

欢哥儿上了几年学，虽然学艺不精，但比起远安、远宁，那真是精明多了。经他的手整理的账本让叶大人颇为赞赏，欢哥儿再接再厉，便提出从主子的零用钱里省出一部分用于府邸的修缮，叶大人听了更为欣慰。

远宁得知后大发雷霆，却被欢哥儿轻易打发了。这一日，叶夫人正与几位夫人推牌九，便要下人送西瓜来，下人却说："大少爷吩咐了，冰饮金贵，那些御赐水果留着给老爷用。您只有这个……"

"把他给我叫来！"叶夫人大怒。

话音没落，欢哥儿已经来了："母亲叫我？"

"你管了几天账房，就敢给我脸色？我问你，这些破西瓜是怎么回事？"

"说起来，我还有事儿问您呢。"欢哥儿开始自言自语起来，"正月二十二，周大人母亲七十大寿，送礼支出三百两，实到一百二十两——"

叶夫人霎时变了脸色，匆匆解散了牌局，一把抓住欢哥儿："你这说的都是什么？"

"母亲，你怎么亏空我爹爹的钱？我说母亲你怎么打牌那么大的手笔。你自己有小金库呀！"

要想人不知，除非己莫为。

叶夫人咬牙切齿："你到底想怎么样？"

欢哥儿完全掌握局势："我想你老实点，对我慈祥点。就像你刚才一样，当着外人的面儿，叫我家中长子。"

叶夫人对欢哥儿无可奈何，让欢哥儿颇为得意，回了账房等着跟远安过招。谁知远安那边竟是风平浪静，欢哥儿难以置信："怎么着，你们把那些散碎银两给了大小姐，她竟什么都没说？"

仆人道："小主子就是那样的人。"

欢哥儿一听就来气："什么小主子，我才是你们的主子。"

欢哥儿略略沉吟："被我挤对，她就没什么反应？"

算了，欢哥儿也不想这些，拿了银子便要出门，却看见穆乐正在喂马，一眼看中了一匹通体乌黑的骏马，便道："把这个一身黑的给我牵出来！"

穆乐面无表情："这是远安的。她可能等会儿出门还要用呢。不能给你！"

欢哥儿扬手就要给穆乐一鞭子："没有规矩的小子！"

穆乐不急，一只手扣住了欢哥儿的喉咙，坦白地看着他的眼睛说："你碰我一下试试。"

夏叔连忙道："松手！这是大少爷，快松手！"

穆乐因想起远安的话，如果欢哥儿在府里找他的茬，尽量躲开，不要惹麻烦，便松了手，回身把黑马牵出来，牵到欢哥儿跟前。

"等着我回来再跟你算账！"欢哥儿上马，还不忘回头跟穆乐发狠。穆乐低头在马耳朵旁耳语了几句，马儿忽然一溜烟跑出去，差点儿把欢哥儿摔下去。

欢哥儿跑去酒肆花天酒地，想起自己在滴血认亲时动的手脚便扬扬得意，一得意更喝了个酩酊大醉，到处吆喝自己是叶家长子，还被赵澜之撞见。

赵澜之身旁的朋友道："想是又一个招摇撞骗的。"

赵澜之狐疑半天："此人确确实实长得像谁，却不是叶大人。"

欢哥儿的金银被一些陪酒女骗走，第二天醒来钱袋空空如也，他懊恼地从房间走出来，却不知道自己已经被远宁与叶夫人算计上了。

欢哥儿想偷府里的东西出去卖，便进了叶大人的书房，把一个珠宝烟壶揣进怀里，却被远宁撞个正着。

"好弟弟，好弟弟，莫急，你听我说，哥哥把克扣你的零用都还给你！你别急，这就是个误会！"欢哥儿哀求。

"你这个没见识的，以为这里能有什么宝贝？！家里的宝贝啊，在另一个地方。你能从那里弄出东西来，我才算你厉害。"

"哪里？"

"后花园的地库。姐姐才有钱呢，你不知道吗？她跟天后都有交情，天后没少赏她东西。"

就在欢哥儿被远宁挑唆前往地库的时候，天枢手捻两颗三藏佛珠正在盘腿打坐，忽然地库外面传来吵嚷声："大少爷，我们没有这地库的钥匙呀！"

"没有钥匙，不是有铁锹吗？"

“大少爷使不得呀，这地库一直是大小姐放私人物品的地方，平时老爷、夫人都不过问的，大小姐出门会见朋友，这就要回来了……”

天枢洞悉了外面的事情，冷冷一笑，几下子布置好了机关，门一旦被打开，就有开三层花的飞箭射出，一下子让他穿胸毙命！

门外的欢哥儿把仆人们手里的铁锹夺过来，砸门锁的瞬间，穆乐忽然赶到，一把握住了欢哥儿的铁锹。

穆乐一只手与欢哥儿两只胳膊较劲，欢哥儿哪里是他的对手，铁锹被穆乐挡开，夏叔劝道：“你忘了远安小姐说的话了吗？”

欢哥儿怒斥：“狗奴才，不许再拦我！”

不能和欢哥儿起冲突，可是又不能让他进地库，穆乐为难地与欢哥儿争执着。远安忽然从天而降，赏了欢哥儿好几个耳光，又把他压在地上打：“我不是没让着你呀！可你怎么还是这么作？你管穆乐叫什么？叫奴才？！我告诉你，他是我的奴才，不是你的！我不许你这么叫他！”

欢哥儿当然服软了，双手舞动：“不叫了！不叫了！”

“你还想干什么？开我的地库？！你是不是瞎了？你敢在太岁头上动土！”远安把铁锹摁回到欢哥儿手里，“来，我借你两个胆子，我让你打开！今儿你要是不打开，我就弄死你！”

门里的天枢看见了外面的热闹，一边松开绳索，卸掉机关，一边道：“啧啧，小奴够意思，这丫头也太暴力了。不过我喜欢！”

“远安！你给我住手！”这时，叶大人从外面回来了。

“爹爹？您不是上早朝去了吗？”

“我呀，我要不是提前回来，你是不是还要把欢哥儿给打死呀？”

远安低头撇嘴：“是他欠揍！”

叶大人又训斥了远安一番，见到欢哥儿鼻青脸肿，也只好先派人给他找大夫。

等叶大人走了，穆乐关心地抓起远安的手来看，十分心疼：“打他那么用力，你没事吧？没伤到自己吧？”

远安甩甩手腕，还未尽兴：“还好！算他走运！他敢碰你一下，让他开门就遭殃了！”

叶夫人悠悠地道："看来你爹爹是存心袒护此人了。"

远宁道："爹爹就是个老糊涂。"

远安道："咱们也没辙。毕竟滴血认了亲。"

远宁道："我觉得这事可疑，那天滴血验亲，是他提出来的。"

"你是说，他可能动了手脚？不过，即使是这样，也很难再让他跟爹爹验一遍了。"

远宁道："要我说，从根儿上查，他不是说他娘是宫里的彩戏师，名叫小玉？爹爹当年当小吏的时候二人认识，查一查这个线索，看看他娘是不是还跟别的什么人有过交往，那样的话，也许就能找到把他赶出咱们叶府的证据了！"

远安道："倒是有个人能帮我这个忙。"

远安还能去找谁帮忙呢？

当然是赵澜之。

远安托付办的事，赵澜之自然不敢怠慢，当日便入了宫。相熟的太监带赵澜之来到内室，找到了一个认识小玉的盲人宫女阿玲。

"她人长得很美，手艺又好，还会养蚕。她年纪轻轻，却是众多彩戏师之中最引人注目的一个。师傅之间有分工，也会挑活计，却只有她是最出色的一个。她制作的玩偶，她演出来的戏，真是活灵活现啊！"苍老的阿玲摩挲着自己的织锦裙子，"后来，她遇见了一个年轻人。那年轻人对小玉一见钟情，后来寻到戏园子来，将自己介绍给了她，将自己的心给了她，可是小玉拒绝了他，因为不仅仅是他一个，跟他差不多的时间里，小玉还遇见了另一个人。"

赵澜之心道：这说的应该就是叶大人了。

"那是个勇敢英武的年轻人，一直伺候在皇上身边。情根已种的小玉有时候会偷偷地跑去看他。我们是皇宫里的奴才，喜欢上什么人都是禁忌，是不可能的事情。可是脑袋瓜子管不住心，小玉偏偏又遇到了更复杂的情况，那两个男孩子之前就是要好的朋友。"

赵澜之后来知道，那便是年纪轻轻的郭将军。

阿玲仍然沉浸在过去的故事里："小玉当时知道了两个年轻人原来是要好的朋友。这个武将替他的朋友说话，把小玉推给了别人。她后来才知道，原来武将即将要奔赴沙场了。小玉在他出征前，送给他一个信物，算作定情。”

那信物是个玩偶，头顶上有一颗珠子，流光溢彩——正是三藏佛珠！

赵澜之道：“后来的故事是不是这样，小玉与武将的私情败露，她被赶出皇宫，因为事情并不体面，所以卷宗里没有留下记载？”

阿玲笑笑：“大人猜得不错，不过不完全是。小玉确实被赶出了戏园子，不过并不是仅仅因为她与外人的私情，而是有人举报她犯了大罪。”

赵澜之诧异：“什么罪？”

阿玲一字一句：“巫毒之术。”

她空茫茫的双眼仿佛又回到了那混乱的一夜。

太监与侍卫破门而入，发现了布娃娃，在拉扯间扣住了小玉的脉门，才发现她脉搏中已有孕相！

“是谁举报了小玉？”

“是她曾经最要好的朋友，收了别人的宝贝。她知道小玉所有的事情，她也知道，小玉与那年轻的武将私订了终身。而与户部的小吏，她念他对自己情深意重，本想要以身相报，却没能成行。”阿玲轻轻叹息，“小玉本该因为被发现巫毒娃娃被行死罪，可是她素来手艺熟练，与人为善。那年皇上生病，太后为了行善辟邪，大赦所有有罪的宫人。公公将小玉的事情上报，也免了她的死罪，将她驱逐出皇宫。这就是我所知道的关于小玉的事情了。”

赵澜之道：“故事里的这两位年轻人，他们现在何方？”

阿玲道：“一个做了文职大官，一个做了护国武将，他们都各自娶了名门闺秀。过得可好呢。”

“您说的前者，是不是……是不是户部尚书叶大人？”

阿玲笑起来：“没错，这你都知道，正是叶大人。可他并不是小玉孩子的父亲。”

赵澜之本要走，忽然想起什么，转身问：“那个小玉的好朋友，后来怎么样了？”

“那个人呀……小玉走后，她在一段时间里成了最被器重的彩戏师，可是老天爷报应不爽，她很快眼睛就瞎掉了。现在成了一个要用鼻子去闻才知道手里是什么的人了，像只狗一样！”

赵澜之不敢耽误，立即把自己调查出来的情况告诉远安。

远安双手一拍："哼，早就知道他不是我哥！可怜我们家叶大人啊，白白给别人当了好几日的爹！这下好了，终于能把这人送走了！"

"可是你想把他送走，仍然需要切实的证据。"

远安道："最好的证据就是让真的父子见面。"

赵澜之道："我且去探一探郭将军那边的情况。此事事关宗室血缘，确定之前，你千万不要声张。"

而假山后面，叶夫人在小心聆听，低声自言自语："原来如此呀！"

过了一日，郭将军府中，几位同僚在花园里喝茶，商议近期的霍都山匪乱。众人聊到兴起，便提到郭将军有百步穿杨之能，便想让郭将军当场演练一下。赵澜之知道郭将军为难，上前道："慢！在下勤练弓箭，今日也有意献丑，不知道能不能有这个机会？"

众人自是说好。赵澜之拉满弓，射出，正中远处一枚苹果。众人叫好。

赵澜之却道："我也是当年在军中效力的时候，将军亲自调教出来的。"

待众客人离开，只剩下赵澜之与郭将军时，郭将军长长地叹了一口气。

"将军身上的旧伤又发作了？"

郭将军道："是呀，还是年轻时候中的毒箭，当时战事紧迫，毒没除净，病没痊愈，又重回疆场，那时候仗着年轻，一身热血，如今年纪大了，都一一找回来了。谢谢你刚才帮我解围。"

赵澜之道："将军说的哪里的话。不过，您身上的伤可请太医看过了？"

"今日的药救不了旧时的伤。这把骨头，熬到什么时候算什么时候吧。我说澜之，明明知道军中需要你，为何不肯回来？"

赵澜之道："将军要我带兵，不是不可。可是公事上我能帮得了您，私事上我能吗？"

郭将军道："说得对呀，我只有一个女儿，真有一天我走了，这个家我交给谁？"

赵澜之略略沉吟："将军莫怪我多言，除了雪兰小姐，您真没有别的骨血了？"

郭将军摇头："天命使然。"

赵澜之不出声。

他这般沉默，意义丰富，郭将军忽然看他："不对。澜之你何出此言？"

"将军，澜之日常在市井间办案，见到的事儿多，人杂。最近倒是遇到一个人，面相与将军相似，来历嘛，也蹊跷。"

郭将军失笑："一定是弄错了。"

赵澜之跟上一句："他母亲名唤小玉，从前是宫里操纵人偶的彩戏师。"

郭将军闻言大惊失色，他犹记得多年前，沙场之上，皇帝在身后督战，他在前奋勇杀敌。敌将武艺高强，作势倒地后忽然飞出长枪，郭将军大骇，回身救驾，用自己的胸膛挡上去，长枪刺入……

郭将军忍住剧痛，飞箭将敌将射杀，后将胸甲卸开。却发现胸甲已经被长枪刺破，但是并没受伤，对方的枪尖被小玉送的人偶挡住，直直刺在那颗珠子之上！

枪尖已经被折断，但是珠子却完好无损！

是小玉救了他！

可凯旋的郭将军再去宫中寻找小玉，却哪里还有踪影？！

"澜之！求你安排一下，我要……我要见见那个孩子！"

在一个风雨夜，洛阳城豪华的饭庄，酒香飘动，乐声潺潺。

叶大人与欢哥儿、远安正对着喝酒，甚是畅快，却没想到隔壁坐着赵澜之与郭将军。

叶氏父子都有些醉意。叶大人道："我这人啊，对上兢兢业业，对下谨谨慎慎，没有什么别的希望，就希望家里和睦，你们兄妹能够冰释前嫌，我就别提多高兴了。"

远安道："我想起那天胖揍大哥，真的好恨自己！不行，我非要诚意道歉不可。"

欢哥儿道："行了，原谅你了！"

远安道："这样可不行。听人说，江湖上眼下流行一种做法，必须喝下对方的血，才算真的道歉。"

说着便跳上桌子，拿了软剑，扯过欢哥儿的手来："不是。是我……我要喝你的血！"

不等叶大人反应，远安已经是手起剑落，欢哥儿一声惨叫，鲜血溅了远安一脸。她又手脚利落地取了叶大人的血，随即对着另一边的包厢里面喊："赵捕头！你把人请来了吗？"

门打开，赵澜之与郭将军现身，郭将军伸出手指，远安取了他的血。

两只酒杯，一只血液相溶，另一只不相溶。

远安哈哈一笑："果然果然！真相大白！"

叶大人此时已经彻底清醒了："这到底是怎么回事？！"

赵澜之将真相告知众人，叶大人此刻看着郭将军，喃喃地道："我原以为小玉对我情深意重，其实啸天你才真正与她两心相印。可那日在府中，明明我们也已经滴血验亲，你与我血液相溶，为何今日却不溶了？"

欢哥儿理亏："那是远安、远宁姐弟俩视我为眼中钉一般，我为了防止万一，在手上抹了蓖麻油，蓖麻油跟着血液一起进了水中，无论是与谁的血液都会……"

叶大人捶胸顿足："我好荒唐！喜滋滋地当错了爹！"

四十一

油盐不进

郭将军怕欢哥儿的出现会引起轩然大波，便将欢哥儿暂时托付给赵澜之照顾。

两人回程时，欢哥儿一直在马车里喋喋不休：“你和远安两个是不是相好的？我早就看那个丫头不地道！”

赵澜之：“世子请谨言慎行，不要说人是非。”

欢哥儿闻言想想竟笑了：“你不说我倒忘了，从前我只当她是妹妹，现在看来，没什么血缘关系。我爹爹与她爹爹又是旧识，门当户对的，也许成了好事也说不准……哎呀，哎呀，你要干什么？！”

赵澜之拎起了欢哥儿的领子，伸手就把他扔了出去。

大雨之中，赵澜之把欢哥儿绑在一棵树上：“世子，你清醒清醒吧。我等会儿再来接你！”

欢哥儿：“哎，你给我回来！你放开我！”

赵澜之转身就走。一道惊雷却直接劈中了欢哥儿，赵澜之大骇，只见欢哥儿直挺挺地躺着，半睁着眼睛，赵澜之探了探他的鼻息，猛地把手缩回来。

赵澜之：断气了？！被雷击死了？

一只蝴蝶慢慢地从欢哥儿的耳朵里面爬出来，展开翅膀，穿过风雨飞走了。

街上打伞穿蓑衣的行人渐渐围上来：啊？这不是洛阳县衙的赵捕头吗？这是怎么了？赵捕头当街打死人了？！

蝴蝶穿过风雨，飞过崇山峻岭，黑夜变成白天。

一直飞到——玉婶的手中。

玉婶看着手中忽然死掉枯萎的蝴蝶，忽然明白了，大哭起来。

“你呀你呀！我说什么来着？我让你留在娘的身边，别去洛阳城，你不听我的，非要去！那里都是坏人，你怎么可以去那里？这下好了吧，命也送了吧？你这个糊涂的孩子呀！你让为娘我以后可怎么过呀？”

玉婶哭天抢地，而她养的蚕宝宝咔嚓咔嚓吃叶子的声音越来越大，它们的身体迅速长大。

赵澜之被关在牢房里。郭将军隔着栏杆，满脸是泪：“赵澜之啊赵澜之，你……你这是什么意思？你刚刚帮我找回了亲生儿子，却又害死了他！你说，你究竟意欲何为？！”

“将军，澜之并非有意为之。实在是……是个意外！”

郭将军怒气冲冲：“我不会放过你的！就算找回一天、一宿、一个时辰，那也是我的孩子，我……我一定要你给他偿命！”

郭将军说完转身就走，明慧郡主却没有离开，走近了，隔着栏杆看见赵澜之，她忽然笑了。

“今日见了可真是开眼，让洛阳城的歹徒坏人都闻风丧胆的赵捕头，你不抓坏人，自己却被逮到牢房里面来了！”

赵澜之笑笑：“明慧郡主别来无恙啊，您涉足洛阳县衙大牢，是为了陪同郭将军还是来看我好戏？”

明慧：“在姨丈家里听说了此事，我觉得有趣，听说猎人掉进了陷阱，捕头进了牢房，真是新鲜，一定要进来看看。赵捕头，还记得几天前你跟我在姜忍坟前说的话，你说什么来着？说如果找到了我伤人害命的证据，一定要将我绳之以法，对不对？真是风水轮流转啊，你看看你现在，会不会恨自己当初话说得太早、太满了？”

赵澜之：“明慧郡主教训得有道理。可我的事情不一样，我不是坏人歹人，是过失杀人，即使判刑，罪责也不大。所谓正邪不两立，无论我是谁，人在哪里，若见了不平之事、不法之人，我都会出手铲除！”

明慧：“我信！赵捕头说的话我信！我不仅信你，我还信你那个好朋友、好搭档远安姑娘的能耐！我敢打赌，赵捕头不会在这个牢房里关多久，你也不会被治罪！因为神通广大的远安姑娘马上就会把你救出去！”

赵澜之勃然变色：“说我可以，别扯上别人！更别提远安！”

明慧妒恨交加，咬牙切齿：“你到了这般地步还替她说话？那咱们就看看！”

牢房里的赵澜之拿起水、饭来正要食用，忽然觉得坐的地方不对劲，跳起来，回头看，地下忽然钻了个洞，蒙面的远安钻出个上半身。

赵澜之大骇：“远安？”

远安：“除了我还能是谁？你小点声！”

入了夜，穆乐正在监牢外面迎候，见她出来，连忙问：“人呢？”

远安恨得要命，乱踢脚发脾气：“他不肯出来！这个蠢货，笨蛋！死心眼！”远安想起赵澜之那些歪理，趴在马上大哭，“这人怎么这样！明明不是他杀的人，他内疚什么？自责什么？我好恨啊，恨不得咬死他！”

看她这般，他也难受，穆乐等了一会儿，走上前，嘟着脸：“他自己不出来，你也不能强迫他。这也不是你的错。先回去吧，再想想别的办法。”

远安抬起头来：“想什么别的办法？还有什么别的办法？！你比我还聪明吗？”

她这样子，他一见就害怕了，侧了侧身：“冲我发什么脾气……”

远安狠狠地看着穆乐，琢磨了一会儿，眯着眼睛狞笑：“哼，我明白了。你早就不喜欢赵澜之了，对不对？他被抓起来了，你心里暗爽呢，是不是？你……你幸灾乐祸！”

穆乐笨拙地反驳：“你……你胡说八道！他被抓进去，他不肯让你救他，关我什么事？！别随便迁怒别人！”

远安飞身上马：“我要自己静一静，不许跟上来！”

远安说走就走，加了好几鞭子。

穆乐气得嘴唇发抖，半晌，到底上马追上去：“哎！你往哪里去呀？！”

县衙惩办捕头赵澜之的告示贴在洛阳街头，百姓议论纷纷。远安混在人群当中，知道这件事连天后也没有转圜余地，她最后的一丝希望也破灭了。

幽暗的房间里，郭将军手执玩偶，老泪纵横，自言自语道："小玉啊，我对不起你呀。儿子好不容易找到我的身边，我却没能把他给保住。"

郭夫人与明慧推门进来。

郭将军赶快掩饰，将玩偶藏在背后。

郭夫人仿佛全然宽容的样子："老爷，算了。这么多年的老夫老妻了，我知道你心里仍然记挂着那个孩子。"

想起欢哥儿，郭将军没有控制住，一口鲜血呕出来，郭夫人赶快用帕子托住："老爷！什么话不能说出来，让为妻与你分忧？"

郭将军大恸："夫人啊，我谢谢你的宽宏大度，我也想着把我那个孩子领回来，可是，可是天不遂我愿啊。"

郭夫人也配合着红了眼圈："老爷，逝者已矣，我劝你不要太过伤神了。你是国家栋梁，我们的女儿又成婚在即，你这样颓废伤身，这可怎么好？"

郭将军摇头垂泪："我是想起他们母子，竟无可补偿，觉得实在是对不住他们！"

郭夫人看看明慧。

明慧点头示意，鼓励着郭夫人。

郭夫人并不乐意，勉强道："我倒是有个主意。儿子回不来了，老爷是不是可以补偿他的娘亲？把她接到咱们府里来，享几天清福？"

听她说这话，郭将军抬头，惊讶地问："夫人竟有如此雅量？可是她来了，你怎么办？"

郭夫人道："我跟她可以以姐妹相称。老爷！我这还不都是为了你！"

郭将军大喜过望："谢谢夫人！"

郭夫人道："这事情就让明慧去办。"

郭将军沉吟，思考郭夫人说得有理，便道："好，这事情就拜托明慧了。"又从身后拿出人偶，"你拿着这个去，我听欢哥儿说了，西南方向三百里双花乡找小玉，就说是郭啸天让你来的。她自然就明白了！"

明慧接过人偶，看着人偶额头上面流光溢彩的三藏佛珠，无比激动却又克制地道："姨娘、姨丈放心，我一定把你们嘱托的事情办好！"

两人从郭将军房间里出来，明慧手里握着人偶，微笑得意。

郭夫人从后面上来，两人看看四周无人，低声说话："一切都如你所愿，终于拿到这个珠子了。可你为什么非要我跟你姨丈说，把那孩子的娘接来？"

明慧安抚："姨娘有所不知，这珠子虽然眼下在我手里，可若非从前的主人愿意施舍，我就不能成为它的下一任主人。有了等于没有。姨娘放心，我去见那个女人，一是要她答应把珠子给我，二是要她帮我再办另一件事。而我绝不会把她引到将军府来的。"

郭夫人道："你要她做什么？"

明慧低声道："孩子死了，难道母亲不该为他报仇吗？"

眼前的明慧，淡色的眸子里全是心机，郭夫人压抑着惊讶与恐惧："速去速回！"

洛阳城外，乡野之间，月亮斜照，玉婶在屋子前烧纸。风尘仆仆的明慧郡主披着斗篷走到玉婶身后，玉婶并没有回头："来的可是洛阳城里面的人？是皇亲国戚，还是大官巨富家的小姐？"

"您都没看看我，怎么知道？"

玉婶擦了一把眼睛："您身上穿的料子，那是最上等的江南丝绸。走路的时候，会发出悦耳的簌簌声，别的衣料绝不会有。那是穷人家几年的饭钱啊。"

明慧轻轻一笑："玉婶呀，您真是行家。"

玉婶道："你们洛阳城里面没有好人。我的儿子死在了那里。小姐来找我这个老婆子作甚？"

明慧蹲下来，让玉婶看自己手里镶着佛珠的玩偶："郭啸天将军让我来的，接你去他那里。"

玉婶看着那玩偶，苦苦笑起来："这是什么呀？"

"这不是您送给他的人偶吗？"

"当年送他是因为有情，后来情分断了，还有孩子。如今孩子没了，还要这个干什么？我还去见他有什么用？！”

明慧再做努力：“儿子死了，怎么不去报仇？”

玉婶道：“乡里传来消息，害他的人已经入了大牢，我还要去找谁报仇？”

明慧道：“那只是其中的一个。另一个还在逍遥法外。”

玉婶大骇，猛然抬头，全是仇恨：“是谁？另一个人是谁？！”

明慧却没着急，只是问她：“玉婶，您愿意把这个人偶和这上面的珠子送给我吗？”

“你要它做什么？”

明慧道：“我要它做什么您别管，送给我，我告诉您谁是害死你儿子的凶手！”

玉婶咬牙：“拿去吧！告诉我，谁是杀死我欢哥儿的凶手？！”

远安因为赵澜之的事闷闷不乐，油盐不进，看得下人们很是担忧。张嬷嬷是看着远安长大的，自然心有不忍，有天上街，路上看到一个卖人偶的，便想起远安小时候最喜欢这些，便买了一个带回府，又亲手做了些好吃的，去哄远安：“小主子呀，这都多久没吃东西了。我做了你喜欢的豆包，多少吃一个吧？”

远安撇嘴：“不饿，没有胃口。”

嬷嬷从背后拿出人偶，远安接过来，倒是来了点兴趣：“做得真好。嬷嬷您做的？”

远安爱不释手，就这般被哄得进了食，谁知入了夜，摆在远安枕头边的人偶在月光下竟动了一动。

四十二

道士驱邪

远安忽然从梦中醒来，慢慢睁开了眼睛，耳边是故去多年的娘在轻轻唤她。

远安坐起来，寻找声音的来源，只见一个着白裙的背影在门口，那分明就是年轻时候的娘亲！

远安在后面一边追，一边落泪："娘，你别走那么快。我有话跟你说呢，我可想你了。"

远安脚下一绊，摔在地上，她娘的背影停住等她，可她爬起来，她娘却又往前面飘。

远安大喊："娘——"

前面的娘亲终于停住了脚步，远安追上去，攀着她的肩膀，有些害怕，战战兢兢地将娘亲转过来面对自己，她看见娘亲素白的脸，眼角竟流着血。

"远安啊，娘死得好冤枉呀——"

远安满脸是泪："怎么了？你是怎么死的？"

"娘是被叶夫人害死的呀！"

远安大骇："啊？"

"她就是这么害死了我！"远安娘说完双手掀动自己的上下牙床，将自己整张脸从嘴巴处生生撕开！

远安张开嘴巴大喘气，吓得叫都叫不出来了。

叶夫人与叶大人在床上正睡得香甜，忽然觉得不对劲，睁开眼睛，却是一个人手持菜刀正要往下剁，不是远安又是哪个？！

“啊！”叶夫人大叫，猛地滚开，远安一下剁空。

“你把我娘害了！你把我娘还我！”

叶夫人与叶大人跳起来在房间里躲闪，远安踉踉跄跄地在后面追杀。

终于叶夫人摔进角落里，眼看远安一刀又要劈下来，穆乐把远安从身后抱住。

“谁？！放开我！放开我！我要替我娘报仇！”远安回头见是穆乐，“哎？是你呀，我是你主子，你快放开我，让我杀了这个女人！”

穆乐惊讶：“远安！……远安你怎么了？”

叶大人惊慌失措地把叶夫人扶起来，指着远安：“你这孩子，这孩子是病了还是中邪了呀？！”

远安被穆乐两只手臂箍着，又急又恨，指着她爹叫骂：“你这个道貌岸然的老家伙也不是什么好东西！你们一起合伙害了我娘！我先弄死你们两个！”

远宁披着袍子跑过来，远安指着他狂笑：“过来，远宁，姐姐疼你。姐姐把你剁成肉馅！”

远安忽然从穆乐的怀中滑出，拾起菜刀，朝着远宁就追了过去。闻声赶来的家人乱成一团，可是眼见着远安拿着菜刀发疯，他们个个害怕，没人敢上前阻挡。

只有穆乐冲上来抓住远安的菜刀，小声小气地求她：“别闹了！”

远安还在叫嚷，越骂越是难听：“松手！奴才！狗奴才！你给我让开！你不听我的是不是？养你还不如养头猪，养条狗！”

穆乐也上来了犟劲儿：“不！就不！”

远安被他箍着不得施展，猛地张嘴狠狠地咬住穆乐的肩膀。尖牙利齿直咬到他皮肉里面去了，可穆乐忍着不出声，鲜血涌出，远安尝了血腥味儿，忽然松开嘴巴，咧嘴乐了，随即一歪头晕了过去。

家人们不敢耽误，当下去请了太医来府里。

太医来了之后，吃着点心听了症状，镇定地捻了捻胡子微微一笑，当下两针掼在远安太阳穴上。不多时，她悠悠醒来，众人紧张地盯着远安。

可远安却一副全然忘记的样子，太医只说是做梦被乱了心神，吃些药就好了，穆乐跑上跑下，叶大人把太医拉到一旁说话："你确定远安没有大事儿？"

太医道："大人尽请放心，大小姐这是小病，一剂药下去，保证药到病除！"

叶大人稍稍安心，谁知道远安忽然在后面狞笑起来："爹爹你要给我治病啊？我才没有病呢……有病的是你，你跟小老婆在一起，把我娘给害了！害了！你现在又想要让我喝毒药，害死我，是不是？"

远安双手发抖，药洒了一身，正一口一口地把碗咬碎，满嘴流血。

穆乐冲上来，把远安手里碎掉的碗抢过来，却被远安一把推开。

现场乱成一团，众人纷纷道：这是中了邪啊！

叶大人不敢耽搁，连忙着人去请了道士来家里驱邪。

那是个四十多岁的瞎眼道士，在洛阳城都很出名，领着两个徒弟进了叶府，摇摆张扬。

那道士在远安房间里乱翻，找到了人偶，立即哈哈大笑："假人占了真人的身，害得真人丢了魂！果然就是这个妖孽害了大小姐！急急如律令，不许跑！"道士用竹罩子扣住了人偶。

叶大人上前，大惊失色："这不是府里的东西，是谁买回来的人偶？！"

道士镇定地道："大人不必惊慌，既然找到了元凶，大小姐就有救了！把这人偶给我烧了！"

小徒立即引火烧了人偶。

叶大人站在远安面前，她脸上贴着道符，依旧是一动不动。

道士歪着嘴笑："妖气深重，现在要给大小姐驱魔了。为免她反抗，先把她给我绑起来！"

小徒拿着绳子上来就要绑，穆乐推开两人："不许碰她！"

道士翻着眼睛："哪里来的捣乱的？！给我滚开！"

叶夫人道："混账小奴才，没人管教，我看你无法无天了！来呀，把他给我带下去，捆到马厩里，别在这里捣乱！"

下人们上来把穆乐拽走，小徒把远安捆好，绑到椅子上，最后一道阳光隐没。

道士抬头看看，掐指一算："时候正好！"

伸手揭掉了远安头上的道符。

远安被瞎眼的道士点了神水，当即皮肤上冒烟，痛苦无比，她意识尚在，伸手向叶大人求救："爹爹呀！爹爹救我！"

叶大人心疼得要掉眼泪了，刚要上前阻止那道士再作法，被叶夫人拉住："老爷，这可是为了救远安啊。"

道士念念有词，远安满地打滚儿，痛苦地挣扎，忽然安静了，头低下去。

叶大人惊讶："道长，我女儿她怎样了？"

道士示意，小徒上前查看，手指探到远安的脉搏上："师父，她的脉象没了……"

道士大惊，手指伸到远安的鼻口间。

忽然远安醒来，一口咬住他的指头，口齿模糊，狰狞地道："谁没气了？我就想看看你到底有多大能耐！就这点三脚猫的功夫还想在我面前逞强！之前都是你奶奶我配合你演戏！"

远安把道士的手指头咬了一块肉下来，狠狠吐在一边。

道士吃痛大叫，再去掏道符，被远安一把夺过来，卷一卷扔进嘴里："正好饿了，好吃好吃。"

她说罢飞身骑到道士头上，乱扯道士的胡子，道士疼得大叫。

远安哈哈大笑，忽然浑身痒痒，倒在地上，撕扯自己，道士趁这个工夫带着徒弟们屁滚尿流地跑了。

远宁心道，反正姐姐也死了，这下刚好看看地库有什么。便手持铁锹，准备往地库方向去，刚巧天枢就到了——他从夏叔那里得知内情后赶了过来。

见了叶夫人与远宁，冲二人点头笑笑，竟如同老熟人般打招呼："吃了？挺好的？"

叶夫人、远宁机械地回答："还没……挺好的……"

天枢扬长而去，直奔远安房间，宽袍大袖，走得摇摇摆摆，十分英俊。

远安躺在床上口吐白沫，白眼翻得凄惨。

天枢一见就指着远安笑："哈哈哈，你呀，你今天这样最好看！你原来不是挺神气的吗？得罪人了吧？被人整成这样！哈哈哈，苍天啊，大地啊，这是哪位天使大姐给我出的这口气呀！现在我可是唯一能救你的人。"

叶大人一听还有希望，紧紧抓住天枢："求求你，求求你千万千万把她给我救回来！否则我对不起她死去的娘呀！"

天枢道："钱什么的都好说，少不得跟你要。想当年我流落街头，也没个住处，这姑娘把我收留在你们府里的地库，住了也不是一天两天了。"

叶夫人与远宁跟来，相互看看，叶夫人走上去拽拽叶大人的袖子："老爷，你说，原来远安在地库里面藏了个大活人啊！"

天枢道："这个病会传染，把这个房间马上隔离。府上所有人三日不能进食，喝水只能喝最苦最烈的黄连水。所有的地方，人脚踩过的，手摸过的，讲话的时候唾沫喷到过的，全都撒上生石灰，反正你就撒吧，哪儿哪儿都撒上。唉……先这么办吧，没有发病的最好！有了再说。"

叶大人道："那……那远安呢？您怎么给她医治？用什么药材、针剂，我这就让人去找！"

天枢斜眼看看："药材、针剂没有用，要用火！这屋子里，四个角落、房间正中要放上十二个火盆，屋子外面也用火盆围上。昼夜不停，炙烤上三天三夜。大小姐要是能挺过来，就又跟活人一样，又是一条女好汉了！挺不过来，就拉倒吧。"

天枢接着道："哦，对了，还有一事。大小姐被炙烤期间，必须有一人在房间里伺候，加火加炭，给水给饭。我是不行，我最怕热了，也怕被传染上。你看谁来？"

在场所有人都互相看看，摇头不情愿。

天枢一根手指送到叶大人鼻子前面："你这个爹爹这么着急你的女儿，我看就你好了。"

叶大人张张嘴巴："我……可以……"

叶夫人上前："老爷不可呀！给远安治病虽要紧，可你是朝廷重臣，你要是有个三长两短，你……你可对不起天后呀！我知道有个人能伺候远安。把那个养马的小奴才带来，平时远安没少照顾他，眼下是他报答他主子的时候了！”

穆乐听了二话没说应承下来，天枢问他怕不怕。穆乐摇头又点头：“不怕。我要留下来。就照你说的做，我来照顾她！”

“真这么义气啊？为什么？”

穆乐想了想：“要是我这样中了邪，发了病。远安也会救我的。”

天枢既已吩咐了给远安治病的法子，家人们不敢耽搁，当下照做，屋子内外火盆熊熊，只有穆乐在里面伺候。

房子被烧得好热，穆乐满头大汗，仍不时往各个火盆里面加炭，时而看看远安，给她擦汗，不敢松懈。

远安慢慢醒转，穆乐连忙上来喂水。远安大口喝干，抬头看看，眼巴巴的，倒不似之前那个要弄死所有人的凶悍样。

穆乐一只手给她枕着，一只手拿着水杯，轻声问道：“醒了？”

“嗯。”

穆乐看着她的眼睛，声音更轻了：“认得我吗？”

远安看了半天，忽然哭了，紧紧抱住穆乐：“娘！娘啊！我想死你了！你怎么总也不来看我？那天来了就做怪样子吓唬我！这回好了，你又是原来的样子了！娘，我好想你呀！”

虽然连男女都认错了，但好歹不杀人了，穆乐无奈，轻轻拍远安的后背。远安还在大哭：“娘啊，这么多年，你知不知道我好辛苦啊，连个说知心话的人都没有，高兴不高兴都是自己。人人都说我快乐，其实那是假的！装的！我好想念你呀！而且，就算我不快乐，谁又在乎呢？娘啊，你回来就不许走了！你就在这儿陪着我。”

穆乐心里别扭着，嘴里却温言相劝：“行，娘就在这儿陪着你。”他回头看看火，又跟远安商量，“要不然你先睡一会儿？”

远安抱得更紧了：“我不！我一闭眼睛你就走了！”

穆乐道：“不会。我不走。我在这儿陪你。”

远安脸紧紧贴在他身上：“给我唱个歌儿，哄我睡觉！”

穆乐哪里会什么睡觉的歌儿，想了半天，哼出一支奇怪的歌曲来糊弄她。

远安侧耳听听，狐疑道："怎么不是原来那首？"

穆乐道："娘闲着没事，新学的……"

远安："哦……"

穆乐继续唱歌儿，远安渐渐睡着了。

穆乐轻轻放下她，用帕子擦她脸颊上的汗水和眼泪。穆乐心疼，眼睛红了："你想你娘呀？你装快乐，好辛苦啊？我知道，我也在乎的……远安。"

除了给远安治病，其他都是假的，天枢把叶府上下恶搞得鸡飞狗跳，正在暗爽，叶大人却来了，问起天枢的来历。天枢道："叶大人啊，当年在塞外，我被叶大小姐营救，我跟她也是有缘分。之后一直被她藏在府上地库之中，实不相瞒，今日是我许久以来第一次吹风、第一次看太阳、第一次听见鸟鸣。我这么一个从来不敢见天日的人，您真的想要知道我的名字吗？怕是知道了我的名字，对您也没有什么好处吧。"

叶大人到底在官场混迹多年，听了这话沉吟片刻，明白了些什么，装糊涂："原来是隐士高人。"

天枢也没再难为他："您这么说也行啊，叶大人手里的是什么？"

"哦，是工部转来的公函，想要申请一些研制灌溉水车的经费。"

天枢道："在下对这些事情颇感兴趣，可否看一看？"

"先生请。"

天枢打开卷轴，看了看："设计得不错。叶大人回复的时候，可以让他们在这里、这里加上两处滑轮，这样子可以省些力气。"

叶大人仔细琢磨，敬佩道："先生真是高人呀。"

天枢被拍了马屁，笑容甜美："小菜一碟。"

疲惫的穆乐打了个盹儿，忽然惊醒，赶快查看炉子，加炭："幸好没有灭。"

他回头再去看远安，不在床铺上，门窗紧闭着。

穆乐恨自己怎么就睡着了："远安？远安！"

猛地抬头，远安居然贴在天棚上，身体僵直着，像是被缚在蚕茧里一样。

穆乐着急："你怎么跑那里去了？快下来！快下来！"

远安呵呵地笑起来，流出黏稠的口涎。

穆乐搬了椅子，登到高处，把远安抱下来，伸手看，都是丝状的黏液：“怎么爬得那么高了？”

远安仍是虚弱：“好饿呀。”

“吃饭吗？”穆乐把远安抱回床上，给她喂饭。

远安吃了一口却没咽下去，却把米饭全吐在穆乐脸上：“什么破玩意儿，好腌臜！谁要吃这些？”

穆乐道：“那要吃什么？我让人给你弄去！”

远安道：“叶子！桑叶！”

穆乐自己不敢离开，连忙吩咐外面的仆人：“去弄桑叶子来！”

一转眼仆人弄了桑树叶子，飞快地穿过庭院，却被天枢叫住问话，天枢上前扒拉两下，心里面有了数。

房间里面，穆乐拿了桑树叶子，远安大口吃，吃了一会儿好似饱了，抬头看看穆乐，像只不懂事的小畜生：“待我这么和气，你究竟是谁？”

穆乐撇了撇嘴巴：“我是谁随便你，昨天你管我叫娘，今天……今天这么叫也行，我没意见……”

远安一听大笑：“哈哈，好不荒唐。糊弄谁呢，你是个男的。你才不是我娘！”

穆乐心里不好受，摇摇头：“我当然不是。你看我是谁？”

远安：“我肯定认识你。咱俩关系不错，可我想不起来了。”

“咱俩关系是不错，你以前对我可好了。”

远安：“我对你怎么好了？”

穆乐：“把我从人贩子那里救出来，给我吃穿，不让别人欺负我。”

远安看看他，狐疑道：“是吗？”

“嗯。几次救我，奋不顾身。”

远安扭了扭脖子：“还有这事儿？”

穆乐道：“有的。那次你把我从牢里救出来，要把我送走。把我骗上了船，你自己却不肯走了。”

远安道："为什么？"

穆乐道："你担心自己走了会连累家里人。"

远安转转眼睛："这么说来，我这人不错。"

"你是最好的姑娘。"

远安听了傻笑，想了半天，忽然挠挠脸："哎呀！我脸上痒痒啊，身上也好痒啊，怎么回事？！"

远安浑身发痒，开始撕扯自己的皮肤，怪叫，抓破了自己的脸。

穆乐大惊，手脚并用跟远安搏斗，不让她伤了自己的脸。

穆乐把远安摁在床上，用丝绢把她的双手绑起来。

远安发怒大叫，浑身乱蹭："干什么玩意儿？为什么把我绑起来！我难受死了……求求你，快把我放开吧，我痒死了！痒死了！让我挠挠吧，求求你了！"

穆乐哀哀恳求："忍着点，忍着点，再过两天就好了！"

远安气得大骂："你他妈的不知道感恩的东西！你不是说我待你不错吗？你竟然敢把我绑起来！我告诉你呀，如果你威风就一直别放开我呀！你放了我，我就弄死你！我要把你撕成碎片！一口一口吃掉，嚼巴嚼巴再吐出来！"

远安还要骂，穆乐抓了一把桑叶子把她嘴堵上了。

穆乐慌乱道："闭嘴吧你，越骂越难听了！"

穆乐回身往炉子里加炭。远安还在低吼。

穆乐自己也疲惫，手里忙活着用小刀削着个东西："再忍一忍吧，老师父说你忍一忍就好了。"

昼夜更替。

到了白天，穆乐醒了过来，再去看远安，睡着了。穆乐忽然发现有异样，他伸手碰了碰远安，她身上的皮肤居然大块大块地脱落，像蜕皮一样。

黑夜降临，穆乐还在炉火前削东西。

远安轻轻道："水，我要喝水。"

穆乐上来喂水，松开了绑着远安的丝绢。

远安抬起头来，唇角有水，仔仔细细地看着穆乐。

穆乐纳罕："怎么了？"

远安含情脉脉："赵澜之……"

穆乐只觉得一盆冷水泼下来，浑身都僵住了："你叫我什么？"

远安道："赵澜之……不是你吗？"

病人最大，穆乐颓然让步："是，是我。"

远安抱住他，满脸是泪："你知道我病了，你知道我过得不好，你来看我了吗？你怎么才来呀？"

穆乐环着手臂，轻轻抱着远安，仿佛她是个最小最柔嫩的小宝宝，穆乐碰了碰远安的后背："我有公事。我要查案子。一直很忙，请你别怪我。"

远安忽然直坐起来："不对！我知道你怎么回事！你被关在大牢里面，你还不让我去救你！你怎么这么死心眼啊？你有操守，你讲王法，我没有！我就是不想你有事，我不想你蹲大牢，我想天天见着你！"

穆乐顺着往下说："天天都见着我？"

"嗯！每天都在一起！"

穆乐试探着："那……那要成亲吗？"

远安合计了一下："行！行呀！成亲也行！"

穆乐苦笑："真的吗？"

远安肯定道："嗯！"

穆乐像赵澜之一样抚摩远安的头发："那我问你一个人，你还记得他吗？"

"谁呀？"

"穆乐……"

远安喃喃："穆乐？"她想了半天，手指点了点，"咱俩成亲这事儿，可不能让穆乐知道！"

"为什么？"

远安是清醒的："我怕他不高兴。我怕他哭。那次我因为你说了他几句，他就哭了。他哭的时候，我这颗心啊，湿答答的，可难受了。"

穆乐动情地捧着远安的脸，她的呼吸里有股甜甜的味道："远安，原来你是装糊涂的，你什么都知道。"

远安还在自顾自地说话："可不能让他知道呀。"

穆乐道："他让你难受了？那你讨厌他吗？"

远安道："我不讨厌他。但是我告诉你，我有点怕他。"

穆乐道："为什么？"

远安仔细想了很久，忽然看着穆乐眉开眼笑："我呀，我不告诉你。我好奇死你！"

远安说罢扑进他怀里，紧紧抱住："赵澜之，你怎么这么多问题啊！你别问了，你问得我脑袋直疼。"

穆乐连忙道："好，那我不问了。"

"赵澜之，还是你最好。你是我心里又好看又温柔的大英雄。"

穆乐喃喃地道："对呀，赵澜之最好了。穆乐……穆乐他只是个小奴才。"

远安闭上眼睛，两人相拥而卧。

黎明来了。

远安忽然醒来，眼睛赤红，推开穆乐，在床上翻滚："热呀，热死了！快把火都熄灭了！把这些火盆给我扔出去！我要死了，我要不行了！难受呀！"

穆乐将桑叶放在炉火里炙烤，冒出黑烟，烟熏到远安这里，远安忽然直挺挺地不动了。

穆乐轻轻推她："远安，醒醒，你怎么不喘气了？你没事的，远安，醒醒！"

忽然，从远安的七窍中爬出一条又一条的桑蚕来。

穆乐惊讶，手脚利落地将它们一条一条地装在准备好的匣子里，整整八十一条。

远安忽然从床上坐起来，看了穆乐好半天："我怎么好像做了一场大梦啊？好饿啊，我想吃肉！吃鱼！"

穆乐指着自己："真醒了？……那你看看，我是谁？"

远安咧嘴一笑："你是穆乐。你是我的小奴才！"

穆乐大喜过望，猛地抱住远安。

远安笑起来，却有些糊涂了：自己是怎么了？他至于高兴成这样？！

四十三

检验尸首

盒子里放着桑蚕。

天枢、远安、穆乐和叶大人四个人围着观看。

天枢眯着眼睛道："这是一种非常古老的种蛊之术。施蛊者让桑蚕进入你的体内，控制你的思想行为，还会产生幻觉。成鬼成神都是你。还会像桑蚕一样蜕皮，怕热。我让小奴才在屋子里面烧火炙烤你，就是为了把它们逼出来！"

远安道："可是这东西是怎么进到我身体里的呢？"

叶大人道："之前着急给你治病，我脑袋里面都乱了。如今细细思索，人偶、桑蚕、种蛊之术，所有这些让我想起一个人来。"

远安道："谁呀？"

叶大人道："就是死去的欢哥儿，他的娘，小玉啊。"

远安沉吟道："我明白了，这事情一定与欢哥儿的死有关。她一定认为是我和赵澜之杀死了她的儿子，她来报仇了！"

叶大人一屁股坐在椅子上："小玉要拿走我女儿的命给她的儿子报仇了！"

远安站起来："不，这事情不对劲！欢哥儿的死跟我没关，他也不是赵澜之杀掉的！这是一个陷阱，是一个骗局！如果不弄清楚真相，这事情就永远没完！"她说着一把抓住天枢："老家伙，你……你救了我，再……再帮我救一个人吧！"

几人一路向西前行，不多时来到郊外的坟地。远安、穆乐将埋葬欢哥儿的坟地扒开，把欢哥儿的尸首抬了出来。天枢脸上蒙上帕子，开始检验尸首。

“此人心脏紧缩，肺部焦煳。直接死因确是被雷击死的没错，可是奇怪，照你所说的情景，赵澜之就站在他附近，而且赵澜之身上佩有宝剑，是金属，两人站得那么近，之中即使有人被雷击，也应该是赵澜之而不是他呀！”

穆乐挠挠头：“除非，他的身上有什么东西把雷电引了过去。”

天枢被提醒，重新检验尸体，却在欢哥儿的脖子上发现了一个圆形的黑点。

远安狐疑地：“这是什么？”

天枢并未多言，只把圆形的黑点切开，找出在皮肉里呈针状的一条黑线。

天枢用手指一捻，成了渣子，他随手从袖子里拿出一瓶液体，将渣子放进去。

红色的液体变成了蓝色。

远安纳罕：“这是什么呀？是毒药？”

天枢不语，起身转圈，想了好久。

“到底怎么回事？说句话呀。”

天枢道：“不是毒药，却比毒药更毒！小奴才说得没错，这是有人把雷引到这个可怜人身上的！”

一路跟来躲在大树后面的玉婶惊呆了。

天枢继续跟远安、穆乐说话：“这是锡石。削成针，射入他体内。锡石最易吸取雷电，燃点却极低。将雷电引入死者体内之后，高温下迅速化成粉末，几乎不留痕迹。凶手不仅杀了这人，还嫁祸给了别人，好聪明呀。”

远安一听这话大喜过望：“所以赵澜之是清白的，根本就不是他误杀了欢哥儿！我这就去牢里把他救出来！”

天枢一把拽住她：“等等，你何等莽撞，不捉住真正的凶手，就去救人？谁会信你呀？”

远安道：“是呀，就凭这么一点儿线索，怎么才能查出谁是真正的凶手呢？”

天枢道：“线索已经不少了。用你脖子上那个东西仔细想想，这个人刚来洛阳不久，虽然讨厌，却并非大奸大恶，他是惹了什么人，才会招此杀身之祸？或者，他活着会对什么人产生威胁？他死了，什么人又会得到好处？那么这个人就是杀死他的真正元凶！”

远安沉吟：“你说得对呀。这个人来到洛阳是为了找他爹爹的，他原本是郭将军的儿子，原本已经认了亲，他除此之外跟别人再没有瓜葛，我没有证据，但是我觉得这事儿可能跟郭将军府里的人有关。今日是他女儿大婚，无论如何，我……我……我要去探一探！”

远安回头，三个人正要离开，玉婵却从大树后面走了出来，冷酷凶狠地上前一步：“你们要去哪里？你们把我欢哥儿的尸首从坟里扒出来，就这么不管不顾地要走了？”

远安想了想：“你是……”

玉婵上前，把欢哥儿殓好，把沙石堆在他身体上，道：“没错，我就是欢哥儿的娘。我也知道你是叶甫成的女儿，是我把桑蚕用人偶送到你身边，把它们种在你身体里的。你好大的造化呀，居然逃过了这一劫！还能活命！”

远安理直气壮：“天地不仁，万物一般。因为我不是坏人，我就不该死！欢哥儿的死跟我没关！也不是赵澜之所为！”

玉婵大吼：“那你说是谁！”

远安立时吼回去：“我不知道！但是我跟你一样急着查出凶手，因为我要救我的朋友。我现在就要去郭将军府找真相！”

远安扭头要走。

玉婵上前：“慢！我听见了你们刚才说的话，我跟你同去。”

远安看看她：“你？你可别坏了我的事儿……”

玉婵毅然决然：“别小看人。你差点儿死在我的手上！我只怕抓不到杀死我儿的真凶！走吧！”

远安、穆乐、天枢各显神通进了将军府，玉婵也跟着杂耍班子混了进来。

杂役们搭上了幕布，正在准备之后的表演。

玉婵打开箱子，拿出了里面的各色小人偶，颇为惊喜：“这个我会呀，这个我可是行家，难道是天意吗？”

郭将军找了块石头一人呆坐半晌，想着小玉失散，欢哥儿暴死，而这边府里还在办喜事。郭将军心情十分悲凉，从旁边的箱子里拿起了人偶，没注意一个人从后面上来对他道："那是我的……"

郭将军回头看看，只觉得那中年妇人十分面熟，他惊讶起身："你的？你是谁？"

来人正是玉婶，她惨惨一笑，走过来从郭将军手里拿过人偶："将军看我面熟吗？像是个故人？是呀，十八年了，日子过了那么久，从前那般欢好，如今将军已经不记得我了？我老了，丑了。怨不得将军。"

郭将军惊讶非常："小玉，是你？真的是你？"

玉婶看着他："对，是我。当年的小玉。啸天，我们终于又见面了。"

郭将军道："我派人接你，你不肯来。怎么现在会出现在这里？"

玉婶道："那时不肯来，是因为儿子死了，我心灰意冷。如今一定要来，是因为……是因为，"她满怀仇恨，又刹住了闸，"今天不是你嫁女儿大喜的日子吗？我最善操纵人偶，我来给你们府里的大事助助兴……"

郭将军觉得不妥，犹豫道："这……"

家人忽然找到了郭将军："将军！将军！有贵客到了……"

家人在郭将军旁边耳语。

郭将军惊讶，转头跟玉婶说："小玉，你在这里等我，我要去迎贵客。我有许多话要对你说，我们回来再叙！"

"慢！"

郭将军回过头来。

玉婶上前，纤瘦的手指轻轻拂过郭将军的肩膀："啸天，你袍子这里开了线，这样去见贵客成何体统？我……我帮你缝上吧？两下就好。"

玉婶不由分说拿了针线上去替郭将军缝了肩膀上开的线。

郭将军心里难过，轻声道："等我……"

他看着她发白的鬓角，脸上的皱纹，却没注意玉婶顺手将一粒蚕茧挂在了他袍子的夹缝里。

天后今日也到了场，众人行了礼，坐下看人偶戏。

戏班子开始表演了，长安彩戏班最是滑稽有趣，观众不时大笑鼓掌。

远安、天枢、穆乐也混在一众宾客里，大戏终于开演。

“今日相见便是缘，诸位大人听我言。我名叫欢哥儿，年十九，本是乡间一少年。来了洛阳城，找我亲爹爹，可是寻亲寻不见，丢了性命无人怜！我好冤！好冤！”

众人大骇：这是什么乱七八糟的！

郭夫人起身大叫：“大喜的日子，这演的都是什么晦气的东西？也不怕冲撞了天后！把这些人都给我赶出去！赶出去！”

远安冲上前大叫：“慢！都不许乱动！”

圈子外面躲在暗处的明慧大骇：“叶远安？！她怎么来了？”

武后在上面看见远安咋咋呼呼的，一下子就乐了：“远安？你也在这里！”

远安跪拜武后：“给天后请安！请天后宽恕远安粗蛮！”

武后摇摇头，知道她在哪里，哪里就没个消停，便问道：“人家的婚礼，你又冲出来干什么？”

远安可是认真的：“天后容秉，郭将军之子的死另有蹊跷，真正的凶手很可能就在将军府！事情牵涉到赵澜之的清白，请天后做主，今天就当着所有人的面把案情澄清！”

武后沉了脸：“你这样说干系重大，可有真凭实据？”

郭夫人跪地痛哭：“天后！这里是小女大婚的喜宴，不是审案子的衙门呀！宾客众多，众目睽睽。试问谁家的喜宴有这样的风波？天后！这从此以后还要我的女儿怎么做人，怎么生活？！”

武后沉吟，走近了远安，摇头低声说话：“远安，我知道你要为赵澜之洗脱罪名，可是你不懂得一个道理吗？做任何事情都要有礼有节有规矩，你可以探案，可是你不能为了一己私心搅了别人的喜事！这一回我帮不了你！我也累了，没兴致了。回宫！”

武后转身就走。

远安着急：“天后！”

与此同时。

藏在郭将军衣角里的飞蛾破茧而出，轻轻爬进了郭将军的耳朵。郭将军忽然整个人倒在地上，昏迷过去。

众人惊讶。

郭夫人扑上去："老爷？！老爷！"

片刻后，郭将军又如同牵线木偶一般立起，四肢动作机械得如同被操作的人偶。

武后转身，只见郭将军忽地从地上起身，手舞足蹈，挑眉转眼，说话动作竟完全如同欢哥儿一般，一个中年人竟是少年人的声气，尤其是那个人已经死了，真是恐怖非常。

远安也觉得蹊跷，但天后在此，她不能放过机会，连忙抓住时机上前配合，让他说出案情："你原本去了我家，可是我爹并不是你的父亲。赵澜之在宫中查出了实情。然后，在大名酒馆，我帮你与郭将军滴血验亲。那一夜，你就忽然死了。"

郭将军大笑："所以，哈哈哈，一定是赵澜之他杀了我。"

远安道："不！你出言不逊，赵澜之把你绑在树上，却无意加害。此时雷劈下来，你死了。谁都以为你是被他误杀，可是，我去验了尸首。欢哥儿，你的脖颈上早就被人植入了锡石所铸成的细针，正是那根细针引来了雷电，把你击死的！欢哥儿，并不是赵澜之他误杀了你，而是有人蓄意谋杀你！"

郭将军道："啊啊啊，原来如此，原来如此。我死得好冤屈呀。我死了，可是我亲爹爹却在为他的女儿操持婚礼！那位新娘子可就是我的妹妹？兄长我还从来没有见过呢！"

郭将军忽然眼疾手快，一把拉过雪兰，同时掏出短剑顶在了雪兰的颈上："妹妹呀，祝你新婚愉快！"

在场众人无不惊恐万分："糟糕了，郭将军中邪了！"

郭夫人着急："你们……你们快救大小姐呀！"

家人们也是没辙："夫人，大小姐在……在老爷手上，匕首扣住脖子了。我们没法上手啊。"

郭夫人咬牙上前："住手！你放开我的女儿！这件事情与她无关！"

郭将军转动脖子，天真地、机械地，匕首的尖儿反而向里面刺去，雪兰的脖子上流出鲜血。

郭将军道："啊？是夫人？你怎么这么笃定？你怎么知道与雪兰无关？！那我的死又与谁有关？"

女儿受人所制，性命危在旦夕，郭夫人百般无奈，终于大叫："求求你把我的女儿放了，这件事情是我做的！是我杀死欢哥儿的呀！"

她此话一出，众人无比惊讶。远安、武后也是震惊无比。

远安引导着郭夫人说出真相："郭夫人？为什么会是你？你是怎么做的？"

郭夫人冷笑："谁要欢哥儿想要重新找回爹爹？谁要他想要进将军府？谁要他这个私生子会威胁到我的女儿雪兰！"

此时的郭夫人面对众人道："是叶夫人告诉我老爷在外有私生子。那之后我小心留意将军的行迹，终于被我发现风雨大作的晚上，他与亲生儿子在大名酒馆里相认。我绝不能让他把这个孩子带回府中，即使他带进来，我也要想方设法把他除掉。既然如此，就不如早些下手，既可以防患于未然，又可以摆脱干系！"

郭夫人说完，颓然坐在地上，在场众人无不惊讶。

郭夫人扑向郭将军："求求你放手，把雪兰放开。我做的事情我来承担，与我的孩子无关！将军啊将军，你是中了邪也罢，是被鬼魂附体也好，我求求你看在这么多年的夫妻情分上，把所有的罪责都怪到我身上来吧，莫要伤了雪兰的性命！她是你亲生的女儿呀！"

幕布后，玉婶震惊无比，流着泪又苦苦笑了："她的女儿是女儿。我的儿子就不是儿子了吗？欢哥儿啊，杀害你的凶手终于找到了！你安心走吧！"

远安与众人一般地惊讶，片刻忽然又反应过来："……不对。郭夫人，你并非江湖人士，又不懂武功法术。这种锡石引雷的方法你怎么会知道？是谁教给你的？还是，当时，在那个包厢里，是不是有别人在你身旁，与你一起下手杀了欢哥儿？"

郭夫人怎么肯把明慧交代出来："没有别人，哪有什么别人？我做的事情我自己承担！我不知道你在说些什么，你不要再牵涉别人！"

暗处的明慧着急万分，却又无计可施，此时满脸是泪。

远安还在步步紧逼："天后在此。你说实话！不要说谎！"

郭夫人张张嘴巴忽然要说些什么，看着仍被郭将军禁锢的雪兰："雪兰啊，记住娘亲的话。好好生养孩子，好好地过日子！”

郭夫人忽然双手抓着自己的脖子，喷出一口鲜血，倒地不起。

武后震动：“她……她怎么了？”

远安上前查看，也是惊讶：“回禀天后，郭夫人她……咬舌自尽了。”

中邪的郭将军放开了雪兰，雪兰扑在郭夫人的身上大哭不已。

武后摇头叹息：“你们马上查看，看看郭将军怎么样了？”

众人围住了郭将军：“将军，将军！这是怎么搞的，怎么叫都不醒啊！”

与此同时，明慧郡主从后面一剑刺穿了玉婶的心脏。

终于知道儿子之死真相的玉婶倒在地上，袖中飞出无数飞蛾。

明慧抹了脸上的眼泪，转身欲走，抬头惊讶地看见那些飞蛾越来越多，越来越多，席卷天地……

那些从玉婶袖中飞出的蛾子停栖在郭将军的身上，郭将军仿佛被召唤一样，呼了一口长气，猛地坐了起来。

雪兰喃喃：“爹爹！”

“将军！”

郭将军伏在地上挣扎，忽然背后一对翅膀破肉而出。

郭将军振动双翅，飞翔起来，如同一只巨大的飞蛾怪物。

远安连忙保护武后：“护驾！护驾！”

远安拔出软剑，却被会飞的郭将军轻易夺走。

怪物一样的郭将军横冲直撞，花园里一时死伤无数。

那巨大的怪物袭下来要捉住远安，穆乐哪里肯让？

腾身而出与之搏斗，可是怪物力大无比，又会飞翔，穆乐不敌，被抛在地上。

远安回头看着武后：“天后！快走！快走！”

天枢上前，扶起穆乐：“此人中了与远安一样的蛊毒，只不过远安体内的尚是丝蚕幼虫，就被你我所救，而他体内的必定是个已经长成，凶悍无比的飞蛾。”

穆乐着急：“能像对远安那样，将虫子引出来吗？”

天枢摇头：“虫子与人已经化成一体，不可能再引出来了。只能将它就此消灭掉！”

穆乐道：“可那是个怪物，我们打不过他！”

天枢道：“再神通广大，也无非是一只飞蛾而已。想一想，飞蛾害怕什么？”

穆乐灵机一动，指着池塘边大片大片还未点燃的荷花灯：“飞蛾扑火……那里有火！”

“还不快去！”

郭将军化成的怪物仍在花园里厮杀，他把人抓起来，大嚼大咬，吸食汁液，猛然看见了幕布后面玉婶的尸体，扑上去，把她抱起来：“你死了？！我负了你呀！你怎么就这样死了呀？！我有那么多话都没有跟你说，你都不听听呀！那年我从沙场回来，我是要娶你的呀。可你走了，我再也找不到！好好好，如今儿子死了，你也死了，这里所有的人都要给你陪葬！让天后陪着你好不好？！体面不体面？！”

郭将军狠狠地回头，扑向了武后与远安。

远安拼死保护武后。

与此同时，穆乐把荷花灯洒上火油，点火的一刹那，他却停住了，回头似乎寻找着什么。

远安不敌郭将军幻化而成的怪物，怪物伸出道舌头变成了管状的口器，就要刺向远安的太阳穴。

穆乐终于找到了自己要的东西，那是天后赠与郭将军的铜镜，穆乐点燃满池的荷花灯，同时掀开铜镜上的红布，霎时光亮无比，整个花园如同白昼！

郭将军变成的怪物忽然被吸引，转身，飞向了荷花灯聚成的火焰阵，终于被烧死在里面！

大劫之后，庭院里满目疮痍，穆乐扑向远安，她满身是血。

穆乐心疼得要哭了：“你没事吧？你哪里伤着了？”

远安推开穆乐，艰难地爬到武后脚边跪拜：“天后御体可还安康？”

武后摇摇头：“那是郭将军？他中了什么邪？他怎么会变成怪物？”

“他……他变成了一只飞蛾，扑火死了。”远安的头结结实实地磕在地上，“天后明鉴，此事与赵澜之并无关系，请天后批准放他出狱！”

武后沉吟片刻：“难得你自己伤成这样还这么惦记着赵澜之！去吧，拿我的手谕去把赵澜之放了吧。”

原来她不顾自己的伤势，这么着急是跟天后求情把赵澜之救出来，穆乐别开脸去，擦了自己脸上的泪。

四十四
浓情蜜意

就在远安跟武后磕头，请求把赵澜之无罪释放、官复原职的时候，洛阳府的牢房里，一个老囚犯躺在地上呻吟着："疼啊，渴啊，大人给我一口水喝吧。"

狱卒在外面没有好气："死到临头了，还想喝水？就这么等着死吧！老家伙，我跟你说，你这样死了比砍头好，还能留个全尸！"

狱卒扬长而去，赵澜之心中恻隐，上前扶起老囚犯，往他嘴里倒水。

老囚犯睁开眼睛喘了口气："谢……谢谢你呀。"

赵澜之面无表情："不到行刑那一刻，你就还不该死。"

老囚犯气喘吁吁："赵捕头，谁能想到有这么一天，你跟我能关在一个牢房里面呀。"

这话不顺耳，赵澜之倒是没当回事，只道："也是缘分。"

老囚犯道："既然是缘分，既然蒙你给了我一口水喝，我就告诉你一个秘密。我本是霍都山的人，不受老大的待见干脆跑了出来。因想弄些钱财杀了人，如今自己也快交待了，我告诉你，赵捕头，三日之后，七月二十八，黄道吉日，我得到的消息，霍都山看中了洛阳城的张大户，如果您要是想逮住霍都山的人，不如就去张大户家里守着吧。"

赵澜之惊讶："你把话跟我说得再仔细一点儿！"

老囚犯呵呵一笑，忽然剧烈咳嗽起来，片刻工夫，竟呛水死了。

远安快马加鞭从郭将军府赶来监狱，把之前发生的事情原原本本地跟赵澜之说了一遍。赵澜之回宫谢恩，天后便又将霍都山剿匪的事情交给赵澜之去办。

而另一边国师大殿，天桥从圣坛上舀水，小童传给跪在下面的明慧。刚从郭将军府中抽身而退的明慧有点怔忡，慌张，浑身发抖。

见她样子狼狈，天桥却并没有当回事："这一次，连见多识广的明慧郡主也吓坏了吧？来，喝些圣水，压压惊。"

明慧惊魂未定，战战兢兢地接过来，一饮而尽。

天桥走过来，安慰地拍了拍明慧的肩膀："我知道你在想什么。好好的喜事成了丧事，从小把你带大的姨娘就那么活活死在眼前，饶是谁，在心里面都是个坎儿。"

明慧道："在天后及众人面前，姨娘宁可自杀都没有把我说出来。我……我为了自保，没敢上前。我……我对不起她……"

天桥劝慰着："跟你没有关系。我倒要说她是聪明人，她心里清楚得很，把你说出来，几乎就等于是说我，她要保护她的女儿，孰轻孰重，她心里自然有计较。"

明慧控制不住，浑身发抖，满脸是泪："国师所言极是……"

言毕她低下头去，紧咬着嘴巴，心想自己若不是替你办差，又怎会害死我那苦命的姨娘！

天桥国师仍是高高在上的："唉……看来你还年轻。这一次佛珠轻易到手，又制住了对手，瞬间轻敌了。结果在最后一刻被叶远安翻盘。明慧呀明慧，以后你要接受教训，千万不能轻敌。千万不要以为自己才是最聪明的人，那个叶远安，我看她的心机、手段恐怕还都在你之上！"

明慧扭过头去，冷哼一声："佛珠我为您顺利找回，国师又何必长他人志气灭我的威风？更何况那个叶远安，除了身边有个勇猛得力的小奴，我怀疑她还有高人相助！"

天桥眉头一动："哦？说来听听。"

明慧便将自己在郭将军府中见一老头儿对穆乐面授机宜一事说与天桥。

天桥略略沉吟："明慧，你说的也有些道理。不过最重要的仍是找回三藏佛珠。来，看看下一颗藏在哪里。"

国师天桥展开手里的佛珠，它们光彩熠熠，飞升起来，在洛阳城的地图上